bela gratidão

Obras da autora publicadas pela Galera Record:

Uma história de amor e toc
Bela gratidão

COREY ANN HAYDU

bela gratidão

Tradução
NATALIE GERHARDT

1ª edição

— **Galera** —
RIO DE JANEIRO
2017

CIP-BRASIL. CATALOGAÇÃO NA PUBLICAÇÃO
SINDICATO NACIONAL DOS EDITORES DE LIVROS, RJ

H33b   Haydu, Corey Ann
         Bela gratidão / Corey Ann Haydu; tradução Natalie Gerhardt. –
       1ª ed. – Rio de Janeiro: Galera Record, 2017.
         il.

         Tradução de: Making Pretty
         ISBN 978-85-01-11094-7

         1. Ficção juvenil americana. I. Gerhardt, Natalie. II. Título.

                              CDD: 813
17-43067   CDU: 821.111(81)-3

Título original:
Making Pretty

Copyright © 2017 por Corey Ann Haydu

Copyright da edição em português © 2017 por Editora Record LTDA.

Publicado mediante acordo com *HarperCollins Children's Books*, um selo da *HarperCollins Publishers*.

Todos os direitos reservados. Proibida a reprodução, no todo ou em parte, através de quaisquer meios. Os direitos morais do autor foram assegurados.

Design de capa: TypoStudio

Texto revisado segundo o novo Acordo Ortográfico da Língua Portuguesa.

Direitos exclusivos de publicação em língua portuguesa somente para o Brasil adquiridos pela
EDITORA RECORD LTDA.
Rua Argentina, 171 – Rio de Janeiro, RJ – 20921-380 – Tel.: (21) 2585-2000, que se reserva a propriedade literária desta tradução.

Impresso no Brasil

ISBN 978-85-01-11094-7

Seja um leitor preferencial Record.
Cadastre-se em www.record.com.br e receba informações sobre nossos lançamentos e nossas promoções.

Atendimento e venda direta ao leitor:
mdireto@record.com.br ou (21) 2585-2002.

Para os dois milagres da minha vida:
Anica & Victoria. Vocês sempre estão
no meu Diário de Gratidão.

2 de junho

Diário de gratidão

1. Um verão sem madrastas.

2. Ser, de repente, legal o suficiente para sair com a Karissa.

3. O garoto do outro lado do parque que usa roupas inadequadas para o clima e que olha para mim em vez de para a minha melhor amiga.

Capítulo Um

Eu não deveria estar indo a um bar.

Karissa e eu estamos usando a mesma camiseta com estampa do Elmo, mas a dela está cortada para exibir mais o corpo, e eu coloquei a minha por cima de uma camisa preta rasgada de manga comprida e por cima disso um casaco de malha de bolinhas que roubei da terceira esposa do meu pai, Natasha.

— Aja naturalmente, Montana — diz Karissa. — Como se já tivesse 21 anos.

Solto o cabelo do rabo de cavalo, inclino a cabeça e tento parecer entediada.

— Isso parece coisa de quem tem 21 anos? — pergunto. Estamos do outro lado da rua do bar favorito de Karissa, o *Dirty Versailles*. Fica no Lower East Side de Manhattan e, supostamente, faz jus ao nome. Uma mistura de espelunca com palácio francês. Não me surpreende que Karissa goste do lugar.

— Você vai precisar disto — diz ela, oferecendo um cigarro aceso e depois acendendo um para si. — Você fuma, né?

— Sim, senhora — respondo. Gosto de chamar Karissa de "senhora" porque ela tem 23 anos e odeia isso.

Dou um trago no cigarro. Minha melhor amiga, Roxanne, começou a fumar na faculdade este ano, então eu comecei também, já que quero estar atualizada para quando ela voltar para casa nas férias de verão. Não gosto de cigarro, mas gosto do fato de que minha irmã mais velha, Arizona, odeia que eu fume. E gosto de como meu pai odiaria, se ficasse em casa tempo suficiente para saber.

Gosto de como o cigarro reduz o tempo e o espaço entre mim e Roxanne. A cada trago imundo eu quase posso fingir que passei o ano no norte do estado em Bard dividindo cigarros com Roxanne e sua colega de quarto argentina, ou no Maine, com Arizona, ficando com garotos de boné de beisebol branco.

Karissa e eu atravessamos a rua e, então, estamos fumando bem em frente ao bar, onde o segurança pode nos ver.

— Finja que está irritada — diz ela. — Finja que é sexy. Finja que não está nem aí e que poderia ir para qualquer lugar, mas que escolheu agraciar este bar com a sua presença.

Não tenho certeza se vou conseguir passar essa ideia, mas não quero que esta noite com Karissa termine. Ela está usando legging prateada e botas de cowboy que pintou com spray azul neon, e seu cabelo é tão comprido e selvagem que ela poderia ser uma sereia ou uma leoa. Estou um pouco apaixonada por ela, do jeito que eu costumava me apaixonar pelas minhas babás adolescentes quando eu tinha, tipo, uns dez anos.

Sopro a fumaça para cima em vez de para frente. Agradeço por estar usando jeans skinny em vez do short horroroso que Roxanne e Arizona odeiam. É impossível não me perguntar se eu não deveria ter feito alguma maquiagem para a ocasião.

Karissa joga o cigarro no chão e pisa nele para apagá-lo, então, eu faço o mesmo.

— Ka, sua linda! — exclama o segurança quando ela toca o seu braço e sorri.

— E aí, cara? — diz ela. Ele também é um pouco apaixonado por ela. Todo mundo é. Os meninos e os homens na nossa aula de teatro. Estranhos saindo de um restaurante italiano e indo para um bar de esportes qualquer. O baixinho do mercado improvisado que lhe vendeu os cigarros.

— Pode entrar — diz ele.

— Esta é a Montana — apresenta-me Karissa, colocando o braço em volta dos meus ombros e dando um beijo no meu rosto. — Ela é cool?

O segurança me olha de cima a baixo. Parece "o momento". Eu tenho me feito essa mesma pergunta o ano todo. Será que sou cool?

Tive muito tempo para pensar nisso, na ausência da minha irmã e da minha melhor amiga. É o tipo de pergunta à qual estou tentando responder, ouvindo histórias de festas nos dormitórios e aulas de estudo de gênero e colegas de quarto com *dreadlocks* e como a vida fora da cidade pode ser animada e maravilhosa.

Ainda não cheguei a uma resposta, e o segurança não parece convencido.

— Ela é menor? — pergunta ele.

— Menor do que eu! — responde Karissa. — Mas tem idade suficiente.

— Tudo bem, tudo bem, podem entrar — concorda o segurança. — Mas não posso prometer que ela vai se enturmar.

— Mas o objetivo não é exatamente não se enturmar? — argumenta Karissa. Cada palavra que sai da sua boca é perfeita. Irônica e sugestiva, inteligente e engraçada e impressionante.

Droga, quero ser ela. Mas vou me contentar com o fato de ela estar andando comigo agora.

O bar é exatamente o que prometia ser. Tudo foi pintado de dourado, mas há lascas por toda a pintura. Candelabros de cristal falso pendem no teto. Metade das lâmpadas está apagada.

É engraçado como algo triste é automaticamente mais bonito do que algo feliz.

Isso se aplica a pessoas também. Karissa tem o tipo triste de beleza. Como uma Fada Sininho muito sábia. Sininho também é triste. Totalmente envolvida em amor não correspondido, descrença e sofrimento. Karissa, Sininho e este bar são todos adoráveis pelos mesmos motivos.

— A Sininho é um tipo de personagem literário trágico, né? — digo. Parece inteligente e interessante na minha cabeça, como se fosse uma tese brilhante que desenvolvi e que Karissa entenderia. Algo que vai surpreendê-la e impressioná-la. Deixar claro que tinha valido a pena ter conseguido me colocar para dentro do bar.

— Hum. Talvez — responde ela. — Mas, pessoalmente, eu sou mais do estilo Ofélia. De Hamlet? Louca e deslumbrante, amada e com um destino trágico. Não que eu seja deslumbrante. Eu sou, tipo, o oposto de deslumbrante. — Karissa faz um gesto nervoso passando a mão pelo cabelo, completamente deslumbrante. — Mas eu sou um pouco louca, como todas as melhores pessoas são.

Ela olha para mim como se eu devesse falar alguma coisa e quero falar algo mesmo sem ter nada para dizer.

— E são mesmo — digo. — Eu sou, tipo, insana. — É uma palavra que Roxanne usa o tempo todo, o que faz de mim uma verdadeira fraude, mas funciona. Karissa se ilumina.

— Além disso, Ofélia é um milhão de vezes melhor do que a Julieta, sabe? Julieta tinha um quê de burrice. Ofélia é toda tragédia, o tempo todo — continua ela. Eu concordo e me espanto com o fato de ter uma conversa sobre Ofélia em uma noite de quinta-feira em um bar no centro da cidade ao lado de um cara de barba e uma bebida verde e gravata borboleta amarela fluorescente.

— Ofélia se entrega à tragédia da vida — concordo, brincando com as franjinhas douradas que pendem do meu banco de bar. — Ela sabe como as coisas são.

— Exatamente! — exclama Karissa, antes de se virar para o bartender e pedir uma garrafa de vinho tinto. Ele nos entrega um vinho francês e taças que enche até a borda porque está distraído demais com Karissa. Não importa que os dentes dela sejam tortos e seu queixo pequeno demais e que tenha ainda menos peito e bunda do que eu. Não importa que ela tenha sardas e que seu cabelo seja castanho claro e não louro mel ou louro platinado ou louro champanhe.

Ela tem uma energia em si. E é linda. E me diz para beber mais rápido, beber mais e com mais entusiasmo.

— Vamos encher a cara — declara ela. — Vamos encher a cara como as melhores amigas e donas do mundo fazem.

— Melhores amigas? — pergunto. A música está alta e fico imaginando se não ouvi errado. Eu estava doida para ter uma melhor amiga de novo. Mesmo que Roxanne tenha voltado da universidade por algumas semanas, as coisas não foram iguais ao último ano ou aos dez anos antes disso. Ela fala sobre pessoas sobre as quais nunca ouvi falar. Pessoas que tinham nomes que eu nem sabia que eram nomes. Pessoas que são chamadas apenas pelos sobrenomes. Pessoas que são chamadas por versões abreviadas de seus sobrenomes: Hertz e Scal e Jav e Gerb. É difícil acompanhar.

Arizona volta esta noite. Não nos falamos há quase um mês, o que parece impossível para alguém com quem eu dividia os cuidados de um elefante de pelúcia. Papai permitiu que ela alugasse um apartamento por temporada junto com uma de suas novas amigas da universidade. Odeio que a palavra *irmã* tenha essa definição inconstante e variável que não significa mais duas pessoas que dividem um quarto e um cérebro e um padrão de discurso e um tipo de corpo.

Superei isso. Superei Roxanne e Arizona. Superei as coisas que eu sabia e fazia e pensava. Estou com Karissa agora.

— Acho que poderíamos ser melhores amigas, você não acha? — pergunta Karissa. Ela bate a taça sobre o balcão do bar e enche com mais vinho. Seus dentes estão arroxeados. — Se eu encontrar algum cara gato na faculdade pra você, despacha suas outras melhores amigas e se torna a minha melhor amiga?

— Eu com certeza vou considerar a sua proposta — respondo, mas, na verdade, estou procurando em toda parte o cara que vejo no parque às vezes. Tenho quase certeza de que desenvolvemos um relacionamento baseado em contatos visuais contínuos e estranhos nos últimos dois meses.

— É raro ter uma ligação verdadeira com alguém — diz Karissa. Ela se inclina mais para perto de mim. Sinto o aroma de talco para bebês do seu desodorante e eu sei por experiência, mesmo que não ouça agora, que os brincos baratos de metal que ela está usando estão tilintando. — Você está no ensino médio, então, talvez não saiba disso, mas vai odiar a maioria das pessoas quando chegar na casa dos vinte, e vai se perguntar por que todo mundo tenta ser tão chato. Todos estão com medo.

Não digo a ela que eu mesma estou com medo.

Digo que já vi muitas mulheres em uma jornada para serem chatas.

Meu pai é cirurgião plástico. Um dos caros, especializados em se casar com mulheres, mudar tudo nelas em sua mesa de operação e se divorciar quando conseguiu deixá-las o mais perto possível da perfeição.

Isso não está escrito no cartão de visitas dele nem nada. Mas é assim que as coisas são com o Dr. Sean Varren.

— Tem um cara aqui para você — diz Karissa, apontando para o outro lado do bar para um cara usando uma camisa xadrez de botão e corte de cabelo moicano tão alto que quase toca um dos candelabros mais baixos.

— Acho que ele é para você — digo. Ele é bonito do mesmo jeito misterioso, selvagem e fantástico que Karissa. Não me parece beijável porque não parece acessível.

— É para você! — insiste ela. — Seja corajosa. Viva o momento. — Ela sacode a cabeleira e a luz ilumina o *blush* brilhante que ela usa. A sombra é azul e combina não apenas com as botas, mas também com uma faixa de cabelo fininha amarrada em sua testa.

Puxo a minha camiseta do Elmo para que cubra a minha barriga. Aceno para o Moicano. Ele acena, mas não se aproxima. Tomamos o restante da garrafa de vinho. É uma sensação nova — estou bastante acostumada a tomar cerveja ou doses de destilados baratos, mas nem um pouco acostumada com vinho, em nenhum contexto. Ele me deixa lenta e sonolenta, e me agrada o sabor arroxeado, rico e doce.

Roxanne prefere o rum Malibu e chope.

Se Karissa é a minha nova melhor amiga, tudo que fizermos será diferente, novo e melhor.

Ela pede outra garrafa.

Eu consegui. Estou aqui. Sou dela.

Quando estamos mais bêbadas e já é mais tarde, acabamos numa mesa nos fundos. O cara do moicano comprou algumas cervejas para nós e ficou falando sobre arte por um tempo, mas deve ter sentido que estava sobrando, porque Karissa e eu temos esse nosso dialeto particular. Não importa que a gente só se conheça há seis meses e que não exista nenhum motivo real para sermos amigas agora que a aula de teatro acabou. Não importa que eu tenha 17 anos e ela 23. Temos uma ligação. Nós nos encaixamos. Estamos ao mesmo tempo descombinadas e confortáveis nessa mesa nos fundos. Fazemos sentido de forma estranha e maravilhosa. Como matemática, só que de um jeito sexy e legal.

Arizona está mandando mensagens de texto querendo saber onde estou, dizendo que já chegou em casa e pediu pizza, e que eu deveria estar lá para lhe dar as boas-vindas depois do seu mochilão pela Europa nas férias do seu primeiro ano de faculdade. Ela poderia ter voltado para Nova York no final do semestre, três semanas atrás, mas optou por passar ainda menos tempo comigo. Ela continua optando por passar menos tempo comigo, repetidamente.

Não respondo às mensagens.

Não consigo parar de jogar o cabelo do mesmo jeito que Karissa faz. Ela faz com que isso pareça tão legal, e estou convencida de que posso ser como ela, se eu me esforçar mais. Arizona manda outra mensagem, um monte de pontos de interrogação em vez de palavras, então começo a me sentir mal. Sinais de pontuação me fazem sentir de forma mais profunda do que palavras, às vezes.

— Acho que preciso voltar para casa — comento. — Minha irmã está me esperando. Eu disse que ficaria um pouco com ela mesmo se ela chegasse tarde. Pra começarmos o nosso verão juntas ou algo assim. Pizza. Ficar juntas. Essas coisas.

— Sua irmã voltou — avisa Karissa. Ela não faz menção de pagar a conta ou de descer do banco. — Você deve estar tão feliz.

— Hum. Eu sinto falta do jeito que as coisas eram com ela — comento, e é a coisa mais verdadeira que eu disse a noite inteira, talvez no mês inteiro. Karissa termina sua enésima taça de vinho. Balança a cabeça como se estivesse tentando clarear os pensamentos. Limpa a boca e vacila como se estivesse prestes a chorar.

— Preciso contar uma coisa sobre mim — começa ela.

— Qualquer coisa — respondo.

— Eu sou meio confusa, sabe? Tipo... confusa. Entende? É tão estranho falar sobre isso, mas se vamos ser amigas, amigas de verdade, tipo, a gente tem que saber das coisas importantes, né? Então, a gente precisa contar tudo, tipo, construir uma base para amizade. — Karissa coloca o cabelo atrás da orelha com seu jeito de bailarina, e eu tenho certeza de que ela será famosa um dia, mesmo que apenas por causa daquele único gesto.

— Vamos fazer isso — digo, inclinando-me sobre a mesa. Fico imaginando se as pessoas estão prestando atenção na nossa conversa. Eu prestaria.

— Toda minha família morreu. Em um acidente de carro quatro anos atrás. Quando você falou sobre a sua irmã senti meu coração... Sei lá. Eu sinto que nem consigo ter uma conversa normal se a pessoa não sabe isso sobre mim. Como se você não fosse entender nada do que eu digo se não souber disso, entende?

— Entendo — concordo. Seus olhos ficam marejados e os meus também. Uma imagem espelhada. Ela é Ofélia.

Sinto-me desesperadamente triste por ela e um pouco triste comigo por ela não ter me contado antes. Triste por conhecê-la há tanto tempo sem realmente conhecê-la.

— Você está... Como você está? Em relação a isso tudo? — A embriaguez é uma bênção agora, porque tudo que digo soa suave e profundo. Consigo olhar diretamente nos olhos verdes dela sem piscar, ficar vermelha ou nervosa.

— Estou confusa — responde ela. — Não sou como nenhuma outra pessoa. — Ela está sussurrando, e pecinhas de cristal no candelabro tilintam cada vez que o ar-condicionado aumenta a potência.

— Isso é... Uau. Uau. Sinto muito. Eu não sei o que dizer. É incrível que você, tipo, se levante e saia por aí todos os dias.

Karissa suspira e passa a língua pelos lábios que devem estar com gosto de vinho e batom, e joga o cabelo para o lado repetidas vezes.

— Eu consigo perceber que você tem algo sombrio aí também — declara ela. — Algo que aconteceu. Ou algo que está faltando. Ou algo que você deseja. — Mesmo em meio ao começo das lágrimas, ela me enxerga. É um pouco assustador ser vista.

— As três coisas — respondo, pensando na minha mãe que nos deixou e no meu pai que fica se casando com várias mulheres e no vazio da casa sem Arizona e o modo como três madrastas em dez anos tem mais a ver com um déficit de mães do que com um excesso de madrastas.

Digo alguma versão bêbada disso, imaginando se as palavras saíram erradas, arrastadas e pouco claras, como se eu não conseguisse recitar a minha própria biografia.

— É bobeira comparado com o que você já passou — concluo. Mas Karissa segura a minha mão por cima da mesa. E a beija. Existe um motivo para terem escrito livros sobre garotas que perderam tudo.

— Garotas sem mães são, tipo, fortes e fracas ao mesmo tempo — declara Karissa. — Nós somos poderosas, sabe? Como se tivéssemos um superpoder secreto e especial e uma dor secreta e isso é maior e mais vasto do que qualquer pessoa imagina.

Se qualquer outra pessoa me classificasse como uma garota sem mãe, eu a teria odiado, mas, com Karissa, parece um ponto a se orgulhar. Como algo que eu devesse comemorar com ela. Como se ela estivesse me convidando para um clube para o qual eu não atendo completamente aos pré-requisitos.

Arizona odiaria isso. Ela sempre diz que temos uma à outra e que papai e nós duas não precisamos de mais ninguém, como se tivéssemos sido feitas para precisar de menos do que a maioria das pessoas.

— Vamos tomar champanhe para fechar a noite — decide Karissa e eu só consigo fungar e murmurar elogios como resposta. Ela chama o bartender até a nossa mesa, fazendo com que ele deixe o seu posto no bar para trazer a garrafa de champanhe diretamente até nós. O que todos vemos.

— A tudo que não temos — brinda ela, sua voz aguda e determinada em uma única frase.

Brindamos e bebemos, mas Karissa me impede de tomar o segundo gole.

Há quadros enormes e sombrios de antigos reis franceses nas paredes, com perucas brancas e tudo. Estão em molduras enormes, douradas e decoradas com grafite fluorescente.

— Um dia a gente vai ter tudo — declara Karissa, com tanta certeza que parece mais um fato. Eu me pergunto como é ter esperanças depois de ter perdido tudo que ama. Que tipo de força ela deve ter para fazer tal declaração.

— Eu nunca fiquei tão bêbada — digo, o que não tem nada a ver com nada, a não ser que está ficando difícil enxergar ou pensar atrás da névoa ébria.

— Você é tão adorável — diz Karissa. — Você me faz pensar na minha irmãzinha. Ela morreu no acidente também. — Dói ouvi-la falar as palavras de forma tão direta. Algo tão grande e horrível só deve ser mencionado em linguagem poética e através de metáforas. Ouvi-la dizer de forma tão básica me faz retorcer por dentro.

— Ai, meu Deus, Karissa. Sinto muito. Sinto muito mesmo — respondo. Nunca fiquei tão triste por outra pessoa na minha vida.

— A gente se entende tão bem — responde ela, sua voz arrastada e grossa como a minha. — Você e eu contra tudo que é horrível nas nossas vidas. Duas garotas tristes. Podemos brindar a duas garotas tristes?

Sorrio. Sinto-me leve e espumante ao lado de Karissa, como champanhe.

Capítulo Dois

Chego em casa bêbada e linda.

Arizona está esperando por mim com um dedo sobre os lábios.

— Papai já foi para cama. Você não vai querer que ele a veja assim, pode acreditar. — Ela limpa algo no meu rosto. Talvez o rímel borrado, talvez suor ou o batom de pêssego de Karissa.

— Você chegou — digo, jogando-me em seus braços.

— Eu disse que chegaria hoje à noite. — Ela retribui meu abraço de forma não muito convincente. — Mas que merda é essa? Com quem você saiu? Eu liguei para Roxanne. Ela não te viu. — Odeio o fato de ela saber exatamente como é a minha vida. Ela acha que o mundo entrou em pausa enquanto ela e Roxanne inventavam novas vidas em cidades universitárias arborizadas.

Eu a abraço de novo assim mesmo.

Alguma coisa está diferente. Tudo está diferente.

Aperto os olhos enquanto analiso o corpo da minha irmã. Talvez eu esteja embriagada, mas parece errado. A universidade fez alguma coisa com ela, mesmo da última vez que eu a vi, depois das férias de primavera. Ela está maior na parte de cima. Mais como uma sra. Varren. Diferente em comparação às nossas medidas que costumavam ser iguais. Sempre tivemos medidas iguais — planas e estreitas na parte superior, largas na parte de baixo. Tivemos indignações e ressentimentos iguais também. Os mesmos dedos dos pés compridos e sinais de nascença nas costas. Éramos igualmente desbocadas e dividíamos uma melhor amiga.

— Você está toda errada — é tudo que consigo dizer, mas não é o que quero dizer. Acho que gosto de estar tão bêbada assim, a não ser pela minha incapacidade de dizer tudo o que eu quero. — Parece que você está errada.

— Eu queria uma noite inteira junto com você — diz Arizona. — Pra gente colocar os assuntos em dia e começar o verão juntas.

— Você já começou o verão sem mim — respondo, pensando no único cartão postal da Torre Eiffel que ela enviou enquanto estava viajando. Ela sabe muito bem que eu prefiro Notre-Dame e que a Torre Eiffel é o que você manda para o seu priminho ou para o professor que você quer puxar o saco ou para a família para quem você trabalhava como babá. Não para a sua irmã. Não para a sua melhor amiga.

Cambaleio para trás quando ela me solta. Nossa casa de arenito pardo em West Village sempre teve pisos inclinados e uma deformidade quase óbvia, e tudo está maior e mais vacilante depois de todo aquele vinho.

— Não gosto de você desse jeito — declaro. O esforço de emitir palavras é tão exaustivo que preciso procurar o caminho até o sofá. Um que Janie comprou alguns anos atrás, o que significa que é duro e sedoso e cor de marfim. — Maldita Janie — reclamo, como sempre faço quando me sento em móveis que Janie usou para decorar o nosso apartamento. As coisas que Tess comprou são mais confortáveis. As coisas que Natasha comprou são mais espalhafatosas. As coisas que mamãe comprou são acolhedoras como um lar. Como uma ideia de lar que eu tenho na minha cabeça, mas que não existe na vida real. — Sério, o que aconteceu com você? O que eles fizeram com você lá?

Ela está usando calça capri cáqui, o que é cafona, mas algo mais substancial mudou. Algo maior do que a escolha das roupas.

Ela está com um pouco de cheiro de avião, o cheiro daqueles sanduíches de presunto e queijo que servem em voos longos. Sua mala está perto da porta, uma lembrança de que ela não vai ficar aqui neste verão.

— Não surta, ok? — diz Arizona. Aperto os olhos para encará-la com mais atenção. Balanço a cabeça para colocar as coisas em foco. Talvez eu consiga espantar a embriaguez. Desembaraçar o mundo.

É o peito dela.

Percebo um instante antes de ela dizer.

— Coloquei silicone em abril. Eu não queria contar pelo telefone porque achei que poderia parecer que eu ia ficar tipo uma atriz pornô ou algo assim, mas eu queria que você visse que foi apenas um ajuste bem pequeno. Eu ainda sou menor que, tipo, todo mundo. Quer dizer, menos você. Então, não é nada demais. Não fique psicótica com isso. — Ela está usando muitas camadas de roupa para o mês de junho em Nova York. Uma camisa de manga comprida está despontando por baixo de um casaco de moletom grande demais da Colby, a faculdade dela.

— Eu não entendo — digo. Aperto o meu estômago já que parece que todos os meus sentimentos se concentram ali, e eu gostaria de estar mais bêbada ou então completamente sóbria. Estou no estado de espírito completamente errado para estar vendo e ouvindo isso.

— Eu me sinto mais como eu mesma agora — continua Arizona. — Como se eu devesse ser exatamente assim. Nunca me senti bem no meu corpo.

Ela está certa, seus novos seios não são enormes como o de uma stripper nem nada, mas preenchem o suéter de moletom de modo que as letras com o nome da universidade se ondulem de uma forma diferente. Odeio a ideia de que agora camisetas e vestidinhos soltos e casacos vão ficar diferentes em nós. Eu não vou mais poder olhar para ela e me ver.

— A gente não gosta de silicone — digo. Minha voz falha; a pressão de um ano ouvindo-a falar de sua nova vida sem Montana, um ano morando sozinha com papai e Tess, e agora papai e seu olhar sonhador de quem está saindo com uma mulher diferente, é demais, e eu preciso que ela concorde comigo.

— Eu meio que gosto do meu — responde Arizona. — Mas não tem nenhum significado profundo ou coisa assim, ok? E você é linda do jeito que é, ok?

— Pare de ficar falando ok — peço. Algum programa noturno de TV soa ao fundo, e fico imaginando como essa conversa teria sido se eu não tivesse ficado fora com Karissa a noite inteira. Fico imaginando se teríamos acabado comendo pizza de presunto de Parma e olhando as fotos da Europa e classificando os melhores beijos do continente de acordo com dados bastante científicos.

Fico imaginando se perdi algo vital, um momento entre nós que nunca terei de volta.

Estou quase triste, mas ela se vira um pouco, o suficiente para que eu a veja de perfil, e sua nova silhueta está toda errada, e eu me encho novamente de uma fúria ébria.

— Nós prometemos que não faríamos isso — digo. — Prometemos para mamãe que não faríamos. — Eu a seguro pelo cotovelo como se aquilo fosse ajudar a nos estabilizar, a nos unir novamente.

Ela parece uma delas. Uma das madrastas. Suas roupas, seu ar desarrumado do avião, seu cabelo mais liso e mais louro do que eu me lembro, e ela está usando uma faixa de cabelo com pedrinhas brilhantes cor-de-rosa.

Elas cintilam.

— Eu não sinto como se a gente devesse qualquer coisa para mamãe. Eu não tenho certeza de ela seja o modelo de mãe do ano — diz Arizona.

— Você prometeu para mim também. Que nós não faríamos nenhuma plástica, não importando o que o papai dissesse. Você também não me deve nada?

Ela me abraça de novo, e odeio a sensação de novo. Fizemos muitas promessas durante todos esses anos sobre ficarmos longe das madrastas e nunca perdoarmos Natasha e nunca fazermos cirurgias plásticas e sempre estarmos lá uma para outra. Essas promessas eram coisas que nos faziam funcionar — as alavancas e engrenagens e mecanismos que nos mantinham em sincronia uma com a outra. As coisas que nos tornam irmãs.

Parece que não somos boas em manter promessas ou talvez nem em sermos irmãs.

— A gente vai ter um verão maravilhoso juntas — diz Arizona. Ela se sente mal por mim. Pega um copo de água, me entrega e acaricia as minhas costas e eu sou o tipo de pessoa digna de pena e que preciso de cuidados, mas não sou mais sua melhor amiga. Não vamos explorar Praga, Viena e a Croácia juntas, porque ela já fez isso com outra pessoa.

— A gente não vai ficar juntas — argumento.

— Eu vou ficar, tipo, a dois quarteirões daqui. Eu não sabia se Tess já teria ido embora. Você sabe que não tem nada a ver com você. Seremos você, eu e Roxanne o verão inteiro, ok?

Ela está falando ok de novo, e estou confusa e sonolenta demais para fazer qualquer coisa a não ser assentir. Coloco os pés no sofá, que é praticamente apenas madeira e seda, e apoio a testa nos joelhos. Acho que isso vai fazer o aposento parar de girar, mas faz com que gire ainda mais e sinto que sei muito, muito pouco sobre estar toda errada. Acho que preciso de uma pizza, mas isso também pode dar errado. Talvez eu precise de mais água. Ou de um Advil. Ou dormir. Ou de uma nova irmã.

Arizona cruza os braços sobre o peito siliconado.

— Papai e eu tivemos uma noite muito boa — diz ela. — Ele está realmente me apoiando em tudo.

Tudo quer dizer a cirurgia plástica, e isso significa que ele sabia disso mesmo que eu não soubesse. Faz sentido, é claro. Ela deve ter usado o dinheiro que ele ofereceu há tantos anos para essa finalidade. Mas o impacto me magoa. E a mágoa fica.

Quero contar para Karissa. Se agora Arizona tem um milhão de pessoas a quem procura antes de mim, quero que Karissa seja a minha melhor amiga, a minha irmã, a minha pessoa. Tenho certeza de que Karissa vai concordar comigo sobre como tudo isso é errado e feio. Tenho certeza de que Karissa vai nos servir um pouco de vinho e que vamos brindar a nunca mudar e a manter promessas e a contar tudo uma para a outra.

— É claro que papai vai apoiá-la — digo. — Você está se tornando tudo o que ele sempre quis que se tornasse.

Arizona finge que não ouviu e continua:

— Ele comeu pizza comigo. Assistimos a um filme. Ele disse que sente a minha falta e que está orgulhoso de como você está lidando bem com o fato de Tess ter ido embora.

— Ele realmente pronunciou o nome dela? — pergunto. Não é essa a questão, mas ele nunca diz o nome das esposas depois que elas vão embora. Como se, ao não falarmos sobre elas, elas nunca tivessem existido. Isso significa que grande parte da minha vida é apagada, grandes espaços de tempo, zilhões de pequenas e enormes lembranças condenadas a jamais serem mencionadas. Arizona está me contando sobre sua noite com papai para que eu me sinta bem, mas, em vez disso, fico com ódio. Ela perdeu o que aconteceu com Tess, deixou que eu lidasse com isso sozinha, não voltou para me ajudar com o momento pós-separação, então acho que deveria se juntar ao papai e fingir que aquilo nunca aconteceu.

— Isso. Chega de madrastas — diz Arizona. Ela finalmente descruza os braços e joga os ombros para trás.

Olhar para ela nunca vai deixar de doer. É assim que vou começar a minha conversa quando contar para Karissa a história dessa noite.

Arizona odeia as madrastas. Ela seria capaz de colocar fogo no apartamento para mantê-las afastadas. E agora está tentando se tornar uma. É quase como se acreditasse que, ficando parecida com uma delas, fosse mantê-las longe. Sinto vontade de perguntar se esse é o plano por trás de tudo isso, mas o choro chega sem aviso, e eu não tenho a chance de me perguntar ou de fazer hipóteses nem cálculos.

Aparentemente, choro muito quando estou bêbada. Meus olhos ardem.

— A gente costumava ser igual — digo em uma voz que vem da parte de mim que apenas Arizona conhece. É aquele tipo de choro explosivo e violento, então agarro a ponta do não-sofá e me seguro para evitar que venha.

Eu me pergunto se Karissa chegará a me ver dessa forma. Se Arizona consegue sair do mundo que criamos juntas e dos segredos que guardamos, então eu também conseguiria. Eu não quero que ela seja a única pessoa a me ver chorar dessa forma. Eu não quero que ela tenha essa parte de mim.

Mas é uma sensação boa sentir sua mão ao redor do meu ombro e sua cabeça próxima à minha.

— Isso é uma coisa boa — diz Arizona. — E nem doeu muito.

Mas dói, eu penso. Dói sim.

Capítulo Três

No fim das contas, papai não estava dormindo.

— Meninas? — chama ele. — Finalmente minhas duas meninas estão aqui?

Não consigo evitar. Amo quando ele nos chama de suas meninas.

Ele se oferece para fazer pipoca, então eu tento me levantar e andar em linha reta até a cozinha e falar sobre ter feito um passeio legal com direito a algum sorvete gostoso, a desculpa que dei por estar fora a noite inteira, mas tudo que eu quero fazer é comer um monte de biscoitinhos Goldfish e acabar com a tontura antes de ir para a cama.

— Você tinha que ter ficado aqui para a nossa noite de filmes — diz papai. — Eu queria a família toda reunida.

Aí está novamente, outra expressão que me ofende, bem no coração. A Família Toda. Como se pudéssemos ser tudo de que ele precisa, como se nós três não estivéssemos esperando que aquela pessoa perfeita assumisse o papel de Mulher do Papai. A Família Toda soa completa. Concluída.

— A gente não faz isso desde que Tess foi embora — digo.

— A Noite da Família era um lance da Tess, não nosso.

Tess instituiu uma noite por mês para assistirmos a um filme juntos quando ela e papai se casaram. Não era a pior coisa do mundo. Passamos por todos os filmes do James Bond e uns dez do Jack Nicholson e qualquer filme da Pixar lançado nos últimos anos. Comemos muito guacamole e queijo, e mesmo depois que Arizona foi para a universidade ainda era meio legal, a gente se enrolava em cobertas e aumentava o volume sempre que ouvíamos sirenes ou táxis buzinando. Tess ficava meio embriagada. Papai caía no sono antes da melhor parte dos filmes.

— Ainda temos tradições. Tess não era a chefe desta família. Estávamos aqui antes dela e continuaremos agora que ela se foi — diz meu pai.

Ele parece arrumado mesmo de pijama. É daquele tipo listrado que as pessoas dos filmes usam, o que tem tudo a ver já que papai parece ter saído de um filme. Ele passa a mão por seu cabelo perfeito. Ele estava ficando careca, mas não mais. Era grisalho, mas não mais.

Quero tanto que o que ele está dizendo seja verdade que quase fico sóbria.

Então olho para o ventilador de teto e estou bêbada de novo.

Estar bêbada é meio como participar de uma corrida contra o último drinque, e a minha finalmente me alcançou. Eu estava bem bêbada antes, mas agora estou oficialmente acabada. Nada parece particularmente real, e isso me faz rir.

Não é nada sutil.

— Você está bêbada — diz papai.

— Bem, não precisa ser nenhum de-ti, dete-ve, *de-te-ti-ve* para perceber — respondo, lutando para pronunciar as sílabas.

— Você está agindo assim porque eu cometi erros — diz papai. Arizona sorri como se estivesse provando um ponto, e eu começo a comer pipoca. Está quente e quase queimada. Tento não me importar e apenas mastigo. — Eu entendo isso e estou pronto para conquistar a sua confiança de novo.

Arizona diz *Eu te disse*, muda, coloca o cabelo atrás da orelha e joga o quadril para o lado

— Papai se sente mal porque este ano está sendo muito difícil para você — explica ela. — E eu também. — Eles trocam um olhar e sei que perdi algum tipo de conexão, mas tenho certeza de que metade da minha agitação tem simplesmente a ver com ter passando tempo com Karissa, sendo assim não me importo da maneira que eu deveria.

— Você precisa beber água, Montana. E nunca mais faça isso, ok? Ou certifique-se de ter supervisão de um adulto se fizer. — Ele assente, concordando consigo mesmo.

— Eu tive supervisão de um adulto — digo.

Deve ter saído meio arrastado, porque nem papai nem Arizona respondem, e há uma expressão de dúvida e confusão nos seus rostos. Não tenho certeza de com quem eles acham que eu estava — talvez os amigos misteriosos que finjo ter para poder ficar no apartamento de Natasha de vez em quando.

Meu pai odiaria o fato de eu estar lá, mas Arizona odiaria ainda mais. Nós deveríamos ser um front, unidos contra todas as madrastas e namoradas. Nós devemos esquecê-las completamente assim que elas vão embora e seguirmos com a nossa vida.

Não é tão fácil quanto eles fazem parecer. Eu tendo a me apegar. E, com Natasha, foi assim por um longo, longo tempo.

— Quero que você saiba que as coisas estão diferentes — diz papai, parecendo relaxado. Ele tira um pedaço de queijo cheddar da geladeira que começa a ralar em cima da pipoca. — Pode confiar em mim, fica delicioso — afirma ele. Acredito nele. Cheddar é a chave para a felicidade. — Uma amiga minha me ensinou a fazer isso.

"Uma amiga" sempre significa uma namorada.

— Eu não estou a fim de ter uma conversa profunda agora — digo. — Estes chinelos são novos?

Ele está usando chinelos com listras de zebra. Parecem ridículos e confortáveis. Duas coisas que meu pai não é.

— O coroa aqui ainda pode surpreender às vezes — diz ele com uma risada. Ele chuta um dos chinelos para fora do pé, como um dançarino com problema na articulação. Tento imitar o movimento, mas escorrego e bato na bancada.

— Vou colocá-la na cama — decide Arizona. Ela está tão sóbria que chega a doer.

— Eu não preciso ir para cama! Estou ótima! Eu também sou uma nova garota! Esperem só para ver todas as coisas que eu vou ser e fazer! — Eu me levanto e me sento em uma das cadeiras da cozinha. Parece uma das melhores ideias que eu já tive. — Eu vou resolver as coisas e não vou ser como vocês. — Aponto para o papai e depois para o silicone de Arizona. Estou em modo de ataque. — Eu não vou ser quem vocês querem que eu seja! — cantarolo sem ritmo.

— Você sabe que eu só quero que você seja você mesma e nada mais — assegura papai, mesmo que tenhamos muitas provas físicas e contundentes de que isso não é verdade.

— Você mesma e nada mais — canto no ritmo de uma música do Frank Sinatra que pode ou não existir de fato.

Eu não exatamente caio da cadeira, mas escorrego até o chão, onde fico rindo histericamente. É tão bom rir assim e estar tão bêbada.

— Montana. Você vai se odiar daqui a umas seis horas — diz Arizona. Papai assente.

— O que eu queria dizer para as minhas meninas é que as coisas vão mudar por aqui. Eu sei que a minha separação de Tess foi difícil para todo mundo, mas finalmente estou pronto para sossegar e construir um ambiente estável para todos nós.

Ele parece muito orgulhoso de si mesmo. Meu pai já disse exatamente essa mesma frase tantas vezes que eu as ouço nos meus sonhos. A parte otimista dele esquece o passado de modo tão fácil e completo que temos experiências inteiramente diferentes na nossa vida juntos.

— Conheci alguém especial — revela ele. E sei que, pelo menos neste momento, Arizona e eu temos corações e corpos respirando e agindo em sincronia. O coração aperta. Os corpos ficam tensos e a respiração, presa. — Quero deixar que vocês, meninas, participem dessa jornada comigo para que possamos emergir juntos. — Acho que ele decorou essa última parte de quando estava no grupo de apoio. Ele diz tudo isso com rapidez e cheio de orgulho.

Papai começou a frequentar grupos de apoio depois que mamãe partiu. Homens divorciados em igrejas aleatórias por toda a cidade, bebericando café e entregando lenços de papel uns aos outros com o máximo de masculinidade possível para esse gesto específico. É isso que imagino pelo menos. Eles dizem uns aos outros que estão tomando a decisão certa.

Eles usavam expressões como *jornada* e *codependência* e *energia positiva* e *viver o presente*.

Eu meio que odeio esses caras que estão no primeiro divórcio e não no quarto como o meu pai. Eles não nos conhecem, e sempre que meu pai está passando muito tempo em sessões do grupo, ele faz grandes pronunciamentos como esse que acabou de fazer e se sente muito bem em relação a si mesmo.

Sou obrigada a odiar qualquer grupo de pessoas que faça o meu pai sentir que anunciar alegremente outra namorada a essa altura é uma boa ideia ou alguma "mudança".

— Acho que não entendi — diz Arizona. Ela é sempre educada até a hora que deixa de ser. Seu comportamento é excelente, mas se for pressionada demais ela acaba explodindo. Ela já quebrou mais de um celular por atirá-lo no chão.

— Tudo que eu quero que tenham é o mesmo que tive na minha infância e na minha juventude — continua ele. — Foi isso que finalmente percebi.

Os pais dele moram em uma fazenda em Vermont. Nós nunca vamos ter isso. Como se percebesse a deixa, uma ambulância passa do lado de fora, o som das sirenes aumentando e diminuindo.

— Por mim, as coisas estão bem do jeito que estão agora — digo.

Não é mentira. Prefiro as coisas do jeito que têm sido desde que Tess foi embora do que do jeito que vão ficar se ele começar a namorar outra pessoa. Gosto de preparar café para o meu pai de manhã e de jantar no Reggio com ele durante a semana. Dividir sanduíches de presunto de Parma e o melhor café com leite do mundo. Ouvir a conversa de velhos e de primeiros encontros e da equipe de garçons entediados. Gosto que ele me conte sobre o seu dia, em vez de para uma esposa qualquer que o esteja esperando na bancada da cozinha. Gosto de saber o nome das enfermeiras e quantos procedimentos ele fez e qual é a pior parte do trabalho burocrático.

Se eu não estivesse tão completamente bêbada, teria dito isso a ele.

Mas estou completamente bêbada.

A cozinha vira e revira, os azulejos de xadrez mudando de posição e sobrepondo-se, o que me deixa enjoada.

— Achei que você estivesse dando um tempo de namoros — diz Arizona. Seus braços estão cruzados e seu rosto está contorcido em um esforço para não chorar.

Não consigo parar de balançar a cabeça de um lado para outro. Ela não está completamente erguida e eu me sinto muito bem de permitir que ela ceda diante do próprio peso. Estou tentando reter a conversa na minha mente, mas as informações escorregam pelas rachaduras do meu cérebro, causadas pelo champanhe. Não consigo acompanhar tudo.

— O que foi agora? — pergunto. Arizona suspira, e papai me dá mais água.

— Dessa vez é diferente — afirma papai antes de eu cair no sono no chão da cozinha. O discurso dele é como um conto de fadas: algo que eu ouvi repetidas vezes, tantas vezes que me faz adormecer.

Quando acordo na manhã seguinte, estou aos pés da minha cama. Meu rosto está todo marcado por ter dormido pesado e por tanto tempo em cima do cobertor com texturas que fica nesse local.

Não me lembro de como cheguei até aqui, mas me lembro do suficiente para saber que papai tem uma nova namorada, e Arizona tem um corpo novo, e Roxanne tem uma nova vida, e que tudo que tenho para me manter sã e feliz é Karissa.

Acordo com essa dor que sinto às vezes depois de pensar demais nas minhas madrastas. É como sentir saudade delas, mas dói mais porque eu meio que as odeio. Um misto de nostalgia e raiva. O tipo de combinação capaz de fazer uma pessoa vomitar, tipo suco de manga e leite misturados. Tudo errado.

Roxanne me manda uma mensagem de texto a caminho da minha casa, e eu digo a ela o que trazer. Café. Cigarro. Tinta de cabelo.

3 de junho
Diário da gratidão

1. O poodle carimbado no meu pulso, declarando que eu tenho 21 anos e que sou amiga de Karissa e que sou velha e legal o bastante para frequentar o Dirty Versailles.

2. Uma camiseta do Elmo com cheiro de cigarro e chuva.

3. O verão que me aguarda ao lado de Roxanne e Arizona e a volta à vida que tínhamos juntas.

Capítulo Quatro

Sou mais legal hoje do que eu era ontem.

Arizona está mais peituda e mais triste, coisas que, na minha opinião, andam de mãos dadas.

Eu sou mais legal não apenas por causa da atenção especial de Karissa, mas também porque Roxanne pintou o meu cabelo de cor-de-rosa. Não descolorimos a cor natural nem nada. Eu queria que parecesse sujo e indefinido. Que ficasse com um aspecto praiano e meio que particular, mas nem tanto. Então, o tom de cor-de-rosa surge na parte de cima do meu cabelo louro escuro como um véu punk-rock, e eu não consigo parar de olhar para o meu reflexo nas vitrines enquanto caminhamos até o Washington Square Park.

— Lembra de quando você queria ser bonita? — pergunta Arizona, franzindo o nariz.

— Achei que todas nós quiséssemos mudar a nossa aparência — respondo. Os seios dela estão completamente óbvios hoje. A regata justinha os deixa empinados e me deixa deprimida. Costumávamos ir para a cama uma da outra todas toda noite e colocávamos balões de água debaixo da blusa de brincadeira, fingindo que éramos Janie ou Natasha.

— Não é a pior coisa do mundo tentar ser feliz — declara ela.

Eu me pergunto se ela está ouvindo o que está dizendo.

Tento compartilhar um olhar com Roxanne, mas ela fica enfiando o canudo no copo de café gelado até a tensão acabar.

— Vocês duas estão ótimas — diz ela.

— Você deveria ter nos consultado — digo para Arizona.

— Como eu perguntei esta manhã sobre o cabelo cor-de-rosa.

— E eu disse que ia ficar esquisito em você — retruca Arizona. — Além disso, eu conversei sobre isso com Roxanne. Então, relaxa.

O rosto de Roxanne fica da cor do meu cabelo.

— Você contou para a Roxanne? — pergunto. Não é como se eu não soubesse que elas conversam sem mim. Temos grupos de e-mail e mensagens de texto e áudio e videoconferências, mas é claro que elas falam sobre essas merdas da faculdade entre si.

Eu não sabia que elas conversavam sobre coisas importantes sem mim.

O sol de repente está forte demais. É engraçado como eu esperei o inverno inteiro pelo verão e, agora estou com as costas suadas e os meus olhos estão com lágrimas por causa da intensidade da luz e estou odiando o aspecto que o short dá às minhas pernas.

— Eu sabia que Roxanne não ia me julgar — explica Arizona.

— Não é julgamento, tipo, questionar as suas escolhas e perguntar por que você está indo contra tudo que era importante para nós — digo.

— Eu posso fazer uma coisa por mim e pode ser que não tenha nada a ver com você, com papai ou com mais ninguém — declara Arizona.

— Não quando estamos falando de uma cirurgia plástica! — exclamo alto demais.

Quando nos sentamos em nossos bancos favoritos, Roxanne coloca uma música para tocar no seu celular, aumenta o volume e canta alto. Tem palavrões e parece o tipo de música que ainda não é popular, mas que logo será.

Eu me distraio ouvindo a conversa de outra pessoa. Duas mulheres de meia-idade no banco em frente ao nosso reclamando sobre as namoradas dos filhos. Quero entrar na conversa e abandonar a nossa.

O que realmente quero é perguntar para Arizona e Roxanne com que frequência elas conversam sem mim. Eu quero um mapa que mostre a distância exata que nos separou esse ano, para que eu consiga encontrar o caminho de volta.

— Não está em pauta — diz Arizona, que é o que dizemos quando decidimos que uma coisa não será mais discutida em grupo. Como quando Roxanne começou a sair com o seu professor assistente ou quando eu não fui à formatura delas no ano passado.

— Vamos conversar sobre suas olheiras e a sua necessidade repentina de ter um cabelo maneiro — diz Roxanne para mim.

— Essa garota estava fora de controle na noite passada — conta Arizona.

— Você não me convidou? — Roxanne faz bico e acho que talvez, contra todas as probabilidades, esse nosso primeiro dia juntas no parque será bom. O tipo de dia no qual rimos, ficamos provocando as outras, compramos sorvete no caminhão e que me fazem sentir ao mesmo tempo com cinco e 25 anos de idade.

— Eu saí com a Karissa. Da turma de teatro — conto. As duas ficam me ouvindo falar sobre como o cabelo dela tem um ondulado perfeito e o modo como todos ficam aos pés dela tentando chamar sua atenção. Elas ouvem sobre as pulseiras que tilintam e todas das botas de cowboy em todas as cores e sutiãs de renda fluorescente que aparecem sob todas as formas de camisetas, regatas e moletons recortados.

— Ah. Foi ela que disse para você pintar o cabelo? — pergunta Roxanne. Eu enrubesço. Eu não quero que esse seja o caso, e não é exatamente, mas eu não sou uma pessoa verdadeiramente original como Roxanne. Estou tentando ser legal, o que não é a mesma coisa do que ser legal de verdade, e sei disso.

— Estou tentando ser mais como você — devolvo. Sei que comparada à personalidade de Roxanne e à inteligência de Arizona, não sou nada especial. Mas, para Karissa, eu sou algo mais. Tentar explicar isso faz com que eu pareça ainda mais idiota.

Arizona suspira e passa os dedos pelo cabelo. Está tentando looks diferentes. Sexy. Provocante. Gatinha. Reservada. Quero comentar sobre isso, mas acho que qualquer coisa relacionada a Arizona não está aberta para discussões hoje.

— A gente foi a um bar — conto. — O Dirty Versailles, que fica no Lower East Side. Perto do cabeleireiro que você costumava ir. Belas Promiscuidades?

— Belas Beldades — corrige Roxanne, rindo histericamente.

— Isso.

O sol está tão forte que precisamos apertar os olhos. O ar está com cheiro de amendoim torrado e xixi de cachorro e Nova York, uma combinação que não é terrível e se torna mais pungente no verão.

— Já que mencionou, você ainda está cheirando a álcool — comenta Roxanne.

— Você disse que eu não podia tomar banho antes de você pintar o meu cabelo!

— Eu disse que você não podia lavar o cabelo! Porca! Você é porca! — exclama Roxanne alto demais. Arizona esconde os olhos. Qualquer pessoa passando por nós perguntaria se ela faz parte do nosso grupo ou se está sozinha. Ela não combina. Eu me afasto dela e observo um cara passando pelo chafariz. Roxanne acende um cigarro que nós dividimos, passando de uma para outra, levantando o queixo para o céu quando soltamos a fumaça.

— Montana já mostrou o cara para você? — pergunta Roxanne para Arizona. Temos vindo ao parque todos os dias desde que ela voltou para casa, então ela já viu Bernardo várias vezes. Ele está no banco em frente ao nosso.

Arizona passa os olhos pelo parque e aponta para um cara com camiseta sem manga.

— Ele? — pergunta ela.

Acho que está brincando, então zombo antes de perceber que ela estava fazendo uma tentativa legítima.

— Ah. Ele é meio que bonitinho. Mas não. É aquele lá. — Indico Bernardo com um aceno de cabeça.

Estamos todas olhando bem intensamente para ele, e eu estou empertigada, passando os dedos pelo cabelo quase cor-de-rosa e me perguntando se o cheiro do vinho no dia seguinte é bom ou ruim na minha pele. Para dizer a verdade, eu não queria esquecer a noite passada, e foi por isso que não tomei banho. Porque eu tinha que deixar a marca do carimbo de poodle na minha mão como se um pouquinho do perfume frutado de Karissa ainda estivesse na minha pele.

Bernardo sorri. Aponta para a própria cabeça, então, para a minha, e faz um sinal com o polegar erguido.

Uau.

O garoto do outro lado do parque: ele está com um cachecol e óculos de armação e lentes grossas e tênis maneiro e, às vezes, ele lê livros em espanhol e, às vezes, lê livros em inglês, e quando descobri a partir de um trabalhinho de detetive que o nome dele é Bernardo, comecei as escrever o nome dele no meu Diário de Gratidão. Eu não o conheço, mas ele parece ser alguém por quem vale a pena se sentir grata.

Afinal, sempre sou grata por covinhas.

Ele e seu grupo de amigos se sentavam no banco em frente ao meu. Ficamos trocando olhares no primeiro mês. Nada mais. Notei que ele estava lendo o mesmo livro que eu. *O grande Gatsby*. Imaginei que a escola dele estivesse trabalhando o título também.

Depois, veio o romance do Stephen King que eu estava lendo para relaxar.

Depois, *O apanhador no campo de centeio*.

Depois, *Jogos vorazes*.

Depois, *Valley of the Dolls*.

Depois de *Valley of the Dolls*, começamos a nos cumprimentar com um aceno de cabeça. Depois, um aceno com a mão. Então, segurávamos os livros de modo que cobrissem quase completamente no nosso rosto e olhávamos por cima das páginas. Tem sido o melhor, mais estranho e silencioso flerte do mundo.

Arizona acha que parece assustador, mas desde que foi para a faculdade, ela acha que tudo o que eu faço é meio bobo, estranho ou assustador. Roxanne e eu achamos que a situação é super sexy. Não consigo parar de pensar no cabelo despenteado e no calor do seu olhar e no jeito relaxado com que ele se encosta no banco, o modo como seu corpo diz *estou muito bem* com os braços estendidos no encosto, os cotovelos apontando para trás.

— Tem um cara como ele no meu andar na Bard — conta Roxanne. — Mas, tipo, uma versão muito mais drogada dele. A gente ficou numa festa. Beija bem. Um bom sinal para o seu garoto. — Eu não quero ouvir nada sobre Bard, mas tento sorrir e assentir como devo fazer.

— Você se deu melhor na faculdade do que eu — diz Arizona. — Você precisa me ensinar seus truques para eu aproveitar melhor no ano que vem.

Roxanne diz algo sobre garotos que você conhece na aula em comparação com os que você conhece em festas e a diferença de ficar com os dois tipos, e eu me desligo da conversa.

Ele se levanta do banco e não afasta o olhar de mim enquanto se aproxima. Quase tropeça em um grupo de músicos mexicanos e em um garoto em um patinete motorizado que deveria ser banido. Está acontecendo.

Eu não acho que Bernardo esteja caminhando na minha direção por causa do meu cabelo quase cor-de-rosa. Mas espero que isso tenha feito com que percebesse que eu não sou o tipo de garota que vai esperar para sempre o cara gato do outro lado do parque dizer oi. E já estou esperando há dois meses. Desde o momento que ficou calor o suficiente para ser razoável se sentar em um banco de parque por duas horas todos os dias depois da aula. Era o que eu costumava fazer com Arizona e Roxanne, então continuei fazendo durante este ano. Eu não saberia como agir diferente na primavera ou no verão.

— Ele está vindo — avisa Roxanne.

— Ele quer perguntar que merda você fez com o seu lindo cabelo — diz Arizona.

— Meu cabelo nunca foi lindo — respondo. Mas quero muito que ele me ache bonita. Antes e depois. Sempre.

— Talvez eu deva mandar uma mensagem de texto para Karissa e perguntar o que devo fazer. — Eu meio que estou me exibindo. Quero que elas saibam que Karissa é o tipo de amiga para quem eu poderia enviar uma mensagem de texto no meio do dia. Quero que elas saibam em que nível estou.
— Os caras realmente amam a Karissa.

Pego meu telefone e começo a digitar algo sobre *como posso fazer com que o carinha lindo do parque venha falar comigo?* Aperto enviar e me lembro de ela dizendo que deveríamos ser melhores amigas. Espero que ela também se lembre disso.

Bernardo está mais perto do que jamais esteve. Em mais alguns passos, estará no nosso banco, e vou conhecer o som da sua voz e o tom exato dos seus olhos.

— Faça contato visual! Contato visual é a chave! — diz Roxanne baixinho.

Mantenho os olhos fixos nele. É bom ter alguém para me ajudar a pensar no que fazer. Eu provavelmente deveria ter feito amigas novas ao longo desse ano, mas não me preocupei com isso.

— Você parece igual, mas diferente — diz Bernardo. Ele está bem na minha frente, e eu não faço ideia se devo me levantar ou continuar sentada. Seguro as minhas coxas e aperto, esperando manter todo o nervosismo nessa região e não no meu rosto ou na voz. Sinto como se estivesse no sexto ano. Mas de um jeito legal.

Ele está usando uma camiseta azul-marinho com o nome de alguma banda da qual nunca ouvi falar escrito em grandes letras brancas. O cabelo está mais despenteado que o usual, espalhado para todos os lados. Grosso, preto e caótico. Ele tem aquele espacinho entre os dentes da frente e o nariz é torto. Está desarrumado e imperfeito e encarando o meu cabelo quase cor-de-rosa.

— Eu até agradeceria, mas isso não foi exatamente um elogio — respondo, enrolando uma mecha de cabelo entre os dedos. Eu queria que estivesse ainda mais cor-de-rosa.

— Meu nome é Bernardo — apresenta-se ele.

— Eu sei. O meu é Montana — respondo.

Estamos sorrindo um para outro, e isso é o máximo. Como se já compartilhássemos um segredo que o resto do mundo não sabe.

Meu pai diz que, às vezes, não conhecer alguém é até melhor do que conhecer. Tento não pensar nessas palavras e não sentir a verdade delas neste momento. Ouvir conselhos de relacionamento de um pai divorciado quatro vezes não é muito inteligente.

— Você deveria pintar seu cabelo de cor-de-rosa também — sugiro. Não sei por que falo isso, a não ser por estar tão hiperconsciente do meu novo visual que estou tendo dificuldade de pensar em qualquer outro assunto.

Quero que ele saiba que eu posso conversar sobre outras coisas: artistas de rua favoritos do Washington Square Park, livros menos favoritos da escola neste ano, se cerveja tem gosto de xixi ou de trigo, que tipo de música a banda estampada na camiseta dele toca e se ele prefere ouvi-la com fones de ouvido quando está caminhando pelo bairro ou se prefere ouvir a todo volume em casa. Mas tudo que consigo falar é sobre o tom de cor-de-rosa que agora enfeita a minha cabeça.

— Você acha que rola? — pergunta Bernardo. Ele estende a mão para o meu cabelo, pega uma mecha e a aproxima do seu rosto como se fosse realmente verificar como ele ficaria com cabelo cor-de-rosa. Quase cor-de-rosa.

— Você é medroso? — pergunto.

Roxanne ri. Ela e Arizona estão em silêncio, mas concentradas. Os amigos de Bernardo ficam observando do banco. Alguém perto do chafariz está tocando acordeão muito mal. Bernardo me olha demoradamente.

— Sou medroso, mas também sou fantástico — responde ele.

Consigo sentir Arizona revirando os olhos ao meu lado. Não importa que eu não consiga vê-la. Ela é minha irmã. Sei quais frases ela vai amar e quais vai odiar. Sei suas opiniões antes que ela diga. Isso não mudou.

Ela deixou de achá-lo um doce e passou a achá-lo cafona. Consigo sentir isso. Ela está com a "expressão de madrasta" no rosto. Crítica e autoconfiante. Eu poderia apostar nisso.

— Não entendi o que isso significa — retruco.

— Significa vamos nessa. Vamos pintar meu cabelo de cor-de-rosa. — Ele pisca, mas não sorri.

O músico que está tocando acordeão tenta uma versão de "Parabéns para você" para ninguém, e Arizona está balançando a cabeção *não, não, não*. Eu acho que ele talvez esteja falando sério.

— Agora? — pergunto.

— Ai, meu Deus, sim, agora! — exclama Roxanne em uma rajada de palavras, sem respirar. Ela corre para nós como um cachorrinho solto da coleira.

— Você não precisa fazer isso. Eu meio que estava brincando. — Eu me sinto tímida perto dele, mesmo que o cara tenha ficado me olhando a primavera inteira e agora esteja disposto a pintar o cabelo por mim. Eu não o conheço; ele ainda é um estranho bonitinho e agora que ele viu como Roxanne é divertida e viu o novo corpo de Arizona, não sei por que ele gosta de mim.

— Parece que vale a pena fazer isso por você — diz ele.

Eu rio. Mais ou menos. É mais uma mistura de tosse com um riso de vergonha e surpresa, mas estou mostrando os dentes, então lembra vagamente uma risada. Ele tem um sotaque que não consigo identificar, mas presumo que isso significa que ele sempre morou em Nova York e provavelmente o pai ou a mãe, ou ambos, falam espanhol.

Bernardo meio que saúda os amigos do outro lado e troca apertos de mão com Arizona e Roxanne. Elas se apresentam, e ele ergue as sobrancelhas ao ouvir o nome de Arizona.

— Arizona e Montana, isso é uma piada? — pergunta ele.

— Irmãs — respondo. Toco o cotovelo de Arizona ao dizer a palavra e quero trocar um sorriso com ela, aquele olhar do tipo "amamos ser irmãs", mas ela não aceita. Está ocupada demais franzindo o nariz e ajeitando as alças da regata e provavelmente planejando sua rota de fuga.

— Nossa mãe era hippie. Então, o nosso pai foi hippie por um tempo também. Ele é assim — explica Arizona. Para alguém que não quer falar, ela está falando pra caramba.

— E agora? — pergunta Bernardo, que é a pergunta de um milhão de dólares, para ser sincera.

— Nosso pai meio que sai com várias mulheres. E meio que muda muito quando namora. Mas ele é um cara legal — respondo. Fica um vácuo na conversa no qual eu também deveria falar sobre a minha mãe, mas não faço isso.

— A gente não tem mãe — diz Arizona por mim.

— A gente já superou — completo, e sinto que é verdade.

— Vocês não parecem irmãs — comenta Bernardo. É a primeira vez que alguém diz isso, e dói. Até agora, todo mundo sempre conseguiu notar. Durante a vida, nós duas tivemos o mesmo cabelo louro escuro, olhos azuis, quadris largos e pouco busto. A mesma pele clara e as mesmas camisetas e o mesmo jeito de prender o rabo de cavalo na lateral da cabeça. — Tipo, agora que você disse dá pra notar — continua ele. — Mas de primeira eu não fazia a menor ideia.

Olho para ela. Eu meio que estava evitando absorver sua aparência. Ela nem parece mais um nova-iorquina, menos ainda alguém da minha família. Sinto um nó na garganta ao reconhecer a distância repentina entre nós. Se estivéssemos andando na rua, ninguém acharia que somos irmãs. É o tipo de perda enorme que não dá para engolir de uma vez só, então, afasto o olhar outra vez.

— Elas parecem gêmeas! — exclama Roxanne, porque ela também não olhou para Arizona.

— Arizona é mais velha — digo. — Ela está na faculdade.
— Uma frase inútil que não explica nada.

É estranho como um novo par de seios pode parecer uma traição. Parece tolice e sei que nunca devo dizer isso em voz alta.

— A gente tem os mesmos olhos e nariz — diz Arizona. Eu quero medir a quantidade de sofrimento que ela está sentindo. Espero que chegue perto da minha.

Bernardo olha para o rosto de Arizona e, depois, para o meu, virando a cabeça para ver todos os ângulos, procurando semelhanças. Ele dá de ombros, como se isso realmente não importasse.

— É, tem razão, dá para perceber.

Arizona sorri, achando que ele realmente está vendo nosso parentesco, mas percebo que ele não viu. Ele não vê e não verá. Acabou.

Capítulo Cinco

Compramos tinta de cabelo na Duane Reade a caminho da minha casa e depois nos esprememos os quatro no nosso banheiro.

— Deve ficar bem forte por, tipo, umas seis semanas — diz Roxanne. — Depois vai começar a desbotar. Principalmente no sol, ok?

Ela é perita no assunto. No momento o cabelo dela está castanho com mechas roxas, mas ninguém sabe como estará na semana que vem. Ela deixou crescer, então está pesado e comprido, passando dos ombros, um tipo de beleza pela qual acho que ela não recebe o devido crédito.

Roxanne sempre foi essa pessoa para mim e para Arizona — criando mágica onde não há nada, fabricando tranquilidade onde havia tensão. No nosso último dia juntas nas últimas férias de verão, ela nos arrastou até Coney Island, onde ficamos de biquíni na praia e comemos cachorro-quente do Nathan's. Que são deliciosos. Isso nos fez esquecer da tristeza pelo fato de elas estarem partindo. Depois da formatura, à qual não fui, pintamos estrelas e corações no rosto com tinta facial e colocamos nossas músicas pra tocar no Washington Square Park. Compramos pizza com os dez dólares que ganhamos com isso.

— Seis semanas de cabelo cor-de-rosa, hein? — diz Bernardo. Ele não parece nervoso. Mas também não exatamente feliz. Ele dá de ombros. Olha para o próprio rosto como se estivesse calculando quantos dias têm seis semanas. Sinto uma onda de solidão ao perceber o quão pouco realmente sabemos sobre ele. Como seus estados de espírito são desconhecidos e imprevisíveis para mim. Ele olha na minha direção com as sobrancelhas levantadas e os olhos brilhando. — Será que vamos conseguir lidar com isso? É um compromisso sério. Você vai ter que andar comigo pelo menos enquanto eu estiver com esse cabelo maluco.

— Seis semanas é muito tempo, cara — respondo enquanto Arizona lava as mãos na pia, e Roxanne corre até a cozinha para procurar luvas de borracha. — Talvez você me odeie. E aí nesse caso você vai ter cabelo cor-de-rosa, nenhum lugar para sentar no parque e uma séria decepção.

— Achei que isso era sobre ser superdiferente — diz Arizona. — Talvez o carinha aí deva escolher uma cor diferente. Ou raspar a cabeça. — É como se ela estivesse brincando, mas não está.

— Meu nome é Bernardo — diz ele, soando legal, mas firme.

Lanço um olhar suplicante para Arizona. Ela sabe há quanto tempo estou de olho nesse cara e de como fiquei a fim de poucos caras na minha vida.

Bernardo dá de ombros de novo. Acho que é uma coisa que ele faz. Faço uma anotação em relação a isso. Quando meu pai conhece alguém e "se apaixona" e se casa, ele não sabe nada sobre a mulher. A não ser o modo como ela o faz se sentir e como ela é bonita e como ela vai ficar ainda mais bonita. Como ele vai torná-la ainda mais bonita.

Nosso apartamento, decorado por anos de esposas e namoradas, é objeto de registros detalhados na minha cabeça. Sei que pote para escovas de dentes, que manta, que vaso caro demais, que *chaise longue* foi escolhido por qual esposa. Os objetos, obviamente, combinam perfeitamente com a personalidade de cada uma.

Papai não faz ideia.

Ele poderia facilmente confundir um sofá da Natasha com um da mamãe, uma obra de arte de Tess com o gosto de Janie. Como se nunca as tivesse conhecido.

Não sou o meu pai. Noto os desenhos no tênis de Bernardo, bonequinhos de palito perto da sola, marcadas na borracha que costumava ser branca, mas agora está cinza por causa da sujeira das ruas de Nova York. Quero notar tudo a respeito dele e gostar dele por causa disso. Não quero extrair nem mudar nem moldar. Não quero amar do jeito que o meu pai ama.

Bernardo é um cara que dá de ombros e não sorri o tempo todo e desenha bonequinhos de palito nos tênis e gosta de aventuras malucas com garotas que não conhece. Bernardo é destemido.

Vou pesquisar a banda da camiseta dele mais tarde. Vou ouvir pelo menos cinco músicas. Aprender alguma coisa sobre ele nas letras e no ritmo e se as guitarras são altas e elétricas ou calmas e acústicas.

— Montana tem que fazer as honras — decide Roxanne quando volta ao banheiro. Com nós quatro no espaço apertado, mal conseguimos nos mexer. Bernardo está sentado na tampa do vaso, Arizona está agachada na banheira antiga. Roxanne coloca as luvas de borracha em minhas mãos e tampa o nariz enquanto me mostra como descolorir e, depois, pintar.

Não consigo sentir a textura do cabelo dele através das luvas, mas o contato é íntimo mesmo assim, puxar as mechas, cobri-las com uma pasta grossa, certificando-me de não deixar passar nem um pedaço.

— Tarde demais para desistir? — pergunta ele quando estou na metade do trabalho.

— Este é o dia mais estranho da minha vida — diz Arizona.

— Isso é A, falso, B, realmente triste se for verdadeiro — declara Roxanne.

Estar em pé perto de Bernardo parece certo. E quando ele faz careta quando a tinta barata queima seu couro cabeludo, dou risada, em vez de me desculpar. Isso também parece certo.

— Eu tenho um bom pressentimento em relação a isso — digo.

— Eu também — responde ele. Não acho que ele esteja falando sobre o cabelo.

— Você fuma? — pergunto enquanto aguardamos para enxaguar a tinta do cabelo dele.

Não saímos do banheiro lotado, embora eu realmente não saiba dizer o motivo. O cheiro é de produtos químicos que vão matar você e está um calor infernal. Arizona saiu da beirada da banheira e se acomodou dentro dela, onde pode esticar as pernas e recostar. Está descalça. Seu cabelo está preso em um rabo de cavalo alto e frisado. Não fosse pela unha francesinha, short cáqui, sutiã tamanho 42 e camisa polo cor-de-rosa, ela poderia ser minha antiga irmã. Eu me pergunto se Bernardo também percebe isso. Se o fato de que somos irmãs pareceu fazer sentido assim que Arizona relaxou um pouco.

Fico imaginando se esse lado dela surgiu nos *hostels* na Áustria e na França na semana passada. Acho que os dormitórios da Colby sequer têm banheira.

Arizona pede um cigarro também, mas ela odeia fumar. Ou odiava fumar. Eu deveria saber exatamente como ela se sente sobre cigarro hoje em dia, mas não sei.

— Eu até fumo — responde Bernardo. — Não tenho o hábito propriamente dito, mas se for um dia daqueles, quem sabe, né?

Bernardo é um cara que não fuma, mas fuma às vezes.

Bernardo é um cara que começa a demonstrar cansaço depois de ter agido de forma aventureira e livre por mais de duas horas. Suas pálpebras parecem pesadas, e sua voz tem um novo tom de resmungo.

Sorrio para ele, e ele corresponde com um meio sorriso.

Bernardo é um cara que nunca sorri.

— Deixa comigo — diz Roxanne.

Ela tem um maço de cigarros na bolsa. Comprou junto com a tinta de cabelo porque sabe como proporcionar a melhor tarde possível. Cada um acende o seu cigarro, e abro a janela completamente para que nós quatro consigamos nos apertar e soprar a fumaça para fora na West 12th Street. Arizona desiste depois de meio cigarro, então fico entre Roxanne e Bernardo e vibro com o ombro de Bernardo contra o meu e com o quão rapidamente aprendi a arte de ser uma fumante casual. Ainda odeio o gosto, mas, nesse momento, estou apreciando o formato dos meus lábios quando sopro a fumaça e o gesto gracioso de levar os dedos até a boca. É como um movimento de balé.

— Papai vai matar você, vai sentir o cheiro em você — diz Arizona. Ela tosse, mas não sai do lugar.

— Papai vai me matar de qualquer maneira — respondo. Sacudo meu cabelo quase cor-de-rosa na direção dela e trago novamente. — Além disso, a nova namorada dele fuma.

Sei disso porque quando ele sai com ela, volta com o blazer cheirando a cigarro.

— Parece que ninguém vai sair ileso disso tudo — declara Bernardo, com a voz um pouco mais áspera.

Bernardo é o cara que diz coisas engraçadas, mas não sabe que são engraçadas. Bernardo é o cara que não ri, mas fica me olhando quando eu rio.

Eu realmente gosto de um cara chamado Bernardo, digito uma mensagem para Karissa, mesmo que ela não tenha respondido à minha primeira mensagem e estou paranoica de que não tenhamos estabelecido uma verdadeira ligação como achei que tivéssemos. *Eu não achava que Bernardos pudessem ser interessantes.*

Tem algo melhor do que gostar de alguém que você nunca achou que poderia gostar?, responde Karissa, e é perfeito e fico me perguntando por que eu não consigo mais contar essas coisas para a minha irmã.

O cabelo de Bernardo acaba ficando com um tom bem mais forte de cor-de-rosa que o meu. Meu cabelo louro escuro ainda é parcialmente visível sob o véu da cor. O dele, por outro lado, está com um tom brilhante e profundo de cor-de-rosa, já que descolorimos toda a cor original antes de pintá-lo. O cabelo do cara virou uma maluquice neon. O meu está um tom de castanho-louro-cor-de-rosa-praiano-bagunçado, mas o dele diz a que veio.

— Isso — digo como uma resposta para nada, porque não há outra palavra para o que sinto ao olhar para ele.

Ele não chora nem nada, olhando-se no espelho. Não fica sem ar ou vermelho.

— Bem, aqui vamos nós.

6 de junho

Diário de gratidão

1. Quando Tess foi embora três meses atrás, deixou o liquidificador, três pares de sapatos prateados, um aparelho extravagante de Pilates, e um quadro de rosas na parede da sala que de tão feio é bonito. Tudo isso será colocado, como sempre, no Armário das Coisas Esquecidas.

2. Saber que a pizza do Ben's na MacDougal tem a quantidade perfeita de queijo derretido em relação à massa. A proporção sendo: maior parte de queijo derretido, pouco molho, massa fina.

3. Garotos com cabelo cor-de-rosa. Garotos com cabelo cor-de-rosa. Garotos com cabelo cor-de-rosa. (Garotos que pintaram o cabelo de cor-de-rosa por minha causa.)

Capítulo Seis

Alguns dias depois, enquanto compro um *bagel*, estou em estado total de alerta em relação a Bernardo. É verão de um jeito que só é possível em Nova York durante três dias por ano, então, todo mundo está no parque. Caminho lentamente e espero que ele apareça. Espero que esteja no mesmo banco com aqueles amigos. Um deles está sempre com uma gaita. O outro fala tão alto que as pessoas que passam se sentem desconfortáveis. Então, seria difícil não notá-los se estivessem ali. Eu poderia mandar um inbox e perguntar se ele está no parque.

Tenho o número dele, mas ele não tem o meu.

— Eu pintei o meu cabelo de cor-de-rosa — disse ele antes de ir embora. — Então, você sabe em que pé estamos. Manda mensagem de texto quando quiser, ok?

Ainda não mandei. Karissa disse para eu esperar alguns dias, mas acho que os meus dedos não vão aguentar por muito tempo.

Começo a caminhar na velocidade normal e penso nas palavras que poderia escrever. Penso em *oi* e mais nada depois disso. Eu poderia perguntar como está o cabelo. Ou se ele está gostando do clima. Faço um pacto comigo mesma para dizer alguma coisa até o fim do dia.

Preferivelmente nada sobre o clima porque eu não tenho cinquenta anos e não sou entediante.

Quando passo pelos bancos na extremidade do parque, perto do arco, vejo um brilho cor-de-rosa fluorescente.

É ele.

Está longe o suficiente e não vai conseguir me ver, principalmente porque meu cabelo não está tão espetacular. Eu não me sobressaio como ele.

Não o chamo. Fico observando de onde estou.

Ele está correndo. Em círculos. Como um cachorro cor-de-rosa. Seu cachecol listrado voa atrás dele, e, cara, Arizona iria odiar o fato de ele estar usando um cachecol em um dia tão quente.

Então, vejo do que ele está correndo: crianças. Bernardos em miniatura, dois meninos e uma menina que presumo que sejam seus irmãos. Eles correm, chutam a grama e guimbas de cigarro e se esforçam para acompanhá-lo. Gritam e batem no peito dele.

Quando Janie morou conosco, trouxe seus dois filhos pequenos, Frank e Andy. Arizona e eu lhes ensinamos a jogar jogos de tabuleiro e a falar a língua do P. A família de Bernardo parece ser desse tipo, só que muito melhor. Mais real. Algo permanente.

Qualquer coisa que Arizona e eu temos nunca é permanente. Elas ficam por alguns anos e, então, recebemos um pedido para nos adaptarmos a outra coisa. E, no fim das contas, Arizona e eu também não duramos como irmãs. Não do jeito que achei que duraríamos.

Uma mulher de cabelo escuro e sorriso gentil os observa. É a mãe deles, tenho certeza. Eu quase não suporto a doçura. Ela provavelmente nunca foi a lugar nenhum, nunca mudou nada. Sua camisa parece ser de dez anos atrás. O corte de cabelo também.

Fico imaginando como deve ser ter uma família por toda a sua vida. Ou até mesmo ter uma pessoa que sempre será sua. Que sempre estará perto de maneira íntima e familiar.

Hoje Arizona vai a uma aula de ginástica chamada "Barra Pesada" com uma garota chamada Esther e, depois disso, elas vão preparar o jantar juntas. Todas as partes dessa frase parecem estranhas e surreais. Nós nunca preparamos o jantar juntas. Nós pedimos o jantar. A única coisa que preparamos são sanduíches.

Eu tinha achado que Bernardo fosse como eu — perdido e deslocado.

Não envio a mensagem. Não fico lá para assistir à cena de família perfeita nem fico imaginando se ele já se arrependeu do cabelo. Isso fica óbvio quando ele tira um gorro do bolso e o coloca. Estamos em Junho, afinal. E ele já está usando um cachecol. Que garoto estranho.

Tento Natasha, porque algumas horas com ela faz com que eu não me sinta tão confusa como costumo sentir quando estou em casa com papai e com todas as coisas que as ex-mulheres dele deixaram para trás. Ela não responde. Deve ter saído com a família de verdade, da qual eu não faço parte, não importa o que ela diga, não importa o quão veementemente ela insista que eu sempre serei sua enteada.

Ninguém quer ser a enteada de alguém para sempre.

Roxanne está passando o dia com os pais, então só sobra Karissa. Eu provavelmente deveria ter começado procurando por ela.

Ela me responde na hora e me convida para comer picles e tomar vinho na sua casa.

* * *

Corro para casa para trocar de roupa e, quando estou pronta para ir para a casa dela, meu cabelo está embaraçado, cor-de-rosa e louro disputando espaço em meio aos cachos soltos. Coloco uma calça legging azul e uma camiseta preta e desodorante suficiente para não ter que tomar banho. Imagino o que Karissa vai achar desse novo visual.

Antes de ir para a casa dela, eu me rendo e envio uma mensagem para Bernardo.

Estou enviando uma mensagem para você também saber em que pé estamos. ☺

Karissa me enche de atenção quando chego à sua casa. Alguns amigos magros como drogados estão sentados em grandes sofás púrpura, e há garrafas de vinho abertas em todas as superfícies. Tento parecer que tenho mais de vinte anos em vez de 17, e não sei se o cabelo está ajudando ou atrapalhando, mas tento não ligar.

— Olha só o que você fez! Você é de longe a pessoa mais cool e sem merdas que eu já conheci na minha vida. — Suas mãos tocam o meu cabelo, torcendo e puxando as mechas. O próprio cabelo dela desce pelas costas em ondas desordenadas até quase a cintura.

— Chamo de rosa-verão — digo, citando um nome que acabei de inventar. Cinco pessoas maneiras de vinte e tantos anos fazem barulhos que parecem risadas.

— Se eu conseguisse ser escolhida para comerciais usando cabelo rosa-verão, certamente me juntaria a você — declara ela. — Mas eu não tenho um rosto adequado. Nem a pele. Cara, se eu me parecesse mais com você, meu agente me amaria um bilhão de vezes mais. — Ela tem essa lista de coisas que odeia sobre si e que agentes e diretores de elenco supostamente odeiam também. Soaria negativo e amargo saindo da minha boca, mas Karissa faz com que a insegurança pareça quase atraente. Sincera, confortável e natural. — Eu pareço uma idiota hoje comparada a você — continua ela. — Você precisa parar de me ofuscar.

Karissa é provavelmente a pessoa mais legal que já conheci. Seria impossível ofuscá-la.

Ela me oferece vinho em um copo de plástico.

— Esta é a Montana — anuncia ela para a sala. Eu esperava acenos entediados ou ser completamente ignorada, mas, ao ouvirem meu nome, todos ficam um pouco mais animados. Duas pessoas até sorriem.

— Montana! — exclama uma garota de cabelo curto e escuro. Ela se levanta e aperta a minha mão. Ela olha de mim para Karissa. — Que legal finalmente conhecer você.

— É. Finalmente — digo como se tudo fosse uma piada.

— Eles estão agindo de forma estranha — diz Karissa. — Não façam isso, gente. Montana é minha amiga. Da aula de teatro que fiz. Ela é uma alma antiga. — Ela coloca bastante ênfase na palavra *amiga*, como se eles pudesse achar que eu sou outra coisa, mas não sei o que seria, então começo a suar de nervoso.

— Ah, tudo bem. Eu entendi. Certo — diz um cara com cabelo louro desordenado. — Ela bebe?

— Bebo — respondo, e Karissa sorri. — E fumo também. — Karissa fica radiante. Eu sou tão cool quanto ela disse que eu seria.

Eu me sirvo de um pouco mais e fico imaginando um mundo no qual Karissa se gaba de mim com seus amigos.

— Essas pessoas são, tipo, a família que eu escolhi. Eles tomam conta de mim desde que a minha mãe morreu — conta Karissa. Eu não estou acostumada com pessoas falando tão diretamente sobre coisas como a morte, então o meu coração salta um pouco ao ouvir isso.

— Isso é incrível. Sinto muito pela sua família. Eu não sei se disse isso na outra noite. Mas eu sinto muito mesmo — digo. Espero que seja correto. A dor de Karissa faz com que eu me sinta um pouco em pânico. Como se eu devesse ajudar, embora não faça ideia de como.

— Garota, eu nem me lembro do fim da noite para ser sincera. Mas é melhor assim, certo? Sabe quando as coisas, tipo, ficam embaçadas? Pequenas partes e pedaços, como se a maior parte do que aconteceu existisse em algum tipo de lugar além da imaginação?

— Você faz com que encher a cara soe como algo bonito — digo, mesmo que eu nunca tenha ficado tão bêbada assim.

— Eu tenho um segredo — diz Karissa.

Ela está segurando três picles e o vinho na mão, e o cheiro é estranho e perfeito. Estou acostumada com mulheres que são todas iguais e tem o mesmo cheiro e comem as mesmas comidas tristes — frutos oleaginosos e frutas e carnes magras e tanto espinafre que às vezes eu me pergunto se isso é requisito para ser esposa do meu pai. Karissa é outra pessoa. Ela não se parece com nada nem ninguém que eu conheça.

Acho que eu poderia ser diferente como ela. Uma pessoa original.

Roubo um dos picles de sua mão e mordo como se fizéssemos isso o tempo todo — compartilhar comida, bebida e momentos. E segredos.

— Aposto que você tem um milhão de segredos — respondo. Karissa ri e me dá um empurrãozinho.

— Você é cool demais para gente — diz ela. Obviamente o contrário da verdade, mas dou de ombros como se eu tivesse total certeza disso, jogo o meu cabelo cor-de-rosa verão para trás, bebo o vinho e, naquele segundo, sou exatamente a garota que ela diz que sou.

Mas quando olho para Karissa, sei que não chego aos pés dela. Nem perto disso. Ela está usando um vestido branco que tenho quase certeza que na verdade é uma peça de lingerie, um colar de pérolas que tenho quase certeza que é de plástico e um grande xale cor-de-rosa que eu tenho certeza absoluta que apenas ela conseguiria usar. Sardas se espalham nas melhores partes dela: seu nariz e bochechas, seus ombros e joelhos e coxas, sua nuca, oculta a não ser quando ela, ocasionalmente, prende o cabelo em um rabo de cavalo frouxo.

Estamos tão próximas que estamos quase nos tocando. Meu telefone vibra e eu quase não me movo para olhar, mas, mesmo com Karissa ao meu lado, ainda quero ver se é Bernardo. Não estava esperando por isso. Achei que ela fosse grande e brilhante o suficiente para eclipsar a imagem dele completamente.

Dou uma olhada rápida. É ele. Perguntando quando podemos nos ver de novo. Dizendo que ficou feliz com a minha mensagem. Sinto uma onda de adoração por Bernardo e Roxanne. Tento manter as coisas sob controle, mas o sorriso chega sem que eu consiga controlá-lo. Grande e sentimental.

Estou toda agitada.

Respondo que ele logo vai me ver.

— Parece que você tem um segredo também — diz Karissa.

Então, estamos rindo com ar de bobas, e acho que talvez a gente realmente venha a ser melhores amigas que não tem nada a ver uma com a outra.

— Já chega de falarmos de mim, você é que quer me contar um segredo — digo. — Então, conta logo.

— Ainda não posso contar — diz Karissa. — É uma coisa boa. Acho que é boa. Eu quero que você ache que é boa. Prometa que vai tentar achar que é uma coisa boa? — Ela é o tipo de pessoas que quer que você prometa o impossível sem fazer perguntas.

E, quando estou com ela, sou o tipo de pessoa que faz promessas que não posso cumprir.

— Prometo — digo.

* * *

Dividimos o cigarro na calçada do lado de fora do prédio de Karissa. A garota com cabelo preto e curto e o seu namorado, que usa um chapéu ridículo e uma barba ainda mais ridícula, descem com a gente. Eu me esforço para me encaixar entre eles.

— Vocês não poderiam ser, tipo, presos por causa disso? — pergunto. Estou bêbada demais para fingir ter idade suficiente para qualquer uma dessas coisas.

— Sei lá. Tanto faz. Quem se importa? — Responde a garota de cabelo preto, o que não constitui uma resposta.

— Você não tem 13 anos, né? — pergunta a amiga.

— Ela é praticamente uma adulta — afirma Karissa. — Não precisamos tratá-la como criança. Ela é uma pessoa. — Ela acena de forma muito séria, e quero contar para o Bernardo sobre isso. Quero que ele saiba que existe uma estranha linda misteriosa e perfeita que provavelmente logo se tornará uma atriz famosa e que acha que eu sou verdadeira.

— Ela tem razão. Eu mal tenho pais. — Não é o tipo de coisa que eu diria se eu não estivesse muito tonta em uma calçada de Manhattan.

— Isso não é verdade. Você tem um pai — argumenta Karissa. Ela dá uma piscadela. Isso é algo que ela tendia a exagerar na aula de teatro. Seu único defeito como atriz. O que a torna ainda mais perfeita, ter um defeitinho engraçado.

— Meu pai é um desastre — explico para a amiga de Karissa que não está fazendo nenhuma pergunta, porque estou compartilhando a minha vida de maneira insana e ela provavelmente quer que eu pare, mas não paro. — Ele já se casou quatro vezes. E, tipo, teve mil namoradas entre um casamento e outro. E acha que todas nós deveríamos fazer plástica no nariz e na barriga no instante em que fizermos dezoito anos, sabe? Tipo, não porque ele seja mau nem nada, mas porque ele realmente acha que essa é a chave da felicidade feminina ou algo assim.

— Eu não sabia disso tudo — responde a amiga, como se não tivesse acabado de me conhecer duas horas antes.

— É um mistério eu ter me transformado em uma pessoa legal. Pode acreditar — digo. — Minha irmã, Arizona, é quase legal também, mas mudou de ideia quando foi para a faculdade e decidiu ser não-legal.

— O seu pai deve ser um gato, com todas essas mulheres atrás dele — diz Karissa, piscando de novo. Eu bato no braço dela, e ela ri como se eu tivesse feito cócegas e é tudo meio "Montana chegou".

Há uma longa pausa. Pausas nas calçadas de Nova York não são exatamente silenciosas, porque há sempre muitos carros buzinando e estranhos falando ao caminhar e o som da televisão de outras pessoas. Mas, de alguma forma, o barulho torna as coisas ainda mais tranquilas.

— O que é aquele lance que dizem na mitologia grega ou algo assim? Sobre o vinho e a verdade? — pergunto.

Eu não deveria beber durante o dia. Eu provavelmente não deveria beber nunca. Não sei fazer isso direito. Acabo sempre assim: aberta demais e com uma sensação de vertigem que faz com que eu fique esfregando os olhos para recobrar o equilíbrio. Nada do estágio intermediário sobre o qual Karissa falou.

— Você pode nos contar tudo que quiser — diz Karissa. — É assim que fazemos nas festas de vinho e picles. — Ela ri de novo e sua amiga também, e sinto como se eu estivesse sendo introduzida em algo maravilhoso e acolhedor. Como um culto, mas bom.

— Não se sintam mal por mim nem nada. Eu provavelmente logo vou ganhar uma nova mãe! — exclamo e as sobrancelhas de Karissa se erguem. — Tipo, não de verdade. Isso seria rápido até mesmo para ele. Mas ele está todo apaixonado. E esta é *diferente*. — Eu falo de uma maneira debochada para elas saberem o quanto levo essa descrição a sério.

— Parece amor para mim — diz Karissa. — Talvez essa mulher realmente seja diferente.

Ela fala isso quase cantando, e fico imaginando quando ela se apaixonou pela última vez. Provavelmente várias vezes ou nenhuma. Mas seja qual for a forma dela de amar, deve ser assim que devo amar também. Tranquila e calma ou louca e destemida. Ela tem um colar com um coração de metal pendurado, e decido que isso é prova suficiente de que Karissa sabe coisas a respeito do amor, as quais preciso aprender. Coisas que meu pai e minha mãe praticamente desaparecida ou os meus ex-namorados nada inspiradores conseguiram me ensinar.

— Você quer que ele se apaixone? — pergunta ela. E a resposta está em algum lugar profundo e longínquo dentro de mim.

— Quero — digo. — Tipo, amor de verdade. Não isso. Não quero assistir ao mesmo filme de novo e de novo para sempre.

— As coisas não mudam até que mudem.

— Meu pai não é como eu e você — respondo, o que é quase um pensamento desejoso, que alguém além de mim pense que eu posso ser como Karissa, mesmo que só um pouco. — Mas se você disser que eu devo ter esperanças, eu vou ter. De novo.

Arizona me chamaria de idiota, lembraria que estamos presas em um ciclo eterno que nunca vai melhorar. Roxanne ia rir. Talvez seja por isso que preciso de Karissa. Para todo esse lance de esperança.

— Você é uma rockstar. Vamos fazer isso para sempre, ok? — Ela me dá um beijo no rosto com a lateral dos lábios pintados de cor-de-rosa e aperta o meu ombro. Sou a pessoa mais sortuda do mundo, por um instante.

9 de junho

Diário de gratidão

1. A beleza misteriosa e imperfeita das sardas de Karissa.

2. Mensagens de texto até tão tarde da noite com o Bernardo que começamos a digitar coisas sem sentido: **Ele:** *hi&vgh(.* **Eu:** *5555ght.* **Ele:** *@;)rhuo.* **Eu:** *** ** **.* Os significados que estão ocultos em algum lugar ali. O milhão de significados possíveis nessas coisas sem sentido.

3. A possibilidade de meu pai estar realmente apaixonado, se eu acreditar em Karissa e acreditar no amor verdadeiro, e acho que preciso acreditar. O Post-it na bancada da cozinha diz que temos uma reserva para conhecermos a nova namorada amanhã à noite. Eu não o rasgo e, milagrosamente, nem Arizona.

Capítulo Sete

Quando papai vê o meu cabelo quase uma semana depois de eu tê-lo pintado, muda a nossa reserva do seu restaurante chique favorito, Le Cirque, para um italiano em Lower East Side. Pessoas com cabelo quase cor-de-rosa não podem frequentar lugares como o Le Cirque — com seu teto abobadado, suas travessas de prata, seus aperitivos minúsculos ou sorvetes entre cada prato. Pessoas com cabelo quase cor-de-rosa tem de ficar abaixo da 14th Street onde é o seu lugar.

— Você tinha que escolher justo esta noite para fazer isso? — pergunta ele.

— Eu pintei o meu cabelo na semana passada, mas você não esteve muito em casa para ver — respondo. — Então, vamos nos certificar de estar direcionando a nossa raiva de maneira correta.

Ele não me manda parar de bancar a esperta. Em vez disso, assente e engole em seco.

— Bem. É um argumento válido — diz ele.

Roxanne costumava se perguntar por que Arizona e eu nunca deixamos de amar o papai. Até que ela presenciou a maneira como ele admite que mandou mal e seus acenos sérios e o jeito que ele ria das minhas piadas mais cruéis, e aí entendeu.

— Sabe, acho que a minha nova amiga talvez goste do seu jeito doido — declara papai. Ele pisca, e eu quase envio uma mensagem de texto para Karissa para contar que sua piscada peculiar está tomando conta do mundo, mas decido que enviar mensagens de texto para ela e para Bernardo será a minha recompensa por sobreviver a esta noite com um meio-sorriso agradável no rosto.

— Cara, pode dizer que é sua namorada — diz Arizona. Papai ri. Sua barba rala está crescendo, e ele está usando essa nova gravata que é roxa de listras e um pouco moderna demais. Está usando uma camisa de listras azuis e brancas, e eu nunca vi o meu pai usando algo tão descombinado. Ele não está usando o relógio chique de ouro e seu cabelo está um pouco despenteado.

— Tudo bem, cara — diz ele, como se estivesse treinando dizer a palavra *cara* ultimamente, em geral. — Diga para sua irmã que ela nunca vai conseguir um emprego nem um namorado com esse lance de visual punk — diz papai para Arizona, e o tom é de brincadeira, mas tem algo subjacente que magoa, e sei que é a verdade dele.

Além disso, meu pai realmente não consegue o efeito que deseja com a palavra *lance* mesmo com a barba por fazer e a roupa mais moderninha.

— Na verdade, estou começando a gostar da cor — responde Arizona. Sei que aquilo talvez não seja exatamente verdade, mas quando estamos lidando com os comentários de papai sobre a nossa aparência ou sobre como ele está apaixonado, automaticamente ficamos no mesmo time, nada mais importa. Mesmo que não estejamos conversando muito nos últimos dias ou meses e mesmo que agora seus seios novos estejam entre nós, mudando tudo. — Melhor do que se ela tivesse assumido um visual gótico todo preto ou algo assim.

— Justo — concorda papai. — Mas vocês não podem culpar um cara por querer exibir suas lindas meninas.

A palavra *linda* é outra coisa que deveria ser boa, mas magoa, porque eu sei que ele não está sendo sincero. No entanto, Arizona está usando um vestido de verão amarelo e salto alto, e, pelo menos, papai tem uma filha boa e bonita com seios melhorados.

Papai nunca conversou com a gente sobre o que aconteceu com Natasha e nos nossos aniversários de 13 anos, mas isso paira entre nós, essa verdade horrível que mancha qualquer coisa boa que ele diga sobre Arizona e eu.

Eu sou fraca, então prendo o meu cabelo em uma trança frouxa que descansa no meu ombro. Adoro como o quão comprido e extravagante meu cabelo se tornou. O de Arizona é brilhoso e na altura do ombro e está repartido no meio. Lembra-me do cabelo de Tess. Natasha usa o dela em um coque baixo, e Janie o deixava solto e nunca o prendia atrás das orelhas.

Eu não me lembro muito bem do cabelo da minha mãe, a não ser que era louro-escuro e ondulado como o meu.

Nenhuma das esposas teve cabelo rosa. Uma das namoradas — antes de Tess, mas depois de Natasha — tinha uma mecha grisalha. Não a tornava maneira, mas foi legal para variar um pouco.

— Ela vai nos encontrar aqui, e vamos pegar um táxi para o CucinaCucina juntos — explica papai, suspirando para a minha calça jeans e provavelmente para a largura do meu quadril. Eu poderia ter usado algo além de apenas uma camiseta, mas odeio qualquer coisa além de camiseta, e essa pelo menos é da *Mona Lisa*, o que deve torná-la um pouco mais elegante. Não sou proporcional. Não sou simétrica. Como a Mona Lisa. — Ela é especial — continua papai. — Juro para vocês. Vocês vão ver. Ela não é como nenhuma das... ninguém que eu já conheci.

— Onde você a encontrou? — pergunta Arizona. Dou risada porque essa é a palavra perfeita para o que papai faz. Ele encontra as namoradas e esposas, ele não as conhece de verdade.

Papai não responde à pergunta. Parece encabulado. Enfia as mãos nos bolsos e não sei ao certo se eu já tinha visto meu pai nervoso antes, mas é assim que ele está.

E, sem querer, sinto esperança de novo.

— Desliguem os celulares esta noite — diz papai. — Eu também vou desligar o meu. Todos que eu quero comigo estarão à mesa.

A esperança aumenta. Papai nunca desliga o telefone. Talvez essa nova mulher *seja* diferente. Aliso meu cabelo e peço para Arizona um brilho labial. Não sei exatamente por que, mas se meu pai pode se mover um pouco em uma direção, acho que também posso. Vai saber? Talvez seja diferente.

Papai atende a porta, e eu ouço a risada.

A risada dela.

Merda.

Arizona e eu vamos até a entrada.

— O que você está fazendo aqui? — pergunto, mesmo já sabendo a resposta e definitivamente não querendo que ela se confirme.

Karissa sorri e enrubesce.

— Você prometeu que teria uma mente aberta em relação ao meu segredo — diz ela.

— Mas que merda você está fazendo aqui? — pergunto de novo, porque o fato de ela ter enrubescido explica tudo.

— Ei — diz papai. Meu corpo inteiro está palpitando de raiva. Como se o meu coração estivesse morando em cada articulação, cada osso e cada músculo.

— Eu sei o quanto você ama Karissa — continua ele. — E eu quero que você saiba que eu também a amo.

Ele está nervoso, mas controlado, e isso me deixa ainda mais furiosa.

Ela é toda pernas e risos e fragilidade.

— Oi? — diz Arizona, tentando navegar pelo momento sem nenhum tipo de mapa.

— Karissa — diz ela para minha irmã.

— Arizona.

— Você já deve ter percebido que eu conheço a sua irmã — declara Karissa, estendendo a mão para mim e, então, mudando de ideia. Em vez disso, ela pendura sua mão em um bolsinho nada funcional do tamanho de um dedo abaixo do seu quadril. — Nós fizemos aula de teatro juntas. Então...

— Então... — diz Arizona.

Eu não consigo falar e tenho a impressão de que essa será a última palavra que Arizona vai conseguir dizer por um tempo também. Karissa é só um pouco mais velha do que nós. Poderia muito bem ainda estar no ensino médio. Ela usa vestidos com bolsos falsos e me dá cigarros e vinho e um tipo especial de atenção. Ela é minha. Ela não pode ser do meu pai.

— Absolutamente e cem por cento não — declaro. Eu não olho nos olhos de Karissa, mas não tenho a menor dificuldade de olhar para o meu pai.

— Eu não me aproximei dela até as aulas terem acabado — explica papai, como se isso fosse uma desculpa boa. As aulas com Karissa terminaram dois meses atrás. Fico imaginando se ele sabe o tipo de bares que ela frequenta e o tipo de garotos que conhece e o tipo de festas de vinho e picles que organiza e o modo como diz que sou adulta e especial e sua melhor amiga.

— Você sabe que eu acho você o máximo — diz Karissa em voz baixa, como se fosse um momento particular entre nós duas, mas estamos nós quatro ali na entrada, não há espaço para segredos. — E eu honestamente acredito que isso poderia ser algo... grandioso.

A solidão me atinge em cheio. Durante todo o tempo que passei com ela achei que estivesse descobrindo a minha Pessoa. É insuportável. E constrangedor. E tão horrivelmente triste.

— Isso não está acontecendo — digo. Se eu conseguisse pensar nas palavras certas para gritar com ela, eu faria, mas ouço um berro na minha mente, um demônio de fúria, e é difícil pensar no que está acontecendo.

— Nós vamos continuar sendo melhores amigas. Eu não quero que isso mude — diz ela, no exato instante em que tudo está mudando. Não consigo parar de pensar nos seus amigos esqueléticos e suas expressões confusas. O jeito que eles disseram o meu nome, como se significasse algo. Eles sabiam. É claro que sabiam.

Parece uma idiotice querer ser a pessoa mais importante na vida de alguém. Mas sei que outras pessoas têm isso. Então não vejo motivo para que eu também não possa.

— E se isso nos fizesse superfelizes? — pergunta Karissa.
— Simples assim. — Ela está com seu sorriso torto no rosto e o cabelo caindo sobre os olhos e vibrando na mesma energia que o meu pai, presa entre o otimismo ingênuo e a negação enlouquecedora.

— Esta é a minha família — sussurro em resposta, mas dói dizer isso.

Por um instante somos apenas eu e ela. Não piscamos nem falamos.

— Nós duas merecemos tudo. Lembra? — pergunta ela.

— Mas isso é *meu* — digo. — E você disse que queria *a mim*. Não o meu pai.

Levo as mãos até o pescoço, o sinal universal de sufocamento. Não estou precisando de uma manobra de Heimlich nem nada, mas preciso que eles saibam que não consigo respirar, que algo está preso na minha garganta. Talvez eu desmaie.

— Será que a gente pode pegar o táxi, por favor? — pede Arizona, transformando o momento em outra coisa, algo mais leve e mais aceitável. — Eu juro por Deus que alguém esqueceu de limpar o cocô do cachorro, e eu não posso fazer isso na presença de um cocô de cachorro, tá?

Ela me faz rir. Dou uma risada totalmente involuntária, uma risadinha bem pequena, mas ela está lá e me faz sentir bem, então eu a aprecio, e faço uma anotação mental de que ela pode entrar no meu Diário de Gratidão amanhã de manhã. Muitas coisas mudaram em relação a Arizona, mas, no fim das contas, ela não vai aceitar algo tão indigno quanto suportar o aroma de cocô de cachorro durante uma conversa sobre o novo relacionamento do papai que logo fracassará.

Com uma garota de 23 anos.

Que é minha amiga.

Eu dou, tipo, um mês. E se for uma das namoradas de um mês, não é necessário que Arizona e eu nos envolvamos.

Porque, fala sério.

Eles entram no táxi. Eu fico lá como seu fosse a última a entrar, mas não entro.

— Eu não consigo — digo.

— Entra — manda ele. Ele não está brincando. Ele quer que eu me aperte no banco de trás com Arizona e Karissa e aprove essa situação confusa.

Não dessa vez.

— Você pode ter qualquer outra pessoa — sussurro, chegando bem perto do rosto dele na janela. — Você nem a conhece. Ela nem importa para você. Em dois anos, você nem vai se lembrar qual é a cor favorita dela nem o que ela queria ser quando crescer. Mas ela importa para mim. — Acho que talvez ele seja capaz de ver a verdade naquilo.

— Montana. Não haja como uma adolescente em relação a isso — diz ele. É uma coisa que ele diz que costumava me fazer rir, mas não hoje. Vou ser Montana em relação a isso. Vou ficar aqui e fumar cigarros e pesquisar o nome das minhas madrastas de algumas ex-namoradas das quais me lembro no Google e vou ligar para Natasha, a madrasta que meio que me adotou como se ainda fosse minha, e tentar aquecer a sensação de frio no meu peito ao ver Karissa nos braços do meu pai.

— Você não pode me obrigar a aceitar isso — declaro. O motorista liga o taxímetro, e sei que meu pai não vai permitir que fique funcionando à toa por muito tempo.

— Com certeza — diz Karissa. — Você precisa de um tempo. Tome um pouco de sorvete. Podemos conversar depois do jantar. O seu pai e eu entendemos. — Ela estende o braço e pousa a mão no ombro do meu pai. Meu corpo se contrai.

— E se eu não quiser conversar com vocês depois? — pergunto. — Contraio os dedos do pé e tento me manter firme da melhor forma que posso.

— Nós vamos trazer alguma massa para você. E você vai comer — diz papai. Ele fecha a janela e olha para frente. Arizona fica me olhando do banco de trás, e sei que eu deveria estar ao lado dela nesse momento, mas não consigo. Foi ela mesma quem começou isso, o lance de tomar as próprias decisões. Ela mudou tudo. Então, não pode mais esperar que eu faça tudo com ela. Ela provocou a primeira rachadura no nosso front unido e impenetrável.

Ligo para Natasha.

— Você precisa vir para cá? — pergunta ela. — O nosso sofá é o seu sofá. Você sabe disso.

— Eu odeio o meu pai — falo.

— A gente adota você — diz ela. Eu ainda não acredito que ela é a mesma pessoa que era quando eles se casaram sete anos atrás. Não parece possível. Ela mudou tanto depois que se separou do meu pai.

— Você não pode se casar com ele de novo? — pergunto.
— Não seria mais fácil? — Eu quero a família que imagino na minha mente, a família que não me faça sentir um misto de claustrofobia e liberdade. A família completamente inexistente.

— Venha para cá, querida. Você pode me ajudar a preparar o jantar. Podemos conversar sobre o seu pai ser péssimo — diz Natasha. Aquilo também não parece certo. Eu não quero odiar o meu pai com a ex-mulher dele. É impossível decifrar que merda eu quero, para ser sincera.

— Está tudo bem. Valeu. Eu vou até aí essa semana com certeza. Está tudo bem. Eu estou bem. — Não pareço sincera, mas Natasha acredita em mim.

Quando desligo, decido que aquilo que realmente preciso, o que realmente vai me ajudar, é ver Bernardo depois de resolver as coisas com Karissa. Digo a ele para vir mais tarde.

Me sinto melhor com isso, mas sinto falta do outro dia e da festa de Karissa e do jeito como o mundo estava se abrindo, porque agora ele está se fechando de novo.

Capítulo Oito

Logo que conheci Karissa, ela estava usando uma combinação cor-de-rosa, um colete marrom de couro e estava sem sutiã. Ela fez um monólogo da peça *Entre quatro paredes*, e todos ficaram com o queixo caído os olhos arregalados e a emoção de quem percebe que não é bom o suficiente.

— Excelente trabalho — elogiou a professora. — Agora, faça de novo, lembrando-se de que durante toda a sua vida tudo que quiseram de você é sexo. E você adora isso, mas também está cansada. Certo? Não se desculpe no meio do caminho. Não é legal o que fizeram com você. Como eles a trataram. E você sabe disso, mas você também sabe que é o seu único poder. Entende o que estou dizendo, Karissa?

Karissa ficou com lágrimas nos olhos. Arranhou as coxas com suas unhas prateadas e ficou olhando para o teto por um longo tempo. Donna não gostava quando tentávamos fugir de uma parte difícil de uma cena suspirando ou afastando o olhar ou nos desviando de qualquer forma.

— Não, não, continue agora! Volte aqui! — exclamou a professora.

Dessa vez, Karissa ficou engasgada na metade o monólogo. A turma toda assentiu diante da perfeição. Quando ela falou a última linha, estava de joelhos. Estava chorando, mas não enxugava as lágrimas. Não tentava contê-las.

Ninguém de fora podia assistir às aulas. Devia ser um lugar seguro e particular. E acho que na maior parte do tempo era, mas no dia que Karissa foi perfeita no seu monólogo, meu pai estava na porta, observando pela janelinha, observando como as lágrimas manchadas de rímel formavam uma teia de aranha em seu rosto. Em qualquer outra pessoa aquilo poderia ser considerado feio ou sujo, mas, em Karissa, com as ondas do cabelo castanho e rosto desalinhado e praticamente translúcido, foi romântico. O rímel formou um padrão preto e branco e ela pareceu disfarçada em vez de destruída.

— Quem era aquela? — perguntou meu pai depois que atravessamos o Washington Square Park em silêncio e seguimos até o nosso lugar favorito, o Caffe Reggio.

— Quem? — perguntei.

— A bonita. Sem sutiã — explicou papai.

Karissa não é o tipo de mulher que meu pai costumava achar bonita.

A esposa da qual ele estava prestes a se divorciar, Tess, usava sutiã 44 e tinha cabelo platinado e uma barriga impossivelmente negativa. Meu pai gosta de mulheres impossivelmente perfeitas. Ele gosta delas porque ele as torna possíveis.

É por isso que quando ele me diz que sou bonita, fede a mentira. Eu sei bem. Sei exatamente o que ele vê quando olha para mim.

— Por favor, não fale sobre o sutiã das minhas colegas — peço. — Melhor ainda, nunca mencione a palavra "sutiã" para mim. Jamais. Por favor, tire essa palavra do seu vocabulário.

— Baixei a voz ao dizer *sutiã* porque o café estava lotado e todos os homens de setenta anos jogando cartas em uma mesa perto da janela usavam aparelhos de audição, então eu tinha certeza de que estavam ouvindo.

— Então, não a chame de colega — disse papai. — Isso faz com que ela pareça uma adolescente. E aquela garota não é adolescente.

— Ela é só um pouco mais velha que a Arizona.

— Ela é gostosa.

Suspirei, porque *gostosa* devia ser banida do vocabulário do meu pai exatamente como *sutiã*, mas não há como parar meu pai, principalmente quando ele está com uma xícara gigantesca de cappuccino.

Com sua terceira esposa, Natasha, ele sempre falava "Isso é que é traseiro!", sempre que ela virava de costas com sua calça jeans preta e justa. Quando estava com a segunda esposa, Janie, eu pegava os dois se agarrando, a mão dele enfiada ou embaixo da blusa ou dentro da calça dela. Eu tinha, tipo, oito anos. Não me lembro muito dele com a minha mãe. Eu só tinha cinco anos quando ela nos deixou para ir para a Costa Oeste e, depois, para Índia e o comunismo ou o budismo ou uma coisa assim, mas tenho certeza de que ele também não se segurava. Ele fez uma lipoaspiração nela e construiu um novo nariz, mas, como ela me diz uma vez por ano no meu aniversário, ela se arrepende de ambos os procedimentos e espera que eu não siga o mesmo caminho.

Meu ponto é: meu pai pode ser absurdamente nojento em relação a mulheres.

Mesmo naquele dia, no Reggio, ele estava rabiscando um dos cartões postais na mesa. Era um Renoir, eu acho. Uma pintura que eu já tinha visto um milhão de vezes de uma mulher de vermelho com uma menininha. Meu pai desenhou as linhas do rosto da mulher, os lugares que ele poderia consertar, se ela fosse sua cliente. Ele fez disso distraidamente, sem perceber que estava fazendo. Os desenhos estavam por todos os cantos da casa também — capas de revistas e cartões de Natal de amigos. Ele não consegue esquecer o trabalho. Nunca. Sua mente procura falhas para consertar. Sempre.

— O nome dela é Karissa — contei. — Ela é a melhor da turma. Você quer dividir um sanduíche de presunto de Parma? — Coloquei o cardápio na frente dele para que ele se esquecesse de Karissa. Não funcionou. Afinal, ela tinha olhos verdes. E vários braceletes prateados no pulso direito que tilintavam se ela se mexesse, tornando todos ao redor superconscientes dos seus movimentos. Karissa com seus cílios longos e lábios vermelhos e aquela combinação de lingerie e colete de couro que significava que ela era boa de cama, eu acho.

Não era perfeita. Mas é exatamente por isso que ela é tão linda. Meu pai nunca entendeu isso. Ele vê um terreno com flores do campo, acha que é lindo, mas também pensa em capinar todo o mato, lapidando tudo para torná-lo um jardim perfeito. Depois, ele se decepciona com o resultado.

Com suas sardas e cabelo castanho levemente frisado e roupas malucas, Karissa é totalmente um terreno de flores do campo.

— Você gosta dela? — perguntou ele.

— Ela é talentosa. — Coloco mais açúcar no meu café com leite. Depois de um dia em sua presença, eu queria que ela fosse minha amiga. Ou minha irmã. — Ela fuma.

— As pessoas param de fumar.

E eu acho que talvez eu devesse ter desconfiado do que estava por vir.

Capítulo Nove

Natasha foi a esposa que me ensinou sobre a gratidão.

Ela é a esposa que eu desejava que ainda fosse a nossa mãe. Mais do que desejo que a nossa mãe de verdade ainda fosse nossa mãe, porque a nossa mãe escolheu nos abandonar, enquanto Natasha escolheu fazer as pazes comigo um ano depois da separação.

Ela me ensinou sobre o Diário de Gratidão. Ela escreve uma lista com dez motivos pelos quais é grata todos os dias. Eu tento escrever três.

Eu me esforço muito para encontrar coisas pelas quais sou grata em dias como hoje.

Por exemplo, sou grata pela varanda de entrada e pela temperatura perfeita da noite e o fato de eu poder fingir que os aviões são estrelas no céu.

Arizona chega do jantar e me encontra na varanda de casa, e coloca o pacote de comida para viagem na minha mão como se fosse uma granada. *Orecchiette*. Orelhinhas. Minha massa favorita, só por causa do nome.

— Eu precisava de você lá — declara ela. Eu quase me esqueço do silicone, seu rosto está triste.

— Você não está entendendo — respondo. — Aquela é Karissa. Aquela é a garota sobre a qual tenho falado durante toda a primavera. É ela. Você sabe o quanto ela é importante para mim.

— Não é justo — diz ela. — Eu deveria ser importante para você. — Karissa chega com papai em outro táxi. Acho que eles nem suportaram vir todos juntos. Papai beija Karissa na boca, um som que vai ecoar na minha mente para sempre, e passa por mim a caminho de casa e do próprio quarto.

Karissa fica a alguns metros por um tempo, então, entra, e sinto que ela está aguardando que Arizona e eu terminemos para que possa vir conversar também.

— Não podemos deixar isso acontecer — digo.

— Ela é, tipo, instável? — pergunta Arizona. — O comportamento dela foi meio estranho no jantar.

Quase conto para ela sobre o impressionante sofrimento de Karissa e a história do seu passado. Mas guardo para mim. Acho que tenho o hábito de esconder as coisas de Arizona, uma realidade para a qual não quero olhar com muita atenção.

— Além disso, a mulher bebe, hein? Não é de se estranhar que você estivesse tão bêbada na outra noite — diz ela. — Ela vai dormir aqui. Você quer ir para lá pra casa pra não precisar lidar com isso? — Ela já está quase me desculpando, e é isso que amo na minha irmã. Sua raiva tem um cume afiado e um vale profundo. É o suficiente para me fazer pensar que eu poderia lhe contar sobre Natasha, pelo menos, depois de todos esses anos, e que ela me desculparia por ser próxima da única pessoa que deveríamos mais odiar. — Me desculpa, eu quero apoiar você, mas, pelo amor de Deus, você está parecendo uma personagem de desenho animado. — Ela pega o meu cabelo e ergue as sobrancelhas. E nós somos irmãs de novo. Simples assim.

— A suja falando da mal lavada — respondo, mesmo sabendo que sou eu que estou na berlinda e que deveria calar a boca.

— Meu peito está parecendo natural — diz Arizona. — Nem tente me dizer que não. E isso pode parecer burrice para você, eu acho, mas ele não está totalmente errado. Eu me sinto maravilhosa. E segura. Eu caminho pelo bairro e me sinto como... uma mulher. Tipo, totalmente no controle. Sei lá. Será que a gente pode deixar esse assunto de lado? Tipo, para sempre? Eu quero me sentir bem em relação ao que eu fiz. — Ela olha para o seu decote. Nós duas olhamos. — Sei lá. De qualquer forma, aceite. Amanhã estarei te odiando menos.

Ela pega um garfo de plástico no bolso, porque Arizona está sempre preparada para tomar conta de mim, então, eu me sento e mando ver. Não há nada como comer comida chique na sua varanda. Uma perfeição de queijo e azeite, então, por um instante glorioso, me sinto bem. Queijo pode me fazer esquecer qualquer coisa durante o espaço de tempo de uma garfada.

Arizona pega um táxi, e o queijo e eu observamos enquanto ela parte.

Karissa se senta ao meu lado um minuto depois. Devia estar nos observando pela janela da porta da frente o tempo todo. Me sinto nervosa por estar ao lado dela. Estamos em algum espaço estranho entre o que éramos três dias antes e o que estamos prestes a nos tornar. É meio como usar uma calça jeans que costumava servir perfeitamente e que ainda abotoa, mas que parece prestes a rasgar nas costuras se você levantar uma das pernas.

— Você está bem? — pergunta ela.

— Que merda, cara.

Janie foi a esposa que me ensinou a falar palavrão, e Tess me ensinou sobre jantares em família. A minha verdadeira mãe me ensinou que qualquer um pode partir, até mesmo mães que têm cheiro de bolo de chocolate misturado com sabonete.

Karissa deveria ser a minha amiga que me ensinaria a proporção correta entre cigarros e bebida, a quem sabe tirar a maior vantagem possível de ter seios pequenos e traseiro grande e sobre como fazer a cidade parecer nova todos os dias.

Em vez disso, ela será a namorada número 857, e vou aprender sobre traição e se sou boa ou não em negação. Vou aprender rápido como algo pode ser tirado de mim, o que é uma lição sobre a qual tenho um vasto conhecimento, para ser sincera.

— Não fique assim — pede Karissa. Eu olho para as plantas nos vasos que Tess colocou aqui fora. Elas estão morrendo, e quero substituí-las. Eu gostava do jeito que ela colocava tipos diferentes em cada degrau, como uma rápida aula de botânica na entrada de casa.

— Não é possível.

É engraçado como estamos nos falando com frases curtas. A situação é grandiosa, mas estamos economizando palavras. Relaxo um pouco. Não consigo evitar. Meu macarrão está perfeito na caixa de isopor e a lua está brilhante e estranha por cima dos prédios e é legal ter alguém com quem me sentar no final da noite no meio da cidade grande.

— Você se parece com seu pai, sabia? — Karissa alonga a palavra *pai* para que tenha uma melodia. — Tipo, as coisas que gosto em você são as mesmas que gosto nele.

Preciso usar tudo que tenho em mim para não gritar com ela, mas não consigo evitar pensar sobre o fato de que ela não tem família, que eles se foram e ela é a faísca brilhante que sobrou. É difícil imaginar explodir com alguém assim. Eu me sento sobre minhas mãos como se isso, de alguma forma, fosse controlar o volume e o tom da minha voz. Respiro fundo.

— Eu me pareço com a minha mãe — contradigo. Ouvimos uma série de buzinas, em um efeito dominó que está descendo a rua. Cacofonia. Nem sei se as coisas que estou dizendo são verdadeiras. Um telefonema por ano não é o suficiente para eu conhecer a minha mãe.

— Eu também — diz Karissa. — Quer dizer, minha mãe. Eu me pareço com ela. É bom, né? Ajuda. Ter algo para compartilhar com alguém que já se foi.

Estou sendo puxada por um cabo-de-guerra entre raiva e compaixão. Nem consigo formar uma resposta.

— E se isso for muito bom para nós duas? — pergunta ela.

— Minha mãe sempre dizia que as melhores coisas vêm dos lugares mais inesperados. — Ela pega um pedaço de macarrão direto da caixa, sem garfo. E mais um, sem pedir.

— Eu sei que tudo em Sean Varren é novidade para você. Mas nós já estivemos aqui antes. Isso não é novidade para mim. — Eu lanço um olhar duro em direção a ela. Mudo a posição da caixa para que ela tenha que esticar a mão por cima de mim para pegar um pedaço. É meu. Não quero dividir.

— Mas eu sou novidade — diz Karissa.

Ouvimos alguém tocando música clássica alguns andares acima de nós. Provavelmente meu pai, que gosta de dormir ouvindo rádio. Olho para o seu rosto para ver se ela sabe disso sobre ele.

Eu a odeio e a amo.

Quero gritar com ela para que encontre a própria família e não roube a minha. Que namorar o meu pai é nojento. Que ela é mentirosa e fingida e uma pessoa horrível que eu queria nunca ter conhecido. Todas essas coisas estão nadando dentro de mim.

Mas o que realmente quero dizer é que estou preocupada com ela.

— Ele vai magoar você — digo. — Isso não é nada do que você acha que é. Nada do que ele diz que é.

Não gosto da sensação de falar do meu pai como se ele fosse um idiota, como um astro de futebol que acho que vai trair a minha amiga ou algo do tipo. Mas é uma coisa sincera que posso dizer. E eu quero dizer uma coisa sincera aqui na varanda de entrada da minha casa esta noite.

— Nós duas merecemos algo grandioso — diz ela, mas isso não é algo grandioso, então não tenho uma resposta. — Eu acho que nós poderíamos ser muito, muito felizes mesmo. Tipo, juntos.

Karissa não é uma esposa para Sean Varren. Não sei como explicar isso para ela sem uma história abrangente dos últimos dez anos da minha vida, então, não digo nada.

Minha pele pinica. Pego o máximo de macarrão que consigo no garfo e enfio na boca, como se isso fosse entorpecer a minha vontade de me defender. Karissa tira algo da bolsa. É um pedaço de queijo parmesão enrolado em guardanapo do restaurante. Ela pega uma faquinha de prata também e um pratinho.

— Queijo — diz ela. — A gente pediu queijo de sobremesa.
— Ela coloca o guardanapo no meu colo e corta pedaços de queijo para nós duas, e é impossível odiar alguém capaz de tornar um simples momento tão lindo.

O queijo é sensacional. Com pedaços de nozes e cremoso, levemente doce.

Karissa agarra o meu rosto, um gesto estranho e duro como se ela talvez fosse colocar muita força, esmagando completamente minhas bochechas. Suas mãos estão frias apesar da umidade, e sempre fico chocada com a facilidade que ela tem para criar um clima de intimidade.

— Sejamos magníficas — diz ela, sorrindo. Seus olhos estão turbulentos, mas calorosos. Se existe um sentimento entre amedrontada e exultante, é o que estou sentindo. — A gente ainda é a gente, tá? Somos Montana e Karissa. Vamos comer queijo em pratos roubados no meio da noite na varanda de entrada. Nós somos espetaculares.

Ela fica me olhando até eu assentir.

Capítulo Dez

Espero por Bernardo do lado de fora depois que Karissa sobe. Se eu me esforçar muito, posso fingir que ela não está no quarto do meu pai.

— Você ainda está rosa — falo, quando ele está na metade do quarteirão. Ele está com cachecol no pescoço e usando coturnos e fico imaginando se em algum momento esse cara coloca uma roupa adequada para o verão.

Ele ri, o melhor tipo de risada, de surpresa e não por obrigação. Ele não é um cara que ri muito, então, sua risada é especialmente incrível.

— Você ainda é bonita — diz ele. Agora estamos rindo do mesmo jeito. Nossos olhares dardejantes e cabelos cor-de-rosa também combinam.

Trocamos tantas mensagens de texto que eu quase me esqueço que não nos vimos mais pessoalmente desde o dia da pintura do cabelo. Ele não sabe muita coisa a meu respeito, mas parece que sabe as coisas mais importantes. Quem eu sou, em vez de qualquer coisa sobre o meu dia a dia. Provavelmente pareço uma pessoa confusa e perturbada cheirando a alho e a raiva reprimida.

Eu me importo, mas não me importo. Sinto a mesma onda de intimidade com ele que senti logo que conheci Karissa. Como se tivéssemos algo vital em comum.

Ou talvez eu só esteja me tornando uma pessoa tão desesperada por uma ligação que sinto isso com pessoas aleatórias o tempo todo. Sei lá. É isso que Arizona diria. Que desde que Arizona e Roxanne foram para universidade e Tess se mudou, estou instável, ansiosa e emocionalmente estranha. Que estou um pouco como o meu pai.

Mas não estou fingindo estar apaixonada, e não estou listando as coisas que eu poderia mudar em Bernardo, então não posso ser tão Sean Varren assim.

Dou um abraço em Bernardo apesar da voz de Arizona na minha cabeça. Seus braços são fortes, algo que é importante para mim.

Bernardo é alguém que se traduz bem da vida real para as mensagens de texto. Ainda assim, é bom vê-lo e sentir o seu cheiro e me lembrar que seus óculos ficam embaçados por causa da umidade e que seu nariz é reto e seus dentes muito, muito brancos. O cabelo cor-de-rosa engraçado faz com que o resto dele pareça mais sério, as sobrancelhas escuras sublinhando sua estabilidade e seu ar solene.

— Então, somos você e eu — digo, sentando-me novamente no degrau da varanda de entrada. Eu não banco a modesta.
— Vida real, sem amigos em volta. Eu gosto disso. — Sorrio e

espero que ele goste também. Ele não retribui o sorriso, mas tenho a sensação de que ele gosta.

— Você não precisa do seu fã-clube? — pergunta ele.

— Se isso se aplica, eu sou do fã-clube da Roxanne — digo. A ideia de eu ser a líder do grupo é ridícula. Fico tentando ser eu mesma, mas parece que todas as opções já foram feitas.

— Acho que você não conseguiria ser uma fã muito boa — diz ele. Nada que sai de sua boca é leve ou afetado. Tudo é real à beça. Palavras com peso. — Fãs são como o barulho de fundo, não é? Você é a música. Você é como uma música forte. Uma música chiclete. Beatles. Você é tipo Beatles.

Tenho certeza de que meu corpo desce rolando pela varanda e cai nos abismos de Manhattan. Com os sem-teto, os ratos e o metrô. Fiquei presa o ano inteiro buscando ser única e ainda tentando me encaixar com meus amigos ou com Karissa. A ideia de que eu, na verdade, sou sólida e verificável por mim mesma faz com que eu me sinta muito bem. Faz com que fique ainda mais satisfeita do que com o macarrão e o queijo que comi.

— Você não pode achar que eu sou tão maravilhosa assim — digo. Mas é mentira, porque eu meio que sinto que ele é maravilhoso assim também.

— Não fique se depreciando — pede ele. É bonito e desconcertante não conseguir tornar tudo uma piada.

— Não tenho certeza se consigo me levantar — digo. — Esse açúcar todo está me deixando meio trêmula. — A gente pulou alguma parte da experiência normal de começar a sair com alguém. Passamos direto do nervosismo de um primeiro encontro nervoso para estar perdidamente apaixonado.

— Quero te ver sob a luz do poste — declara ele, puxando-me da varanda para a calçada. Quero perguntar sobre o seu sotaque perfeito, mas não sei como. Quero saber tudo sobre sua voz, seu tom, de onde vem sua pronúncia das palavras *luz do poste*.

Está fresco o suficiente do lado de fora, a umidade está subindo ou talvez não tenha sido absorvida. As ruas estão iluminadas pelos postes de luz e letreiros e apartamentos com pessoas ainda acordadas, mas, mais do que isso, pelos faróis dos carros passantes.

— Você sempre morou aqui? — pergunta ele. Eu não sei se ele está se referindo à cidade ou a West Village, mas faço que sim porque a resposta para ambas as perguntas é sim. Esse é o único lugar onde já morei. A estrutura da minha família está sempre mudando, mas o prédio de tijolos vermelhos, a varanda de entrada caindo aos pedaços, a tinta amarela do meu quarto, a vista do restaurante italiano do outro lado da rua continuam iguais.

— Onde você mora? — pergunto. Não acredito que eu ainda não saiba a resposta pra essa pergunta. Eu sei o que ele comeu no jantar ontem (um sanduíche de peru) e qual é a sua música favorita ("Romeo and Juliet", do Dire Straits, que a propósito baixei e estou apaixonada). Sei o que ele achou de todos os livros que lemos enquanto flertávamos silenciosamente no parque ao longo do semestre passado. Contudo não sei o básico a respeito da vida de Bernardo.

— Eu moro no Brooklyn. Clinton Hill. Meus pais sempre moraram lá, então, acho que vão ficar pra sempre, mas a minha escola fica por aqui. Tudo bem para você?

— Eu adoro o Brooklyn — digo, mas não sei ao certo se eu gosto de lá ou não. Eu basicamente nunca saio do meu cantinho de Nova York. Bernardo pega a minha mão e a leva até os lábios. — Você tem irmãos no Brooklyn? — pergunto, mas já sei a resposta. Eu os vi correndo ao redor dele no parque. Sei que ele tem uma vida completa e muito tranquila. Esse é o tipo de coisa que você consegue ver a uma grande distância, da mesma forma com que eu tenho certeza de que a minha vida fodida também brilha até o outro lado do parque, visível para todos. Estranhos passam por mim e sabem que eu venho de um mundo louco.

— Quatro. Dois de cada. Todos mais novos — diz Bernardo, e eu enrubesço ao sentir o quanto quero me encaixar na vida dele.

Estou com inveja e um pouco temerosa de não conseguir competir com tudo aquilo.

Há um ou dois anos, eu teria me gabado sobre Arizona e como nós funcionamos como duas partes de um único cérebro. Eu talvez tivesse achado que Tess seria A Madrasta, a que ficaria. Eu teria explicado que Roxanne era como uma irmã, então eu quase tive duas irmãs e uma mãe.

Não sei mais como explicar nada.

— Sinto muito se isso está parecendo uma entrevista, mas eu quero saber mais sobre você — digo. Acho que na real quero saber mais dele, e não que ele saiba menos de mim.

— Eu não me importo de ser entrevistado por uma garota bonita — responde Bernardo com expressão neutra e um aperto no meu ombro.

— Você fala espanhol? — pergunto, mesmo parecendo uma pergunta estranha e nada a ver, como se eu estivesse curiosa em relação às coisas erradas.

— Eu sei falar — responde ele. — Mais ou menos. Mas eu não falo. Às vezes com o meu pai. Termos carinhosos e palavrões na maioria das vezes.

Sorrio. Bernardo coloca a mão nas minhas costas, acaricia por um tempo e continua andando. Não sorri, mas não é ruim.

Faço uma anotação mental: Bernardo é um garoto que não depende de sorrisos. Bernardo é um garoto que fala palavrão e palavras de amor em espanhol.

— A minha noite estava uma merda até agora há pouco — digo. Ele não perguntou, mas sinto que deve ser óbvio pelo meu rosto bagunçado e sem batom.

— Eu tive um ano de merda até vê-la no parque alguns meses atrás — diz ele, transformando a conversa em algo doce e grandioso novamente.

— Eu sou a pior, sério. Ou pelo menos não a melhor.

— Eu já disse: nada de se depreciar! — exclama ele, mas seus olhos brilham. — Olha só, eu quero me apaixonar por uma garota que lê e faz coisas estranhas e tem dias de merda e manda mensagens de texto engraçadas e senta em bancos no parque bebendo café quente quando todos estão bebendo café gelado.

— Não estamos apaixonados — falo, inclinando-me para sua orelha e sussurrando. Sorrio quando me afasto, e o meu corpo está tentando conter sentimentos demais para uma única noite.

— Mas seria legal, né? — diz Bernardo. Sorrio e olho para baixo e tento impedir que uma risada feliz jorre como água em um chafariz. Seria legal. — Sei lá. Eu sou romântico. Pode me chamar de louco, mas estar apaixonado é a melhor coisa.

— Você já se apaixonou? — pergunto. Parece que se ele respondesse que sim algo em mim murcharia, mas não consigo dizer exatamente o motivo. Eu quero um grande e único amor. Exatamente o oposto do meu pai.

— Já — diz ele, e meu estômago se contrai. — É por isso que eu sei que quero isso de novo.

— Foi bom? — pergunto, para que ele saiba que isso nunca aconteceu comigo.

— Foi maravilhoso até acabar — diz ele e faz uma careta, como se a dor fosse física e ainda doesse.

— Sinto muito — me desculpo. Uma ambulância passa por nós, as sirenes brilhando e berrando alto demais e temos que parar de falar por um momento. — Que doa, não que tenha acabado.

Bernardo assente.

— Não é a pior coisa sentir essa dor — explica ele. Eu quero perguntar o que isso significa, exatamente, mas ele pega a minha mão e a aperta, e acho que isso é tudo que ele quer dizer nesse momento.

Acabamos chegando em nosso parque. Eu não sei se algum de nós tomou a decisão de vir até aqui, mas um passo seguiu o outro e o parque está iluminado por pessoas fumando e checando seus celulares, pequenos pontos de luz azul e alaranjada, então parece seguro e estranhamente romântico.

Bernardo senta no seu banco. Tento segui-lo, mas ele faz um sinal para o banco que costumo dividir com Roxanne e Arizona, então, eu me sento lá. Ele está no banco dele, eu no meu, sinto cheiro de maconha e de um lanche do McDonald's de alguém, e é nesse momento que Bernardo finalmente sorri para mim. Ele fica me olhando por um tempo antes de se juntar a mim no meu banco.

— Você é estranho — digo. É o melhor tom de flerte que consigo fazer.

— Bem, sou mesmo — concorda ele. — É muito mais legal ficar olhando você de lá quando eu sei que posso fazer isso depois. — Eu não tenho tempo de perguntar "fazer o quê?". E eu não tenho a chance de me afastar e de me preocupar como vai ser. Eu não tenho a chance de pensar sobre o antes e o depois.

Ele me beija e só existe o agora.

Capítulo Onze

Karissa está no andar de baixo na manhã seguinte. Está sentada na bancada. Não em um dos bancos ao lado da bancada, mas sim em cima da bancada. Está com um copo gigante de viagem de café e sorri mais ou menos na direção de Arizona, segurando o próprio café enorme e de pernas cruzadas no seu banco de sempre, o mais próximo à geladeira, o qual ela reivindicou para si quando éramos pequenas.

— Finalmente! — exclama Karissa.

Estou usando uma camisa enorme do Knicks e short de ginástica e não estou nem um pouco pronta para ter contato com outros seres humanos.

— Está todo mundo aqui — digo. — Para o café da manhã?

— Karissa me ligou, pediu para eu trazer café e doces. Ela vai fazer rabanada. Com doces.

Arizona me lança um olhar que costuma significar que ela ainda não tomou café suficiente para lidar com seja lá o que esteja acontecendo, mas, nesse caso, deve significar outra coisa, porque ela realmente está segurando o maior copo de café possível.

— Eu não faço ideia do que seja isso — respondo.

Não sei dizer se é sono ou se é por causa de todos os beijos que as coisas estão um pouco nebulosas e confusas nesta manhã. Eu não fazia ideia que os efeitos de uma noite maravilhosa com um cara bonito eram tão próximos da exaustão.

— É uma coisa que eu inventei quando era criança. Eu sei que parece loucura, mas é uma delícia — diz Karissa.

Está batendo ovos, então acho que está falando sério, vai realmente mergulhar os doces nos ovos e fritá-los como pessoas normais fazem com pão salgado.

— Eu quero compartilhar com vocês duas o que eu e minha irmã compartilhamos.

— Ah — diz Arizona. Karissa enxuga uma lágrima e é por isso que Arizona deve ter perguntado se ela era instável.

— Não faz muito tempo que minha irmã morreu — diz Karissa. — Minha família inteira morreu. Então eu fico um pouco sentimental. Principalmente pela manhã. Isso é algo que vocês precisam saber sobre mim.

Arizona não sabe como responder. Levanta as sobrancelhas para mim, mas eu também não sei como responder. Achei que aquela informação fosse algo que eu tinha conquistado na outra noite, algo secreto e especial e difícil de conseguir. Fico surpresa ao ouvir Karissa revelar isso tão facilmente para Arizona. Surpresa e algo mais também. Sinto ciúme.

— Eu quero que a gente se conheça. Como Montana e eu já nos conhecemos. Como o seu pai e eu... — Karissa para de falar, ouvindo a frase antes de dizê-la em voz alta.

Isso tudo saiu mais facilmente quando ela estava bebendo comigo. Pessoas bêbadas estão mais preparadas para assuntos pesados. As manhãs são indicadas para ler revistas e ter conversas leves sobre sabor de pizza ou programas de domingo à noite na televisão.

— Sinto muito. Perder a família deve ser... — Arizona não consegue terminar a frase, então estamos em um mar de frases não terminadas. Ela olha para mim, e sei que ela sente um pouco do que sinto em relação à Karissa. Mesmo que apenas por um instante.

— Só estamos tentando sobreviver à última coisa horrível que aconteceu com a gente, certo? — diz Karissa. Ela salta da bancada, pega um bolinho de maçã que Arizona trouxe e começa a passá-lo no ovo. Tropeça um pouco na calça excessivamente comprida do pijama de seda roxo.

Um silêncio cai na cozinha, e não é do tipo que tive com Bernardo na noite passada.

— Qual foi a última coisa terrível que aconteceu com você? — pergunta Karissa.

— Como assim? — retruca Arizona, que fica pegando coisas diferentes na bancada: uma colher, um Post-it no qual meu pai desenhou partes do corpo humano enquanto conversava no telefone no outro dia, seu celular, uma banana quase estragada.

A minha mente dá um pequeno sobressalto, e tento me lembrar do que já contei para Karissa nos últimos seis meses sobre a minha irmã. Sobre o meu pai. Sobre a minha vida, da qual ela agora faz parte de um jeito totalmente inesperado.

Contei para ela que o cara de quem Arizona gostava não ligou para ela depois que eles ficaram em uma festa. Contei todas as coisas horríveis que Arizona me contou sobre sua colega de quarto. Contei que Arizona tirou notas ruins no último semestre e que mentiu para o nosso pai sobre isso. Contei sobre as outras esposas do meu pai. Contei coisas demais.

— A morte da minha família foi a última coisa terrível que aconteceu comigo. A questão é que ainda estou tentando sobreviver. E quanto a você? Um término de namoro talvez? Ou algo na faculdade? — Eu não sei bem se Karissa se lembra de tudo que contei a ela sobre Arizona ou se isso foi coincidência. Não pareço capaz de interpretar nada do que está acontecendo nesse momento.

— Eu estou muito bem — diz Arizona.

A cozinha se enche de um cheiro de canela. Felicidade.

— Eu queria ser forte assim — diz Karissa, e Arizona revira os olhos. Karissa vê o final do movimento e sua expressão fica um pouco triste. Seus olhos se enchem de lágrimas, e quero que as coisas sejam mais fáceis. Quero que Arizona enxergue o que eu amo em Karissa e que Karissa veja por que ela não deve estar na nossa cozinha preparando café da manhã. Quero dar um *reset* na coisa toda.

— Então, eu e Bernardo nos beijamos — digo. Espero que isso conserte tudo, que nos torne amigas ou algo assim. Arizona pigarreia, bebe mais café e toca mais coisas na bancada: um copo de água, os cartões de visita do papai, um conjunto de facas em um suporte de madeira.

— Você beijou ele ou ele beijou você? — quer saber Karissa. Arizona fica sem objetos aleatórios para tocar, então, começa a pegar rabanadas e croissants de chocolate que Karissa coloca diante dela e fazer aquele movimento que os coelhos fazem com a boca e o nariz.

Se eu me concentrar consigo fingir que Karissa está aqui porque a convidei para conhecer a minha irmã. Tento me comunicar telepaticamente com a Arizona para avisá-la do meu plano, mas não funciona.

— Os dois? — digo. Penso em Karissa deixando o meu pai. Se ela o deixar hoje ou nesta semana, ainda conseguiremos salvar a nossa amizade. Até se ela o deixar neste verão, talvez a gente consiga voltar ao modo como as coisas estavam e como seriam entre nós.

— Ele é uma dessas pessoas... Com gestos grandiosos — diz Arizona. Ela parece exausta, mas eu a amo por ter ficado aqui quando sei que tudo que ela quer é sair correndo pela porta. Uma parte de mim também quer fazer isso, ou brigar com Karissa, mas acho que não sei como. — Ele é meio forte. Tem estilo e é forte e intenso.

— Vou considerar tudo isso como qualidades — declara Karissa. Ela já fritou duas metades de um bolinho, um *donut* e metade de um *bagel*. A cozinha está com cheiro de ovo quase queimado, açúcar e manteiga derretida. Um cheiro delicioso e estranho e um pouco horrível também. Não é um cheiro que já tenhamos sentido na nossa casa. — Eu quero conhecê-lo!

— Montana mal o conhece. — diz Arizona. — Eu mal o conheço. Dificilmente você vai estar no topo da nossa lista. — Isso soa meio calmo e cruel. Karissa faz as pulseiras tilintarem no seu pulso, como argolas de ouro e prata, e o meu coração também tilinta.

— Todo mundo precisa conhecê-lo! Mas, tipo, depois eu o beijei mais — eu digo para as duas, o tipo de coisa que anteriormente eu teria dito no Dirty Versailles com Karissa, então quase soa certo.

— A gente podia fazer uma festa para comemorar o início do verão! — cxclama Karissa. — No próximo fim de semana! Aposto que eu consigo convencer o pai de vocês...

— Não. Não. Valeu — agradece Arizona com uma expressão amarga no rosto. — Acho que a gente não precisa disso agora, não é, Montana? — Ela quer que eu a escolha de forma clara e decidida neste momento, e eu também quero. É claro que quero. Mas não consigo. Porque mesmo que Karissa esteja com o meu pai, ela ainda é Karissa.

— Talvez, tipo, na comemoração do quatro de julho ou algo assim. Talvez depois — digo. Na minha cabeça, na parte estúpida da minha cabeça, acho que talvez tudo esteja acabado até quatro de julho. Talvez a gente possa ter uma festa de vinho e picles e fogos de artifício e cantar o hino no apartamento aconchegante de Karissa e rir sobre como ela teve um lance com o meu pai.

Mas, agora, estou aqui e é junho e a minha irmã me odeia e Karissa tem as chaves da nossa casa e sabe onde guardamos as espátulas.

— Melhor ainda! — exclama Karissa, não sentindo o momento. Ou sentindo e não o considerando e tentando transformá-lo em algo novo. — Quatro de julho era o feriado preferido dos meus pais. Eles faziam uma festa. Com fogos e bandeiras e bebidas e cachorros-quentes pequenininhos.

Arizona e eu ficamos em silêncio. Assentimos e ficamos sérias porque, ao que tudo indica, nós duas lidamos com o luto de outra pessoa do mesmo jeito: com um silêncio solene.

Provo um bolinho frito. Está amanteigado e bonito. Uma delícia.

Arizona coça o nariz, o qual tenho certeza de que não está coçando, e começa a brincar com os ímãs na geladeira. A maioria deles de conferências médicas ou representantes farmacêuticos.

É difícil ficar ouvindo sobre essas pessoas que não estão mais no mundo. Quando estávamos na aula de teatro durante todos aqueles meses, Karissa não mencionava nada sobre eles, e agora parece que eles sempre estão com a gente.

— Sinto muito, meninas. Sinto muito mesmo. Eu não quero ficar falando sobre eles. Estar com o pai de vocês despertou todos esses sentimentos antigos e isso me faz parecer uma esquisitona. Então, sinto muito por tudo isso.

Ela faz um gesto para as próprias lágrimas. Ela fica bonita quando chora, com os cílios delicados úmidos e olhos ainda mais verdes, como um oceano, quando marejados.

— O café da manhã está ótimo — elogio. — E é claro que você pode sempre falar comigo. Chorar na minha frente.

— Estou sendo sincera, mesmo que seja necessário obrigar a minha mente a se esquecer do lance que ela disse sobre estar com o meu pai. Tenho que fingir que ela não disse aquela frase.

Karissa me abraça, apertado, trazendo-me para perto de si, e ela não me solta logo. Eu me afasto um pouco, não querendo que Arizona fique ainda mais zangada comigo, mas Karissa me abraça ainda mais forte antes de me soltar.

— Eu realmente preciso ir embora — diz Arizona. Seu rosto está vermelho e, quando ela se levanta, penso de novo em como ela agora se parece com Tess e Natasha e Janie. Juro que ela está usando as sapatilhas rosa-bebê de Tess. — A gente se vê no parque amanhã, Montana. Karissa, por favor, eu peço encarecidamente que você não me faça provar isso de novo.

Sinto muito. Você provavelmente é muito legal e tudo, e o meu coração está partido por tudo que você passou, mas eu não consigo fingir que isso é o suficiente para querer que você esteja na minha casa. Com o meu pai. Tentando ser minha amiga ou algo assim. Sinto muito. Eu sou uma pessoa horrível mesmo. Mas nós queremos o nosso pai. Não você.

Eu não concordo nem discordo da palavra *nós*.

— Você não precisa ir embora — digo da bancada. Estou dizendo isso para as duas, Arizona e Karissa. Eu não quero que esse momento esteja acontecendo.

— Você se sente do mesmo modo que eu — diz Arizona.

Eu meneio a cabeça, mas só depois que minha irmã foi embora.

— A gente vai ficar bem — afirma Karissa. — Vamos conquistá-la.

As duas têm certeza de que estou do lado delas. Mas nenhuma das duas realmente me perguntou.

Talvez a gente fique bem, quando Karissa e papai terminarem. Talvez eu seja esse tipo maravilhoso de pessoa capaz de perdoar e seguir em frente, mas ao mesmo tempo ser forte e seguir os meus princípios. Gosto de pensar que dentro de mim mora essa pessoa bondosa, justa e excelente.

Um mês atrás, Karissa me levou para comer sanduíches vietnamitas que eu nunca tinha comido antes. Deliciosos a avinagrados. Ela ria à beça de tudo que eu dizia. Ela me contou sobre o seu primeiro beijo quando tinha 12 anos e sobre a sua primeira vez quando tinha 15 com algumas observações sobre posições. Tenho quase certeza de que outros clientes ouviram a nossa conversa ou pelo menos viram que eu estava rindo tanto que cheguei a cuspir minha bebida.

Tudo isso para dizer que: eu quero Karissa e o meu pai. Quero os dois. Só não os quero juntos.

Karissa serve suco de laranja e sorrio muito para que ela saiba que gosto do seu café da manhã estranho que a faz se lembrar um pouco de sua irmã e também que eu ainda gosto dela. Estou um pouco enjoada, talvez por causa da rabanada louca ou talvez por causa das coisas que Arizona disse ou da situação à qual todos acabamos chegando.

— Eu não sou uma delas. As madrastas más ou sei lá. Eu sou diferente. Juro — diz Karissa.

Não respondo. Não sei como, mas sei que é melhor manter meus olhos na bancada para que ela não possa me dar um daqueles olhares profundos que me obrigam a concordar com ela.

— Me conta tudo sobre o garoto — pede ela. E eu conto. Porque a minha irmã foi embora e Karissa está bem aqui.

Capítulo Doze

Arizona fez 13 anos quase dois anos antes de mim, mas não me contou sobre o presente que ganhou. Até que eu mesma fiz 13 anos e recebi o meu do meu pai, embrulhado em elegante papel dourado, com um laço prateado e uma rosa artificial presa no meio como decoração extra. Eu tinha certeza de que seria algo brilhante como um cordão com a pedra do meu nascimento ou a tiara que eu vira no shopping quando estava com Natasha e que papai disse que era ridícula, mas insisti que era perfeita para todos os tipos de eventos.

Eu gostava de coisas como diamante e purpurina e fantasias de princesas. Eu acreditava em coisas como aniversários e madrastas.

O presente era um pedaço de papel.

O papel timbrado da clínica do papai, e uma promessa de que eu poderia fazer qualquer procedimento que eu quisesse quando fizesse 18 anos.

— Para ganhar autoconfiança — explicou ele.

— Eu não entendo — respondi. Olhei para Arizona, em busca de uma tradução, e ela deu de ombros. Arizona não era muito sociável aos 15 anos.

— Quando eu tinha 13 anos, só queria ter certeza de que seria mais bonita quando ficasse mais velha — disse Natasha, tentando apagar a expressão confusa no meu rosto. Ela tinha o péssimo hábito de dizer coisas que eram definitivamente ofensivas. Como ela não refletia nem um segundo antes de falar, de alguma forma "ela não tinha a intenção de ser cruel".

— Ah — respondi, porque não tem muita coisa mais a ser dita sobre um certificado de presente para uma futura cirurgia plástica.

— Você pode escolher qualquer coisa! — disse papai. — Tipo, se você não gostar do tamanho do seu nariz. Ou, sei lá, se quiser seios maiores, se é disso que você gosta. Eu não consigo imaginá-la precisando de lipo, mas não teria problema também.

Papai vem falando sobre o tamanho do meu nariz há anos. Nunca pareceu tão grande assim para mim.

Pensei nos desenhos aleatórios que ele faz nas capas de revista e pedaços de papel. Consertos que poderia fazer no rosto, nos braços, nas coxas e nos seios das modelos. Ilustrações indolentes de corpos, queixos e narizes perfeitos e imperfeitos. Havia uma revista na mesinha de centro com a Gwyneth Paltrow de biquíni na capa. Ele desenhou linhas pontilhadas em volta dos olhos dela e perto dos quadris. Não deveria ser surpresa ele achar que eu sou imperfeita também.

— Suas orelhas são bem próximas à sua cabeça, então, colocá-las no lugar não será necessário — continuou ele. Eu estava ficando com os olhos marejados. Mas se ele visse as lágrimas, ficaria ofendido. Ele gostava de lidar com fatos, e os fatos, os fatos literais relativos a números e simetria e medidas, diziam que o meu nariz era muito grande e o meu queixo pequeno demais. Não era algo para me entristecer. Principalmente porque ele estava prometendo consertar. — Mas em relação ao seu queixo, podemos fazer algo a respeito. Quando você fizer dezoito, é claro. Eu jamais faria qualquer coisa assim em alguém da sua idade. Mas saber que a possibilidade existe, pensar nisso como uma rede de proteção... Natasha e eu achamos que poderia ajudar. Durante a adolescência. Em relação à sua autoconfiança. Eu quero que você saiba que temos noção do quanto é difícil ter a sua idade e que estamos aqui para você e que você vai superar tudo isso. — Papai sorriu. — Nós temos tanta sorte de ter Natasha aqui para me ajudar a entender vocês, meninas. — Ele colocou o braço em volta dela, radiante como um campeão de algum torneio de Pai do Ano.

Fiquei imaginando que talvez o problema fosse eu. Se eu era a estranha por não ter gostado do presente. Ele e Natasha pareciam tão certos de que era o presente perfeito, e eu presumi que, de alguma forma, eu era estranha. Eu sabia que tinha que refletir a felicidade do papai, mas senti a tristeza assustadora de acordar de um pesadelo próximo demais da realidade.

— Eu comprei um camaleão de estimação para você! — exclamou Arizona, bem no momento que achei que todos os meus sentimentos iam começar a transbordar pelos olhos e pelo nariz. Achei que talvez eu pudesse chorar tanto e por tanto tempo que acabaria ficando oca por dentro.

— Você... Você comprou? — perguntei. Arizona lançou o nosso olhar patenteado de *não chore*, algo que aperfeiçoamos há muito, muito tempo, quando eu tinha cinco anos e ela sete e mamãe nos deixou.

— Comprei — confirmou ela. — Era isso que você queria, não é? — Ela correu até o quarto, onde acho que estava guardando o carinha, e o trouxe em um aquário de vidro com um livro de instruções sobre alimentação, limpeza e cuidados em geral com camaleão.

— É — respondi, olhando para o rosto escamoso —, era isso que eu queria.

Se mamãe estivesse por aqui, talvez ela se lembrasse do camaleão também, mas não importa. Eu tinha Arizona para isso. Papai era bom por ficar e não nos deixar e encontrar mulheres aleatórias para morar com a gente e perguntar um milhão de vezes se estávamos felizes, mesmo que jamais tenha explicado o que isso significava. Arizona era boa em preencher os vazios que ficaram. E mamãe era boa com cartões de aniversário e não muito mais.

Eu amava muito aquele camaleão e lhe dei o nome de Lester. Parei de querer qualquer coisa que brilhava no sol ou que tivesse sido feito para me deixar mais bonita. Parei de querer Natasha perto de nós. Até depois que ela e meu pai romperam, dois anos depois.

Guardo o meu vale-plástica na gaveta da escrivaninha. Tenho certeza de que jamais vou usá-lo, mas o guardo como um lembrete de algo. Não sei bem do quê.

Achei que Arizona estivesse fazendo a mesma coisa. É perturbador ser, de repente, diferente da pessoa que você acreditava ser exatamente igual.

Papai nunca mais tocou no assunto, mas tenho certeza de que ele fica imaginando como vou usá-lo, verificando o meu rosto para catalogar as partes mais feias e fazer sugestões.

Nesse meio tempo, meu camaleão Lester morreu dois anos atrás. Eles não têm uma vida muito longa. Mudar tantas vezes, ter que se encaixar perfeitamente em todas as circunstâncias possíveis, os deixa exaustos, eu acho.

Capítulo Treze

Hoje em dia, Natasha mora em um grande apartamento no Upper East Side com um advogado robusto e filhas gêmeas, Victória e Verônica.

E, às vezes, eu.

Uma vez a cada uma ou duas semanas consigo convencer o meu pai de que estou com algumas amigas da escola que não existem, convenço Arizona de que estou em alguma aventura e Roxanne de que vou ficar em casa, e fico com Natasha. Como se fosse a minha casa. Foi mais fácil este ano, é claro, sem Roxanne e Arizona observando e tomando conta.

Eu contaria para Roxanne, mas sei que ela contaria para Arizona. Na hierarquia da amizade que todos fingem que não existe, mas todos sabem que sim, Arizona me ama mais e eu amo mais Arizona, mas Roxanne ama mais Arizona. É uma coisa da qual sempre suspeitei, mas agora tenho certeza.

Às vezes acho que Arizona me ama mais, mas gosta mais de Roxanne. Isso também dói. Não ser escolhida. Não ser a pessoa favorita de ninguém.

Então, às vezes fico no sofá branco de couro de Natasha, sob o cobertor de caxemira de Victória. Natasha tem um cachorrinho branco chamado Oscar e mais sapatos do que qualquer outra esposa que meu pai já teve, e, assim que ela e meu pai terminaram, ela ficou legal.

Começamos tomando um café.

Eu fui ao casamento dela.

Eu fui babá das suas filhas.

Ela prepara jantar para mim e me dá roupas que não usa mais e eu as transformo em peças com uma pegada mais punk quando são caretas demais.

Ela se desculpou pelo certificado de presente, por coisas que ela não compreendia.

Está fazendo planos para tirar os implantes de silicone.

Disse que cometeu muitos erros e que está tentando desfazê-los ou pelo menos não cometê-los de novo.

Quando me abraça, é sincera.

Ela é o meu grande segredo do qual não falo com ninguém.

Uma ou duas vezes por ano, penso em contar para Arizona e deixá-la entrar nesse grupo também, mas parece que não consigo admitir que quebrei uma das nossas promessas de irmãs. Ou talvez não consiga suportar a ideia de que Natasha também gostaria mais dela. De que não haveria mais ninguém para ser meu.

Gosto de achar que é a primeira opção. Que sou uma garota envergonhada por ter quebrado uma promessa, e não aquela outra garota que é tão má e egoísta que precisa de mais do que deveria.

* * *

Depois de estar farta de todos os outros, vou parar na casa dela, onde estou segura. É como aqueles esconderijos que temos quando criança. Debaixo da mesa ou no armário ou em qualquer outro lugar. Ninguém sabe que estou aqui, e eles nunca pensarão em me procurar na casa de Natasha.

Sentamos no sofá, uma do lado da outra, e compartilhamos o nosso Diário de Gratidão.

— O espírito maravilhoso da Victória — diz ela.

— A varanda de entrada — digo.

— O barista do Starbucks que me disse que eu me pareço com a Denise Richards.

— Café depois das nove da noite.

— O jeito que mudamos com o tempo e nos tornamos melhores e piores ao mesmo tempo — diz Natasha. Ela sempre tem alguma coisa na sua lista que me surpreende um pouco.

— Karissa. O fato de ela existir, mas não o que está fazendo — digo porque eu nunca deixei de ler nenhum item da minha lista. É uma intimidade estranha entre nós. A gente não esconde nada.

— Uma nova amiga? — pergunta Natasha.

— Mais ou menos. — Eu meio que não consigo acreditar que ela não estivesse nas outras listas que li para Natasha, mas às vezes leva tempo para admitir que somos gratos por algo ou alguém. Às vezes eu escrevo sobre um ótimo jantar com o meu pai três meses depois que aconteceu. Como se eu não conseguisse apreciar coisas muito recentes, do mesmo modo que algumas pinturas são muito melhores a distância.

— Nova mãe?

— Não. Ela não faz o tipo madrasta. É uma das que fica no meio do caminho.

Parece cruel falar de Karissa desse jeito, na antiga língua que sempre usei para falar sobre as esposas e namoradas de papai.

— Eu consigo viver com isso. Tenho o amor na minha vida. Sou cheia de gratidão. Eu gostaria que seu pai tivesse tudo isso, mesmo que ele seja incapaz de viver assim. — Natasha diz todos esses lances de ioga que pareceriam completamente idiotas se fossem ditos pela maioria das pessoas, mas ela é serena de verdade. Eu vi a mudança, e isso é ainda melhor do que conhecer alguém que sempre foi doce, bondoso e sábio. Gosto ainda mais de Natasha porque ela costumava ser abominável. — Eu quero que o seu pai seja feliz. E você também. Quero que você tenha o que quer. — Ela sabe, mas não diz que o que eu quero é ter tido uma mãe. Querer uma mãe não é o tipo de coisa que se diz em voz alta. A não ser que você tenha cinco anos e tenha um cobertorzinho. — E Arizona — diz Natasha com um suspiro. Ela sempre diz o nome da minha irmã com um suspiro porque não consegue consertar o que aconteceu de errado entre elas, e isso corta o seu coração.

Houve apenas uma vez que tentei contar para Arizona sobre o meu relacionamento com Natasha. Mencionei a ideia de que Natasha tinha mudado. Disse que a vi caminhando na rua, grávida e parecendo toda angelical. Arizona debochou, disse *coitada dessa criança* e ficou pisando duro o restante do dia em vez de caminhar.

Fico imaginando se seria diferente agora que Arizona realmente fez uso do certificado que ganhou de presente. Era a coisa que tornava Natasha pior do que as outras. A coisa que a tornava imperdoável. Fico imaginando se o fato de Arizona ter usado a coisa faz com que ela odeie menos Natasha. Ou talvez mais.

Talvez mais, porque independentemente dessas merdas a respeito de felicidade que ela vem falando, acho que Arizona fez isso para se aproximar do meu pai, para ser a filha que ele deseja, na esperança de que isso, de alguma forma, o fizesse parar de arrumar novas mulheres.

E agora que ela conheceu Karissa, deve saber que fracassou.

— Montana! — chama Victória, acordando do seu cochilo. Verônica não fala tanto quanto Victória, mas é tão adorável quanto a irmã. Ela abraça as minhas pernas e faz barulhinhos na minha direção.

— Elas amam você — diz Natasha. — A irmã mais velha delas.

— Só que não — respondo. Eu amo e odeio quando Natasha diz que sou irmã delas. Até amo e odeio o fato de Victória saber o meu nome. É leve e pesado, certo e errado. Ergo a pequena no ar. Ela tem olhos castanhos e o antigo nariz da mãe. Eu me lembro do antigo nariz de Natasha de logo quando começou a sair com o meu pai, e ver isso em Victória parece certo.

Eu gostaria de compartilhar algo assim com elas. Algo tangível que me amarrasse a essa família, como um nariz ou a cor dos olhos ou o sobrenome. E fico imaginando se Natasha se arrepende por ter trocado o nariz toda vez que o vê no rosto da filha.

— Então. Como é essa nova garota? — quer saber Natasha. Ela está olhando a minha lista de novo. Ela é a única pessoa que tem permissão para isso. Ela volta algumas páginas, para entradas antigas que não viu, e eu adoro observá-la sorrir ao ler as coisas que escrevo. — Nossa, você é uma escritora, mocinha — elogia ela, relendo algumas das minhas listas com uma voz cheia de admiração que chega a doer de tão bom que é ouvir.

— Karissa é como uma fada — conto. — Como... uma Sininho moderna. Ou uma bailarina punk. Ela é meio que perfeita.

— Bem, não precisa esfregar isso na minha cara. Ainda não sou tão evoluída assim — diz Natasha. Mas nós duas sabemos que ela é sim.

— Tanto faz, ela não vai se tornar esposa nem nada disso — continuo. — Eu ainda queria que você tentasse conquistá-lo de novo. A gente pode adotar as meninas. Você gostava da nossa casa.

É um bom sonho, mas eu jamais desejaria isso para Natasha de verdade. O seu novo marido é gentil, e eles têm esse casamento incrível. Ele também lê os diários de gratidão que ela escreve. Fiquei um pouco arrasada quando soube, já que eu acreditava ser a única a ter esse privilégio. Mas, na verdade, é bom ter uma prova sólida de que proximidade, da forma com que eu imagino que seja, existe, mesmo que não aconteça exatamente quando você deseja.

— Nós somos um lance eterno — sempre diz Natasha. — Você e eu.

Mas tenho que abandonar o sonho, já que ela tem um lance eterno com o marido também. Não sou filha dela. Nem a melhor amiga, nem esposa ou irmã. Eu nem sou mais sua enteada.

Outros sonhos: entrar para uma comunidade de órfãs com Arizona. Fugir com Bernardo. Me mudar para sempre para o apartamento de Natasha. Formar um tipo de família estranha com Karissa na qual vamos juntas a bares e moramos no seu apartamento e organizamos festas de picles e vinho. Eu aceitaria qualquer coisa, desde que fosse algo durável e seja meu.

Qualquer coisa menos Karissa sendo o novo membro temporário da nossa não família.

Se Karissa não tivesse virado tudo do avesso, eu seria capaz de me ver compartilhando o meu Diário de Gratidão com ela também. Eu quero tanto que ela seja minha de novo que chega a doer. Eu estava tão perto.

— Vou contar para você sobre um garoto — digo para Natasha, testando o assunto com ela do mesmo jeito que fiz com a minha irmã e com Karissa.

— É melhor mesmo — responde ela, servindo mais chá e trazendo outro biscoito, e se eu não tivesse um maço de cigarros na bolsa e a lembrança de várias noites em que me embebedei, pensaria que esta era a minha vida de verdade. — Você está se apaixonando? — pergunta ela, e eu nego com a cabeça e digo que claro que não, mas as coisas que Bernardo me disse ecoam em meu ouvido como uma premonição, e eu me pergunto se eu não estaria. Me apaixonando, é claro. Não completamente. Não acredito nisso de me apaixonar rápido demais por alguém que não conheço. Não acredito em nada que o meu pai faz.

Mas gosto da ideia de que Natasha consegue enxergar o começo disso, como se eu exalasse um cheiro ou tivesse uma marca na pele, e não como a coisa fugaz e efêmera que sempre acreditei que fosse.

Amor, como algo estável, real e tangível.

Não consigo imaginar de verdade.

* * *

Passo a noite na casa de Natasha, e as meninas não me deixam dormir a maior parte da noite, chamando a mim ou a mãe ou o pai dos seus berços.

Sinto como se estivesse na CIA, como se eu tivesse uma identidade secreta na qual vivo parcialmente a vida de uma boa menina com uma mãe.

Natasha não faz comentários sobre o meu cabelo. Talvez nesta iluminação não tenha notado. Talvez o seu apartamento tenha poderes transformadores.

Lembrando das noites que saí com Karissa, dos dias no parque com Roxanne, do ano letivo que passei em uma nuvem de invisibilidade e amizades vagas, com Bernardo na cabeça e tentando não cair no sono no sofá de Natasha, é como se eu vivesse 75 vidas diferentes sem me sentir totalmente confortável em nenhuma delas. Arizona pisa firme na vida que quer, e aqui estou eu, mergulhando a ponta dos dedos do pé em todas as circunstâncias para ver se me encaixo em alguma delas.

Isso causa um mini ataque de pânico. Como se houvesse alguma coisa entalada no meu coração e na minha garganta, algo que nunca se desenvolve, inflama e dói.

Eu não me encaixo em nenhum lugar.

Eu sou um desastre, digito para Bernardo quando estou meio dormindo no sofá e sonolenta demais para me impedir. O couro fica grudando nas minhas pernas, e as meninas estão ouvindo cantigas de ninar alto demais no aparelho de som. Natasha ligou novamente quando as duas acordaram meia hora antes, e o aparelho ainda não desligou.

É por isso que eu gosto tanto de você, responde ele.

Adoro o fato de ele não tentar dizer que não sou um desastre.

Quero contar tudo para você, digito. É engraçado. Quando alguém é romântico e estranho e grandioso demais para ser real, você aprende a se igualar a ele pelo menos um pouco. *E eu quero que você me conte tudo.* Estou pensando na garota que ele amava, e acho que até consigo lidar com o que ele me contar sobre isso.

Então é isso que vamos ter que fazer, escreve ele de volta.

Eu poderia derreter nesta coisa entre nós.

13 de junho

Diário de Gratidão

1. Oscar lamber a minha mão para me acordar.

2. O tipo de sono causado pela ansiedade. Sonhos despreocupados e ficar virando de um lado para o outro durante a noite e acordar tão cedo que o resto da casa ainda está dormindo. Ronquinhos de bebê vindos do quarto ao lado.

3. Quadris largos. Os meus quadris largos. O balanço deles. A incapacidade de escondê-los. O jeito que eles preenchem o meu short jeans feio.

Capítulo Catorze

Descubro bem rapidamente que Bernardo é tão bonito na parte leste de Manhattan quanto na oeste. Ele compra um cachecol, que devo usar no verão, em uma barraca na St. Mark's que provavelmente é o único lugar em toda a cidade que vende cachecóis tricotados nessa época do ano.

— E se eu ficar suada? — pergunto quando ele o enrola em volta do meu pescoço e me diz que estou sexy.

— Suor é sexy — responde ele.

Comemos batatas fritas em um restaurante belga, e eu o apresento ao molho de alho, então, se ele ainda não estava apaixonado por mim, definitivamente está quando terminamos com um sorvete de casquinha.

— Da próxima vez, nós vamos para o Brooklyn — diz ele.

— Da próxima vez? — Agito meus cílios, mas não estou tão incerta quanto finjo estar. Quando algo é sólido, você não precisa se preocupar que seja líquido. Nós somos sólidos. Em algum momento nas últimas horas, caminhando pela cidade ou talvez trocando mensagens de texto tarde da noite, nós nos tornamos algo sólido.

— Você gosta de guacamole? — pergunta ele. Isso soa perigoso aos meus ouvidos, de uma forma que nunca imaginei que abacates poderiam ser.

— A um grau que chega a ser assustador — respondo. — Guacamole e queijo são praticamente tudo de que preciso.

— Que sorte a sua! Meu pai faz o melhor guacamole do mundo.

— Você quer que eu vá à sua casa? Eu? Você já olhou para mim, né? Mães não me adoram. — Eu poderia trocar meu short cortado para um encontro com os pais. Poderia usar sapatos de verdade em vez de chinelo de dedo e pegar uma blusa de Karissa emprestada em vez de usar camiseta, eu acho. Deve ser sério se estou disposta a desistir de camisetas. Mas não vou desistir do meu cabelo cor-de-rosa.

Do nosso cabelo cor-de-rosa.

Nem do cachecol, eu acho.

— Eu quero tudo — declara ele. — E ela vai gostar de você porque eu gosto de você.

— Você não me conhece — digo.

A voz que sai de mim é mais de Arizona do que minha. Parece que ele me conhece e que eu o conheço. Parece que todo o tempo que passamos nos olhando no parque contou como se estivéssemos nos conhecendo.

Mas Arizona e eu tomamos café esta manhã no parque, e o tempo todo ela fazia que não com a cabeça enquanto eu falava sobre Bernardo, como se eu estivesse errada em relação aos meus próprios sentimentos.

— Não dá para gostar de alguém do dia pra noite — disse ela antes de colocar mais um pacote de açúcar no seu café com leite gelado. Ela estava usando um chapéu de palha que ficaria elegante em uma modelo, mas no parque parecia deslocado.

— Não foi do dia pra noite — respondi. — Mas muita coisa pode acontecer em um curto espaço de tempo. E muita coisa pode acontecer sem que nada seja falado. E muita coisa pode acontecer quando você está beijando.

— Você está parecendo o papai — disse Arizona, e eu quase desmarquei meu encontro com Bernardo porque nada poderia ser pior e estou acostumada a acreditar em tudo que Arizona fala. Acho que ela também esperava que eu cancelasse o encontro.

— Vamos naquele lugar que vende vestidos fofos e baratos no SoHo? — disse ela. Eles vendem coisas frágeis em estampas da moda com um monte de ornamentos de madeira e metal perto do decote e na cintura. Arizona acha que eles terão vestidos de verão, mas não vão ter. Não do tipo que ela curte agora.

— Eu disse para você que vou sair com Bernardo — respondi.

— E eu disse que eu acho que você está indo rápido demais e bancando muito a namorada — retrucou ela. Ela poderia muito bem ter apontado o dedo na minha cara.

— Eu não sei o que responder — disse eu. — Que eu discordo, talvez? — Arizona e eu devemos ter discordado uma da outra mil vezes antes de ela ir para a faculdade. Mais, com certeza. Agora, porém, discordamos de coisas que importam. Como se estivéssemos brigando sobre o formato da Terra. Se o movimento é circular ou se vai chegar a um despenhadeiro e despencar.

Arizona acha que podemos despencar de algum despenhadeiro no fim da Terra, e eu sei que as coisas não são assim.

Bernardo e eu estamos do lado de fora de um brechó no East Village, e eu o puxo para entrarmos.

— Vai me dizendo as coisas que gostar — peço. — Isso vai me ajudar a entender você de um jeito que nada mais poderia.

Bernardo pega um colete de couro com franjas.

— Isto — diz ele. — O que isto diz sobre mim?

— Você não vai querer saber — respondo.

Coloco um chapéu com um véu, e Bernardo puxa uma bolsa carteiro antiga, de alguma companhia aérea. Ele encontra um cinto vermelho com tachinhas e o coloca. Fica muito maneiro, e eu digo isso para ele.

Visto um enorme casaco de caxemira. É uma coisa ridícula para se usar em junho, mas estou aprendendo com Bernardo que deixar de fazer alguma coisa por esse motivo é idiota. O clima e as estações não significam nada.

Com o casaco e o chapéu e a música que está tocando alto demais dentro do brechó, pergunto sobre a ex-namorada dele.

— Casey?

— Sim. Casey — digo, já odiando a garota. Ela parece animada e bonita. Parece ter olhos castanhos e peitão.

— Em primeiro lugar, eu já superei tudo — declara Bernardo, como se fosse uma pergunta que lhe fizessem com muita frequência. Enrolo-me em outro casaco. Preciso de camadas para isso. Na verdade, de uma armadura. — Então, relaxa.

— Não estou tensa — respondo, totalmente tensa.

— Ela é mais velha. Está na faculdade. Gosta de festas. É muito inteligente.

"Gosta de festas" significa sexo. E "inteligente" significa muito, muito bonita. Eu não deveria ter perguntado nada. "Mais velha" também significa sexo. E "mais velha" significa melhor. E "mais velha" significa que ele nunca vai superá-la.

Respiro fundo e tiro esses pensamentos da cabeça. Natasha me lembraria que estar aberta para as coisas é bom, eu acho, e Karissa diria para eu confiar em como sou incrível.

Karissa sempre quer que eu acredite que sou incrível.

Tiro os casacos e tento acreditar que sou incrivelmente incrível.

— Você a amava — digo. É uma declaração. Eu já sei que isso é verdade e estou desesperada para ficar ok em relação a isso. Uma expressão triste surge no rosto dele, e sei que Bernardo a amava muito e também sei que ele precisa que eu esteja ali enquanto ele fala sobre isso.

Faço algo que não acho que sou capaz porque ele vale a pena. Decido apoiá-lo. Decido aceitar isso.

— Deve ter sido difícil quando acabou — declaro.

Começo a vasculhar a caixa de joias da loja. Cordões e pulseiras estão embolados uns nos outros, mas se você olhar com atenção, consegue encontrar coisas bonitas. Desde que esteja disposta a passar algum tempo desemaranhando, ajeitando e deixando a peça com o seu jeito.

— Foi muito ruim. Sei lá. A gente realmente estava junto. Então, ela mudou de ideia. Disse que eu era jovem e imaturo demais, e eu acho que ela começou a sair com alguém mais velho. Tipo 25 anos. — Bernardo balança a cabeça, tentando se livrar da imagem que criou. — Foi tudo muito rápido. Eu estava totalmente despreparado.

— Parece horrível — digo. Pego um cordão de pérolas cinzentas. Tenho certeza de que são falsas, mas são lindas assim mesmo. Eu as coloco no meu pescoço e me olho no espelho. Será que pareço o tipo de garota capaz de despertar tamanho sofrimento num término?

— Eu meio que achei que ela era o meu destino — continua ele. — Meus pais achavam que eu estava louco. Mas quando a gente ama alguém... Sei lá.

— Quando a gente ama alguém o quê? — pergunto. Ninguém nunca me disse como é realmente amar alguém. Tiro o chapéu e coloco um óculos de armação vermelha de gatinha sem lentes. Bernardo beija o meu nariz. Eu não sabia que eu queria ser beijada ali. Que eu me sentiria pequena e fofa e adorada.

Franzo o meu nariz.

— Uau, que nariz fofo — diz ele. Eu o cubro com as mãos. Dói. Às vezes ser elogiada dói.

— Quando a gente ama alguém o quê? — insisto. — O que você ia dizer?

— Quando a gente ama alguém queremos ficar com a pessoa. A gente quer que seja isso. Não quer que acabe. Quando se ama alguém aos 17, a gente quer ter trinta, sabe?

Eu não sei.

Bernardo é o tipo de cara que quer dar um salto de 15 anos e ir direto para a parte chata.

— Parece intenso — comento.

Pego uma gravata e coloco em volta do pescoço dele. Verde, estampada e larga. Exibo a minha habilidade em dar nó de gravata. É o tipo da coisa na qual você se torna perita quando o seu pai fica solteiro muitas vezes.

— Você disse intenso como se quisesse dizer louco — responde Bernardo. — Na verdade ela era realmente gata e gostava de assistir a jogos de beisebol comigo e com o meu pai, e fazia garças de papel e origami e coisas assim, e eu achei que aquilo era estranho e legal e lindo. Será que eu não deveria dizer gata? É ruim falar que minha ex-namorada era gata, né?

O dono da loja nos lança um olhar que significa que ou compramos alguma coisa ou temos que dar o fora, então damos o fora.

Levo o cordão de pérolas cinzentas por acidente. Eu poderia entrar e devolver, mas eles não notaram e as pérolas deviam custar, tipo, um dólar, e existe algo de maravilhoso em ser perigosa e não eu mesma. Então, fico com ele. Giro as pérolas por entre os dedos.

— Você é um cara intenso — digo.

— Você ainda está dizendo isso como se eu fosse louco — responde ele.

— É um pouco — concordo. Bato com o meu quadril no dele. Beijo o seu pescoço. Eu não o tinha beijado em nenhum outro lugar que não fosse a boca, então o cheiro, o gosto e a sensação são completamente novos. — Eu também sou um pouco louca — digo, e a frase soa mais provocante do que eu pretendia. Como um convite para alguma coisa.

— Eu amava a Casey — diz ele, uma frase que eu não precisava ouvir. — Porque ela me dava a sensação de que eu poderia ser outra pessoa. Uma pessoa nova. — Ele dá de ombros. — Casey, amar a Casey, era como uma esperança, como se eu pudesse mudar. Mas isso significava que ela queria que eu mudasse. Queria que eu fosse outra pessoa. E, sei lá, é como... A gente cresce, mas não muda de verdade. Ou algo assim.

Ficamos nos olhando na calçada, o que não é algo fácil de fazer em Nova York. As pessoas esbarram ou têm que desviar de nós com um suspiro. Invadindo o nosso pequeno momento.

— Intenso — repito pela terceira vez, sorrindo e apertando os olhos por causa do modo como os raios de sol às vezes refletem nas vitrines lançando uma luz cegante. — Intenso — digo e, dessa vez, eu quero dizer louco, mas também maravilhoso.

— Obrigado por perguntar sobre ela — diz Bernardo enquanto caminhamos. Ele coloca o braço em cima dos meus ombros e me puxa para si antes que possamos notar que está muito calor e úmido para ficarmos assim grudados por muito tempo.

— Eu meio que achava que eu poderia ter esse tipo de coisa com a minha irmã. Essa proximidade. Mas acho que tem muita coisa estranha entre nós agora — digo.

Eu não estava pensando em Arizona, mas agora não consigo evitar. É aquela palavra: *minha*. Ela me faz pensar no modo que costumávamos ficar de mãos dadas quando andávamos de metrô com meu pai, quando ele nos deixava na creche do hospital nos dias de verão quando não conseguia encontrar uma babá. Líamos livros uma para outra no canto da sala e não dávamos bola para mais ninguém. Também me faz lembrar de Roxanne, do jeito que ela tomava café da manhã em nossa casa antes da escola em vez de na sua própria casa. Que nós três conseguíamos nos enfiar em uma cama, e eu não me sentia mais nova nem menor nem nada.

— Coisas estranhas? — diz Bernardo.

Ele me contou tantas coisas e parece que eu deveria contar alguma coisa de verdade a ele, então eu conto o meu único e grande segredo.

— Então, eu tenho essa ex-madrasta, a Natasha. Eu ainda encontro com ela. Passamos muito tempo juntas. Muito mesmo. Minha irmã me mataria se soubesse — digo. Parece uma novidade falar isso em voz alta.

— Ela é legal? — pergunta ele. Bernardo faz perguntas perfeitas.

— Ela é a melhor. Ela é como se fosse da família. Mas não é. Ela é como se fosse da família, mas ao mesmo tempo é essa coisa terrível que estou fazendo com a minha família. É estranho.

— Parece que você precisa dela — diz Bernardo. Os óculos dele estão começando a embaçar por causa da umidade do ar, e eu os pego para limpar as lentes para ele. Tornar as coisas claras novamente.

— Eu não sei do que preciso — respondo.

— E quanto às outras madrastas? Você teve algumas, né?

— O que tem elas? — pergunto. É difícil explicar como Tess e Janie e as outras namoradas são todas variações de um tema, ou, na verdade, grandes desvios inadequados. A vida amorosa do meu pai é um padrão longo e complexo que eu ainda não consegui desvendar completamente.

Estamos virando em todas as ruas, o que nos leva cada vez mais para o leste, depois cada vez mais para o norte. Quanto mais longe do centro ficamos, menos pessoas há nas ruas, até ser quase possível imaginar um momento a sós.

— O que elas estão fazendo hoje em dia? — pergunta Bernardo. — Ou melhor você pensa nelas? Ou como elas eram? Não sei o que perguntar.

— Eu penso nelas — digo. Não sei como responder às outras perguntas. — Penso em ir vê-las. Penso em como seria se elas tivessem continuado com a gente.

— Tipo vidas alternativas? — sugere Bernardo. Ele está tentando colocar em palavras algo que eu nunca nem tinha pensado realmente. Um lugarzinho em minha mente que tenho evitado. — Tipo como a que você tem com Natasha?

Alguma coisa no jeito com que ele formula a frase me soa estranho. Não errado, mas torto.

— Natasha não é uma vida alternativa — esclareço. — Ela faz parte da minha vida.

— Com certeza. É claro. Sinto muito. O que eu quis dizer é que... Talvez você não queira ter que deixar todas elas para trás.

Existe este condomínio no alto do East Village, o Stuyvesant Town, e, de alguma forma, acabamos a caminho de lá. Papai namorou por alguns meses uma mulher que morava aqui, então, eu conheço os playgrounds e o labirinto engraçado que as ruas sem carros formam lá dentro. Eu o levo até lá. Não há nenhum lugar para ir — não há *cafés* nem vistas bonitas nem nada — mas é um pedacinho curioso de Manhattan que eu não visito há uns cinco ou seis anos, provavelmente.

É reconfortante que eu ainda conheça os caminhos.

— Acho que eu gostaria que elas fossem mais do que... aparições. Ou pontinhos que piscam. Ou sei lá. Em um momento ou outro, eu realmente tentei fazer com que cada uma delas fosse uma mãe de verdade, sabe? Ou pelo menos uma tia.

— Talvez um dia você as encontre novamente — diz Bernardo. Ele ajeita os óculos e nós deixamos Stuyvesant Town tão rápido quanto chegamos. De volta às ruas, estou feliz por não ter crescido ali, não importa o quanto o lugar pareça bonito e acolhedor com seu ar de cidade pequena. Eu prefiro a brutalidade do restante de Nova York.

— Acho que não faço a menor ideia do que vai acontecer depois — digo —, mesmo que pareça que sei.

Bernardo me puxa para ele de novo e caminhamos assim, seus braços em volta de mim, nossa pele grudando por causa do calor e do suor.

O fato de estarmos suando juntos me faz pensar em ficarmos nus juntos, e isso não é a pior coisa para se pensar enquanto olhamos para o céu e para os prédios e para a cidade e um para o outro.

— Você faz as coisas fazerem sentido — digo na calçada, olhando para a cobertura de alguém, cheia de arbustos e plantas e todas as coisas que os nova-iorquinos fazem para tornar a cidade mais parecida com o campo no desejo de ter o melhor de ambos os mundos.

Capítulo Quinze

— Vou para casa com você. Hoje ainda não pode acabar — diz Bernardo no final do dia.

Já passou da hora do jantar, mas em vez de comer, a gente se beija no táxi a caminho de casa, e o motorista resmunga sobre adolescentes, menores de idade e as autoridades, seja lá quem sejam. Bernardo puxa o meu cachecol enquanto nos beijamos.

Talvez eu não precise de mais nada, além disso.

Quando chegamos na minha casa, o taxista precisa buzinar para pararmos com a pegação. Saímos do carro e quase imediatamente começamos a nos beijar de novo ali na rua, mas Karissa está na varanda de entrada, fumando. Ela joga os braços para cima, uma espécie de mini-comemoração.

— Você chegou! — exclama ela. Ela me puxa para um abraço, mas como estou trêmula dos beijos, eu meio que cambaleio um pouco. — Estou tendo um dia muito difícil — diz ela. — Hoje seria aniversário da minha mãe. — Ela sussurra isso no meu ouvido, então Bernardo não ouve, mas cada parte de mim com certeza ouviu.

O cabelo dela está mais louro do que o usual. Ainda é castanho na maior parte, mas com uma camada mais clara por cima. Ela pintou, com certeza. Acho que chamam essa tonalidade de louro Sean Varren. Ela está usando uma legging dourada e uma blusa branca comprida e larguinha de linho.

— Sinto muito — respondo, esforçando-me muito para abafar a raiva que sinto por encontrá-la tão confortavelmente na varanda da minha casa. Tomando café na caneca favorita do meu pai. Adoro a legging dourada e o modo como ela parece feliz em me ver. Odeio todo o resto.

— Eu sou Karissa. Você é o Bernardo? — Ela estende a mão para ele quando ele acaba de pagar ao motorista. As pulseiras tilintantes fazem bastante barulho.

— Sou sim — responde ele. Bernardo semicerra os olhos, talvez tentando conciliar a ideia de Karissa, sobre quem contei para ele, com a realidade que tem diante de si.

— Que bom. Vamos entrar, gente. O seu pai vai sair e eu adoraria ter companhia.

Acho que ela agora alcançou o nível de ficar na nossa casa mesmo quando papai não está. E acho que já que é aniversário da morte da mãe dela, eu tenho que aceitar.

Papai está na porta, definitivamente arrumado e de saída e ele olha Bernardo duas vezes de cima a baixo. Talvez porque não seja comum me ver com garotos ou talvez seja a aparência do Bernardo. Nossa aparência juntos. Cor-de-rosa e cachecóis e suor. Estranhos, mas combinando.

— Eu sou Sean — diz ele, mas nem espera que Bernardo diga o próprio nome antes de sair pela porta. — Tome conta da minha garota! — grita ele da calçada. Eu não sei se ele está falando comigo sobre Karissa ou com Karissa sobre mim. Odeio ambas as opções, na verdade.

— Então, aquele é o meu pai — digo. Bernardo assente e olha o apartamento, talvez em busca de pistas sobre o meu pai que não conseguiu captar naqueles três segundos que passou em sua presença.

— Ele se esqueceu sobre hoje — sussurra Karissa novamente. Bernardo olha para o espelho de moldura dourada no corredor. Um clássico de Natasha.

— Ele se esquece de tudo — explico. — Isso na verdade quer dizer que ele se importa mais e não menos. — Bernardo ouve isso, e me lança um olhar de preocupação. Ele pigarreia, e eu sei que eu disse alguma verdade estranha sobre o meu pai que as pessoas normais acham dolorosa demais. Isso acontece às vezes. — Ele também se esquece de que sou alérgica a amendoim e que Arizona faz aniversário em abril. Não é nada pessoal.

Eu definitivamente estou piorando as coisas, porque Karissa morde o lábio, e Bernardo acaricia o meu braço como se eu tivesse dito algo profundo e trágico.

— Bem, acho que ajuda ter essa informação — diz Karissa por fim.

Bernardo pede licença para usar o banheiro, mas não sem antes me dar um beijo na testa.

No segundo em que ele some de vista, embora provavelmente ainda consiga nos ouvir, Karissa agarra o meu braço e canta no meu ouvido.

— Tá namorando! Só namorados beijam na testa!

Se eu semicerrar os olhos, posso fingir que o nosso espelho de moldura dourada está rachado e adornado com querubins e está atrás do balcão do *Dirty Versailles*. Se eu me esforçar muito, todo esse momento pode se transformar em algo completamente diferente.

— Ele é carinhoso. Isso não significa que seja meu namorado — digo, mas eu meio que acho que ele é. — Ele é lindo demais para ser meu namorado.

— Você está apaixonada! — Os olhos de Karissa se iluminam. Brilham quase tanto quanto o sinal de trânsito quando está verde. — Eu amo o primeiro amor! Eu amo que você esteja apaixonada!

Ela é uma nova pessoa em relação à de dois segundos atrás falando sobre o aniversário da mãe. Está leve e saltitante. Vai até o seu iPod que já está no suporte do papai e põe músicas antigas pra tocar. The Crystals. Ela balança o quadril no ritmo da música. E eu não consigo evitar fazer o mesmo.

— Eu o conheci há cinco minutos, tá? Não é o que você está pensando. — Mas estou sorrindo e balançando os quadris e estou feliz por ela estar aqui para fazer isso comigo.

— Você tem que me deixar ficar com vocês — pede Karissa. Eu começo a dizer não. Arizona vai odiar, e eu não sei por quanto tempo consigo fingir que ela não é a namorada da vez do meu pai.

Seu rosto se contrai um pouco.

— Hoje está sendo péssimo. Eu preciso que alguém me coloque para cima — diz ela. — Vou fazer com que seja épico. Eu prometo.

— Fico um pouco desconfortável... — tento explicar, mas Karissa me interrompe.

— Será que você pode ficar desconfortável amanhã? — sugere ela. Seus olhos parecem um mar turbulento, e há uma tristeza neles, por baixo de toda a dança e roupas cintilantes e sorrisos largos. Consigo sentir a saudade que ela sente da mãe, e não consigo dizer não para ela.

— Desde que você deixe que eu não me sinta bem em relação a tudo isso amanhã — digo. Karissa leva na brincadeira, mas estou falando sério. Eventualmente vou precisar que ela me dê espaço para não me sentir bem.

Bernardo chega com o cheiro do sabonete que Tess deixou estocado aqui em casa.

— Então, o que vamos fazer? Jogo de tabuleiro? — pergunta Karissa quando Bernardo está de volta. — Jogo de tabuleiro com bebida! Para mim, pelo menos. Eu posso ficar bêbada. Quanto a vocês, não tenho certeza. Eu provavelmente deveria esperar antes de me tornar a compradora oficial de cerveja ou qualquer coisa assim. Aposto que você tem Imagem e Ação, não tem? Detetive? Aposto que você tem Detetive e o seu pai tem o jogo de palavras cruzadas e Arizona tem Banco Imobiliário. Acertei tudo, não acertei?

Concordo com a cabeça e sinto que estou traindo Arizona pela milionésima vez hoje. Ela teria odiado que Karissa acertasse algo sobre ela, fingindo conhecê-la. Eu também odiaria.

— Estou brincando sobre apenas eu ficar bêbada! Eu tomo conta de vocês. Está tranquilo — diz ela com um sorriso tão grande que as sardas no seu rosto se esticam. Eu odeio o quanto eu ainda a amo.

— Jogos de tabuleiro com bebida, lá vamos nós — diz Bernardo seguindo o fluxo de palavras de Karissa.

— Obrigada — agradece ela, apertando a minha mão. — Sério. Obrigada mesmo. Eu sei que isso tudo ainda é confuso, mas eu preciso de você e significa muito para mim que você entenda isso.

Sinto o cheiro de Karissa: uma mistura de cigarro e talco de bebê e um perfume almiscarado e um spray de cabelo muito doce. Uma combinação estranhamente perfeita. Fico um pouco feliz ao ouvir suas palavras gentis e o modo como está agindo como se eu fosse importante, como se ela entendesse isso, e penso nas coisas que eu poderia fazer para que ela se sentisse melhor, como um bolo em homenagem à sua mãe, um brinde à sua mãe ou contar a ela sobre o dia em que a minha mãe foi embora.

Ela pisca para Bernardo e vai até a cozinha procurar bebida. Eu me agarro a ele no segundo que ela sai do cômodo. Sei que as coisas podem ficar estranhas e quero que ele se lembre da sensação dos nossos corpos juntos, antes que essa situação o afaste.

— Ela é demais — digo.

— Você está sendo legal com ela — diz ele. — Você é muito legal com as pessoas, mesmo quando é difícil para você. Tipo quando eu falei sobre Casey com você. Eu notei.

Às vezes, elogios provocam essas palpitações. Pelo menos para mim.

Às vezes, eles me atingem e fazem com que eu sinta que estou prestes a morrer até que percebo que não, que a sensação é boa, não ruim.

O elogio de Bernardo me atinge, solta fagulhas e praticamente explode no meu peito. Eu passo tanto tempo pensando no que há de errado comigo, me perguntando por que eu não sou uma irmã boa o suficiente ou amiga ou filha ou pessoa, que a ideia de ser boa é um pouco insuportável.

Elogios nem sempre parecem sinceros, mas hoje, bem agora, esse parece.

* * *

Quando estamos no porão, Karissa toma um gole direto da garrafa de vinho e a passa para mim, como algum tipo de ritual familiar antigo.

Eu tomo um gole e passo para Bernardo.

— Então, estamos prontos? — pergunta ele.

Acho que é uma pergunta que eu deveria ter feito antes de descer pelo buraco do coelho, onde não desistimos de amizades, mesmo que ela também seja outra coisa. É perigoso, ser duas coisas de uma vez só, ser indistinta, indefinida e estranha. Estamos entrando em uma confusão sem fazer perguntas suficientes.

Então a culpa é minha, de certa forma.

Eu mergulho na hora.

— Vamos nessa — digo, dando de ombros e sorrindo como se tudo fosse muito, muito legal mesmo.

Capítulo Dezesseis

Karissa, Bernardo e eu acabamos no porão brincando de mímica porque não estou a fim de procurar jogos de tabuleiro e nem quero ter nenhum tipo de conversa profunda também.

Karissa é a melhor em mímica. Zero surpresa. Me animo no começo, mas o vinho me pega rápido e eu logo fico letárgica.

— Você tem que se esforçar — diz ela quando tento representar o desenho animado *Pica-pau* e finjo bicar uma árvore imaginária. — Fala sério. Ter que representar um lance que tem as palavras "pica" e "pau" sem fazer nada obsceno? É tipo um presente dos deuses da mímica.

Sacudo a cabeça, mas não há palavras para responder.

— Muito criativo — diz Bernardo. — Eu também não teria pensando nisso.

Ele toma outro gole de vinho. Dá uma olhada na direção da vodca. O cara está bêbado. Ele toca o meu quadril, um lugar que estava morrendo de vontade de ser tocado por ele. Ele contrai os lábios como se fosse me beijar e faz um movimento para o meu rosto, mas estou distante demais e ele desequilibrado demais, então acaba beijando o ar.

Parece impossível que a gente esteja saindo há tão pouco tempo. Talvez seja porque Bernardo é todo meu enquanto todas as outras pessoas da minha vida nesse momento são compartilhadas. Quando Arizona e eu éramos mais como a mesma pessoa, eu me sentia mais próxima a ela. Como se compartilhássemos células. Isso acabou, mas já sinto um tipo de versão disso com Bernardo.

Talvez seja o cabelo cor-de-rosa. Ou o modo como nos beijamos. O encaixe perfeito dos nossos lábios. O modo como ouvimos um ao outro.

— Vocês querem que eu prepare uns drinques? — pergunta Karissa quando o jogo fica um pouco mais calmo. — Vocês já tomaram martínis? Eu poderia apresentar para vocês!

Não quero ficar bêbada como fiquei no Dirty Versailles com Karissa. Mas temos um bar completo aqui embaixo, e Karissa começa a pegar garrafas e copos e o batedor de metal. Gosto do som do preparo dos martínis. Gosto do jeito que Karissa acrescenta vermute e azeitonas no palito e o jeito que Bernardo salta sobre o dele como um gato. Eu quase recuso a minha própria taça instável, mas reconsidero o cheiro, a temperatura fria da taça, a leveza da risada de Karissa e Bernardo. Como me senti sendo a melhor amiga de Karissa no Dirty Versailles. Penso na ligação que Karissa deve ter recebido alguns anos antes quando descobriu que toda sua família se foi. Penso na escuridão da noite. No fato de que as luzes da rua não chegam ao porão. Penso na banda sueca pop que está tocando do celular de Bernardo e no sonzinho bidimensional da música sem alto-falantes de verdade.

Penso nisso tudo e tomo um gole da superfície formidável. Tem gosto de azeitona e álcool.

— É esse o gosto de um martíni? — pergunto.

— Precisa de mais vermute? — pergunta Karissa.

— Precisa de menos... tudo — respondo.

— Acho que não sou uma boa *bartender* — diz Karissa, e Bernardo e eu concordamos e fazemos careta para os nossos drinques e eu me espanto diante do modo como ela é imperfeita e, ainda assim, perfeita de alguma forma.

— Vocês dois estão muito confortáveis juntos para quem acabou de se conhecer — declara Karissa, falando arrastado e derramando um pouco de martíni na blusa. — É parecido com o que Sean e eu temos.

Coloco o meu drinque na mesa. É nojento e eu não vou conseguir beber se formos falar sobre ele. Sobre aquilo. Sobre isso.

— Eu não quero falar sobre o meu pai.

Pego a garrafa de vinho de volta das mãos dela. Deveria ir para Bernardo em seguida, mas ele está todo envolvido em que banda pop sueca é a melhor banda sueca para uma longa noite no Village enquanto nos embebedamos de vinho branco e temos conversas entranhas sobre relacionamentos. No fim das contas, acaba sendo o estilo musical do Club 8.

— Sim, claro — concorda Karissa. — Vamos falar sobre o pai de Bernardo! — Quando ela está bêbada, ela é boa em passar de um assunto para outro e em encontrar passagens secretas para novos espaços conversacionais.

Então, conversamos sobre o pai dele por um tempo. Como ele ama poesia e o History Channel e não ficou zangado quando Bernardo disse que não queria praticar esportes, mesmo que o pai adore beisebol.

— Ele é mexicano do México? — pergunta Karissa. Ela faz perguntas que não sei como fazer.

— É. Ele conheceu minha mãe quando estava de passagem por aqui e não conseguiu deixá-la, nem a cidade. Eles são completamente apaixonados.

Ele fala muito sobre amor, para um cara.

Ele está todo feliz. E é tão bonito. Merda.

Brincamos um pouco mais de mímica e tomamos mais vinho até que estou mais bêbada do que qualquer um deles. Quero enviar uma mensagem de texto para Arizona e contar sobre a noite. Ela odiaria o fato de Karissa estar aqui, mas eu quero que uma parte dela saiba que eu tenho uma vida, que eu também posso seguir em frente. Que se ela consegue virar uma nova pessoa, eu também consigo.

Por exemplo, eu agora bebo martínis. E penso sobre transar com um garoto de cabelo cor-de-rosa. Eu até posso pensar sobre o amor, neste estado. Posso sentir menos medo de amar.

— Vocês salvaram completamente a noite — diz Karissa. — Eu precisava disso. — Ela começa a dançar, como se fosse motivo para comemorar.

— Talvez eu esteja bêbado, mas quero dizer uma coisa para você — diz Bernardo, inclinando-se no meu ombro, o qual ele beija. — Eu também precisava disso. De você. Eu precisava de você. Neste ponto específico do tempo.

Fico vermelha. É um pouco excessivo, mas de uma forma boa. Como se empanturrar com uma comida maravilhosa. Um exagero, mas pelos motivos certos.

— Tudo bem. Que bom — respondo. Sorrio para ambos. O ambiente aqui embaixo é acolhedor, estamos bêbados de vinho e felizes de amor. — Eu acho que amo você pelo que vivemos até agora — digo para ele, as palavras arrancadas de alguma parte do meu cérebro e eu sequer sabia que elas estavam lá. Eu queria ter dito isso na minha cabeça, mas o vinho faz com que eu as diga em voz alta nessa voz sonolenta que não é minha.

Conto há quantos dias a gente realmente se conhece. Multiplico pelos dias que passei olhando para ele. Divido o resultado pelas coisas que ele disse que se encaixam perfeitamente no que preciso. É uma matemática meio doida do relacionamento que me faz ignorar a voz na minha cabeça que diz que amar alguém tão rápido assim é loucura.

Estou com a mão pousada no peito dele e juro que o coração dele para de bater sob o meu toque.

— Gosto disso. Eu também amo você pelo que vivemos até agora — responde ele. De alguma forma, eu ainda não tinha me dado conta de que eu dissera isso primeiro.

— Eu acabei de ver a primeira vez? Eu fui testemunha? — pergunta Karissa. Ela não parou de dançar ainda. Está cambaleando um pouco, sua dança constituindo mais uma série de tropeços e movimentos desleixados com a mão.

— Até agora! — exclamo alto demais. — Eu disse até agora! — Estou dando risinhos da melhor maneira. Risinhos soltos, relaxados e irrefletidos. Dizer *Eu te amo* é tão bom e eu não fazia ideia. É como uma droga. É melhor que vinho.

Eu posso ser a garota que diz eu te amo primeiro e rápido para um garoto que merece! Posso!

Eu me pergunto se todo mundo se sente um super-herói depois de alguns goles de martíni e uma tonelada de vinho.

Bernardo continua me olhando como se eu fosse importante, como se eu fosse dele. E Karissa também.

— Gente? Eu gosto de vinho — digo, quando estamos todos apagando. Isso não resume realmente tudo que estou sentindo, mas é o suficiente. Tudo parece bom. Por este instante ébrio. Até mesmo Karissa e meu pai estarem juntos. Até isso.

O aposento se enche de sons de respiração profunda. Eu estou cheia demais para dormir. Cheia de vinho e de sentimentos e de ansiedade e risinhos e erros.

— A gente precisa levar você para casa — sussurro no ouvido de Bernardo, sacudindo-lhe de leve. A mão de Karissa bate no chão. Ela não emite nenhum som, já apagou. Em seu sono ela parece mais nova do que eu, e triste. Isso me emociona, as coisas pelas quais Karissa passou. Tenho que falar com Arizona sobre isso, pego meu celular para enviar uma mensagem de texto, mas não estou tão bêbada que não consiga pensar melhor nisso.

— Não, a gente tem que dormir aqui. No chão. Juntos — diz Bernardo. Ele fica tocando o meu rosto. Apenas com a ponta dos dedos. Ele traça cada linha como se não conseguisse acreditar na sorte que tem de vê-las de forma tão próxima e pessoal, e a sensação é melhor do que o vinho.

Tento colocá-lo de pé, mas é tão cansativo, e ele é tão quentinho e confortável e as minhas pernas já estão entrelaçadas com as dele, então, descanso o meu rosto no seu peito e me aconchego a ele. Ele me envolve com os braços.

— É muito — digo.

— Será que você pode usar mais palavras? — pede Bernardo, e eu suspiro porque a questão é que às vezes poucas palavras são suficientes para resumir algo muito grande e incontrolável. Como esta noite, grande e incontrolável. Não respondo. Em vez disso, deixo Bernardo adormecer, e, antes que eu consiga me controlar, durmo em cima dele.

Acordo algumas horas depois e consigo carregar Bernardo até a rua e enfiá-lo em um táxi. Ele é mais pesado do que eu imaginava. Mas seu perfume é doce. Doce e um pouco amargo também. Um cheiro excitante. Um cheiro que significa que ele está vivendo.

Eu tenho o mesmo cheiro.

Capítulo Dezessete

Eu não me lembro muito da minha mãe, exceto que ela vestia a mim e a Arizona com roupas iguais e nos dizia como sentia inveja de podermos ser melhores amigas para sempre. Também foi ela que nos apresentou o Washington Square Park e ao hábito de observar as pessoas e a enfiar os pés na água suja do chafariz para pegar moedinhas de um centavo com os dedos dos pés.

No meu aniversário de cinco anos, algumas semanas antes de ela partir, mamãe comprou uns 12 cupcakes e disse que tínhamos que provar cada um deles. Nós nos sentamos na beirada do chafariz, sobre a superfície arredondada. Eu ficava chutando a água e Arizona ria sem parar. Migalhas de cupcakes caíram na fonte, mas eu não ligava.

— Eu adoro que você não se zanga com sua irmã. Você sempre responde com alegria — disse mamãe. Eu não entendi na época, mas decorei as palavras, amando o jeito melodioso como ela disse aquilo e a seriedade de Arizona quando assentiu.

— Ela gosta de espirrar água — explicou Arizona dando de ombros.

— Você será uma mãe maravilhosa um dia — declarou mamãe. Ela parecia triste. Ela vinha parecendo triste com cada vez com mais frequência.

— Eu posso ser a mãe de Montana? — pediu Arizona. Mesmo com sete anos, sua voz tinha um tom adulto e profundo. Fundamentado. Mamãe a levou a sério. Eu continuei jogando água e lambendo a cobertura e os cantos da boca. Eu não conseguia dar uma única mordida sem fazer uma sujeira danada.

Acho que eu nunca tinha tentado comer sem fazer sujeira. Lamber era metade da diversão.

— E quanto a mim? — quis saber mamãe. Arizona deu de ombros e mergulhou as mãos na fonte. Seu cupcake flutuou por um tempo e, depois, afundou. Ela usou as mãos para jogar água no meu rosto, e eu ri tanto que cuspi cupcake para todos os lados.

— Podemos ir à loja de bichinhos de estimação hoje? — perguntei, como eu sempre fazia quando Arizona e eu estávamos nos divertindo. Eu tinha certeza de que papai e mamãe acabariam concordando em me dar um cachorrinho ou um gatinhou ou até mesmo um hamster ou um camaleão. Não passava pela minha cabeça que isso talvez nunca fosse acontecer. Eu tinha certeza de que se eu encontrasse o momento certo, conseguiria o que queria.

— A gente pode entrar, mas não vamos comprar nada. Mas se você quiser fazer carinho nos cachorrinhos, tudo bem —

respondeu mamãe. Ela nem sempre me deixava fazer carinho nos cachorrinhos, mas, às vezes, eu conseguia convencê-la.

— É isso que você quer fazer no seu aniversário?

Arizona suspirou. Ela não gostava de cachorrinhos nem de gatinhos. Ela não gostava do tumulto nem do cheiro da loja de animais: ração, penas, hálito canino e xixi de gato. Mas, por mim, ela iria. Ela até me ajudava a escolher o filhote mais fofo para acariciar.

— E se a gente encontrar um muito lindo? Um especial? O melhor cachorro do mundo? A gente pode ficar com ele? — Eu mal conseguia controlar as palavras que dizia. Eu queria fazer a pergunta cem vezes, repetindo-a até receber a resposta que eu queria. Eu precisava que mamãe entendesse como o desejo era desesperador e como também era lógico.

Por algum motivo, naquele dia, no meu aniversário de cinco anos, mamãe pareceu que realmente me ouvia. Ela olhou para mim com um sorriso novo, um que eu nunca tinha visto antes, e assentiu de leve.

— Eu gostaria que você tivesse um cachorrinho — disse ela. — Ajuda, ter um cachorrinho.

Em retrospecto, sou obrigada a presumir que ela já sabia que ia embora. Como se o cachorrinho fosse um prêmio de consolação pela perda da mãe.

Fiquei exultante por ela não ter dito não, mesmo que não tenha dito sim e comecei a pular de felicidade ali no chafariz. A água estava na altura do meu joelho, e quando eu pulava, a água espirrava até o meu cabelo, nos meus braços e na minha irmã também. Eu não conseguia parar de sorrir. Olhei diretamente para a minha mãe para agradecer.

— Seus olhos estão estranhos — disse eu. Havia algo diferente neles. Eu deveria ter notado antes, mas o meu aniversário e os cupcakes e os cachorrinhos e o chafariz cheio de água dificultavam um pouco ficar olhando os detalhes do rosto da minha mãe.

— Meus olhos? — mamãe tocou as pálpebras e os cílios delicados, a pele macia ao redor deles. Ela parecia prestes a chorar. Eu senti que eu também ia chorar, ou por vê-la tão chateada ou por causa da forma e da textura irreconhecível em seu rosto. O que mais tarde eu facilmente reconheceria como uma plástica.

— Faça com que voltem ao normal — pedi. Ela parecia completamente diferente, especialmente a pele macia e esticada ao redor dos olhos.

O choro começou então. Uma coisa incontrolável. Instável e infantil e intensa.

— Calma — pediu Arizona, em parte compreensiva e, em parte, aterrorizada.

— Eu quero o papai! — chorei enquanto Arizona dava batidas nas minhas costas e mamãe olhava em volta como se talvez fosse ter um problema por ter uma filha chorando.

— Você pode levar a sua irmã para casa? — perguntou mamãe a Arizona. Ela colocou grandes óculos de sol para cobrir os olhos, e eu me senti imediatamente mais calma. Enxuguei as lágrimas e o nariz, mas já era tarde demais para salvar o dia. Arizona pegou a minha mão e concordou com grande e solene aceno de cabeça.

— Sim. Virar à esquerda na Christopher. Eu sei o caminho — disse Arizona.

— Arizona vai me levar à loja de animais de estimação? — perguntei. — O papai vai? — Eu queria pedir desculpas, mas eu também queria que ela continuasse com os óculos de sol. Eu queria um cachorrinho e a minha mãe e a segurança de saber que o rosto dela não mudaria todos os dias. Eu queria tudo.

— Outro dia — respondeu ela —, nós logo faremos isso.

Arizona segurou a minha mão durante todo o trajeto de volta para casa, como deveria fazer, mas eu ainda sentia medo diante dos sinais de trânsito que piscavam e os estranhos que perguntavam se estávamos perdidas e até mesmo dos sons familiares do trânsito. Nós nunca tínhamos saído sozinhas na rua, e nós duas sabíamos que aquilo era errado.

— Eu estraguei tudo — disse eu. Eu não sei como nem por que, mas eu sabia que eu tinha mudado a tarde, eu tinha feito as coisas ficarem ruins quando deveriam ter sido boas.

— Não mesmo — respondeu Arizona. E eu a amei tanto.

Mamãe chegou em casa com mais cupcakes, e eu estava enjoada deles, mas comemos mesmo assim. Papai, Arizona, eu e mamãe na cozinha, cantando *Parabéns pra Montana* tantas vezes que eu não consegui tirar a música da minha cabeça durante dias.

Não muito tempo depois, ela nos deixou. Eu não como mais cupcakes, nem mesmo no meu aniversário.

14 de junho
Diário de Gratidão

1. A sensação de sonho de uma ressaca de vinho branco e martíni quando acompanhada por rabanada e *Bonequinha de luxo* e uma cama king-size e Karissa.

2. Beijar depois de dormir, e o fato de que dentes sem escovar podem ser românticos porque significam que você é íntima de alguém.

3. A dor nas costas depois de dormir no chão. O fato de que isso significa que você fez algo estranho e desnecessário e ridículo.

18 de junho

Diário da Gratidão

1. O modo como Roxanne ouve todos os detalhes de todos os beijos sem me julgar e o quanto é raro ter alguém que aja assim.

2. O apartamento de verão de Arizona. Não o fato de ele existir, mas porque tem as paredes cobertas de fotos nossas juntas.

3. A foto que Natasha me enviou por mensagem de texto de Victória e Verônica usando biquínis de bebês e mergulhando os pezinhos no mar pela primeira vez.

Capítulo Dezoito

Papai nos leva à lanchonete, o que é um péssimo sinal, porque lanchonetes são o lugar aonde vamos quando temos que ter conversas difíceis.

— Peçam queijo-quente! — diz ele, e isso significa que o assunto é ainda pior e que devemos abandonar o navio imediatamente porque vai dar merda de verdade. Queijo-quente é o código para situações totalmente dramáticas.

— Mamãe está voltando — diz Arizona. Isso é o que ela sempre diz. E nunca é verdade, e mamãe provavelmente nunca mais vai voltar, mas, por algum motivo Arizona vive em um estado de medo de que isso aconteça e um medo ligeiramente maior de que nunca aconteça. Então, sempre que tem Alguma Coisa Rolando, essa é a primeira coisa que ela pensa.

— Sua mãe? — pergunta papai como se nunca tivesse ouvido falar nela.

A garçonete se aproxima e eu sigo o conselho e peço Queijo-quente e um milk-shake porque não gosto da expressão no rosto dele. O misto de nervosismo e felicidade abobada que já vi tantas vezes. A expressão que ele assume quando sabe que está fazendo algo que vou odiar, mas que ele vai tentar justificar porque o está fazendo feliz.

— É. A nossa mãe. Ela está voltando ou algo assim? — pergunta Arizona.

— É claro que não — responde papai. — Ela disse alguma coisa? Isso é totalmente o oposto da verdade. A não ser que ela esteja voltando sem me contar? Ela disse que está se mudando para Nova York? — Algo em relação à minha mãe deixa o meu pai nervoso também. Ficamos todos abalados pela simples menção dela.

— Eu não tive notícias dela desde o meu aniversário — diz Arizona. — Você sabe disso. Nós temos uma mãe de aniversário. Fim.

Minha irmã parece abalada. Mamãe odiaria vê-la nesse estado. Eu não sei quase nada sobre essa mulher a não ser que ela acha que cirurgia plástica foi o maior erro que já cometeu na vida. Que isso a arruinou e arruinou o seu casamento e ela acha que vai nos arruinar também.

É difícil aceitar conselhos de uma mãe que abandonou você.

Eu quase entendo. Quase.

— Isso não tem nada a ver com a sua mãe. Tem a ver com Karissa — esclarece papai. A garçonete traz a comida, e Arizona começa a comer o sanduíche e a tomar o milk-shake. Eu não consigo começar ainda.

— Ela tem 12 anos de idade — diz Arizona.

— Você nunca gostou de nenhuma das mulheres que eu namoro — responde papai. Ele tem esse jeito calmo de falar que torna impossível brigar, mesmo que isso seja tudo que Arizona quer fazer.

— Não vale a pena ter nenhum sentimento em relação a elas — retruca Arizona. Papai pigarreia, que é a sua versão de gritar conosco.

O sofá vermelho está mais grudento que o sofá de couro de Natasha. Ele não é de couro de verdade, e está nojento de toda a geleia ou molho ou ketchup que caiu nele no último dia.

— Vocês terminaram? — pergunto, porque ou ele nos leva a uma lanchonete para contar que está terminando com uma mulher ou que decidiu se casar com ela, e eu sei, eu *sei* que ele não decidiu se casar com Karissa.

Ela tem praticamente a minha idade. Ela deixa o cabelo secar ao natural. Ela usa bijuterias baratas e prepara martínis terríveis. Ela nunca usou aparelho. Seu queixo é um pouco como o meu. Ela faz com que eu me sinta importante e livre.

— Karissa significa muito para mim — afirma ele.

Merda.

Todas as vezes ele tenta uma versão diferente do mesmo discurso, mas a coisa sempre soa da mesma forma rançosa e familiar que chega a me causar dor física. Memória muscular ou qualquer coisa assim. Escuto as palavras e começo a sentir dor em todos os lugares familiares.

Só que é pior dessa vez.

— E Montana, eu fico tão feliz por vocês já terem um relacionamento tão forte. Acho que isso torna esse relacionamento único e novo.

Eu tenho ouvido diferentes versões dessas frases a minha vida inteira. Tudo é sempre único e novo na cabeça do meu pai. Mas, na verdade, é monótono e tedioso da pior maneira possível. Entediante como um pesadelo recorrente.

A não ser pelo fato de que este tem uma reviravolta.

Arizona agarra o meu joelho por baixo da mesa e já está no fim do seu milk-shake, sugando os últimos goles. Nós duas ficamos olhando para o saleiro e para o pimenteiro.

Uma coisa horrível está acontecendo, diz a mensagem de texto para Bernardo que digito por baixo da mesa, e estou muito feliz por poder contar para ele, uma forma de fugir um pouco deste momento. Me permito lembrar de que ainda haverá uma vida inteira com ele fora disso tudo.

Por fim, dou uma enorme mordida no meu queijo-quente, e é a perfeição, mas não existe queijo-quente suficiente no mundo para tornar o que papai está prestes a dizer menos doloroso. Ele enfia a mão no bolso do paletó. Ele é a única pessoa de terno na lanchonete lotada.

— Você não pode estar falando sério — diz Arizona. — Se você tirar um anel do seu bolso agora, eu vou ficar bem louca. — A voz dela está entrecortada e em tom de choro. Ela parece um animal e não ela mesma.

Minha garganta está seca, e fecho os olhos, desejando que a lanchonete e os milk-shakes e o rosto determinado do papai e a caixinha de veludo sumam.

Dentro da minha cabeça, estou gritando. Gritando mesmo. Mas do lado de fora, estou séria e muda.

Ele tira a caixa mesmo diante da ameaça de Arizona. Ele parece encabulado, mas determinado.

— Não façam uma tempestade — pede papai. Ele é conhecido por dizer apenas a primeira parte dos ditados. — No grupo, conversamos sobre seguir em frente, e isso pode ser difícil para os filhos, mas vocês também precisam seguir em frente. Arizona, você nem mora mais aqui. E logo Montana também não vai mais. E eu preciso de alguém com quem dividir a minha vida.

Parece tão racional, a não ser quando você coloca na equação quantas vezes ele já se casou e como Karissa é jovem e como eles acabaram de se conhecer e que ela é minha amiga e não deveria ser a esposa dele.

Ela não pode ser a minha madrasta.

Não pode.

Ele abre a caixinha de veludo preto com a habilidade de quem tem muita prática. Pessoalmente, eu jamais me casaria com alguém que se sente tão confortável fazendo um pedido de casamento. O anel dentro dela é enorme, como todos os outros. Brilha sob a iluminação péssima da lanchonete, e juro que alguns clientes próximos se ajeitam para dar uma olhada.

Devoro batatas fritas e picles e as sobras deliciosas de queijo derretido grudado no prato. Decido não chorar.

— Você não pode fazer isso — digo. Coloco os ombros para trás e ergo o queixo, como se o fato de eu me posicionar corretamente fosse fazer com que ele mudasse de ideia. — Isso não é certo. Você deve saber que isso não é certo em nenhum nível.

— Você vai entender quando for mais velha — argumenta papai. — Eu sei que isso é difícil. — Ele dá um sorriso sábio e bondoso e insano. O corpo inteiro de Arizona está tenso. Ela esfrega a testa e não consegue parar de se mexer. Toma o último gole de água já que o milk-shake acabou. Mas até mesmo no copo de água só há praticamente gelo. Nós somos aspiradores quando estamos chateadas com nosso pai.

— Esta não é uma situação normal — declara Arizona.

— Os seus amigos do grupo de apoio falam sobre situações normais. Esta situação é uma porra de um show de horrores.

— Por favor, não fale palavrão em público — pede nosso pai. É o *em público* que me mata.

— Por que você está fazendo isso? — pergunto. O que eu quero perguntar mesmo é *por que você está fazendo isso comigo*, mas eu paro antes de dizer a última parte. Sei que isso só vai fazer com que eu pareça jovem, difícil e chorona.

— Vamos lá, Montana — pede ele. É a pior resposta possível.

— Por que você está fazendo isso agora? — pergunta Arizona. Estamos competindo para ver quem consegue fazê-lo dizer algo de verdadeiro primeiro.

— A questão sobre o amor — começa ele, começando uma frase que eu nem quero que ele termine — é que não dá para responder a esse tipo de pergunta. Não tem resposta. Simplesmente é.

Estou me sentindo tão, mas tão enjoada.

— Será que você pode esperar? Alguns meses? Um ano? — pede Arizona.

— Eu estou pronto agora — responde ele.

O tom defensivo está ganhando espaço, e a voz dele está mais alta e as pessoas estão ouvindo a nossa conversa. O povo de Nova York têm talento para saber quando uma conversa interessante está acontecendo. Tenho certeza de que quando o anel surgiu, a maior parte das pessoas na lanchonete começou a ouvir apenas superficialmente seus acompanhantes para prestar atenção em nós.

— Eu preciso sair daqui — digo, e Arizona assente e começamos a deslizar pelo sofá em que estamos sentadas para sair da mesa, mas nosso pai nos impede.

— Vou fazer isso no próximo fim de semana — informa ele. — No Washington Square Park. Espero que estejam lá.

Arizona ri.

— Cara, fala sério — responde ela. — Você só pode estar brincando. Você não vai pedir uma adolescente em casamento neste fim de semana. — Ela diz isso em voz bem alta, de propósito. Ela quer que todos ouçam, julguem e saibam.

Nosso pai pigarreia de novo, e eu aposto que ele está desejando que tivéssemos comido mais queijo-quente e tomado mais milk-shakes para preencher esse momento estranho.

— Não diga coisas assim — pede ele. — Isso foi inapropriado.

Arizona ri novamente. Ela não consegue parar de rir. Ela está segurando a barriga e está com dificuldade de respirar. Lágrimas escorrem pelo seu rosto. Ela está oficialmente descontrolada.

— Você é inapropriado! — exclama ela, tão alto que os garçons percebem e começam a imprimir a nossa conta. — Você! Você! — Há uma rispidez na sua voz que nunca ouvi antes, e até mesmo sua roupa perfeita não consegue salvá-la de parecer desvairada.

— Já chega — diz nosso pai, em um daqueles sussurros gritados que os pais adoram usar. — Isso vai acontecer. E você vai superar isso ou, pelo menos, agir de forma civilizada. E isso não é passível de discussão. Eu espero o apoio das minhas filhas. Ponto final.

Meu pai acha que vai casar com K, digito para Bernardo.

Não consigo parar de pensar em Karissa dançando trôpega no sofá do nosso porão ou paquerando o bartender ou me entregando um cigarro aceso. Ela nunca vai ser minha mãe.

Tenho certeza de que ela não vai aceitar o pedido.

Certeza de que nada disso é real.

Certeza de que, em alguns meses, papai vai estar com uma nova mulher com uma grande coleção de sapatos e toneladas de maquiagem e amor por casacos de peles e jantares e tecidos franceses. Karissa não vai se casar com o meu pai.

— Pai. É sério. A gente não vai — digo. — Não nos obrigue a ir.

— Isso significaria muito para mim — responde ele. — Eu preciso das minhas filhas lá. Nós somos um time. Nós três. — Isso acaba com a gente, quando ele diz *minhas filhas* e *preciso*. E *time*. Quando alguém abandona uma família, os que ficam para trás se unem para formar uma coisa... Uma coisa desesperada, necessária e forte, e mesmo nos piores momentos, essa coisa existe. Porque nenhum momento é pior do que o momento em que fomos deixados para trás.

A pior coisa que aconteceu conosco nos mantém unidos dessa forma opressiva.

— Por favor, pai. Não diga isso — pede Arizona. Ela ainda está rindo, mas é o tipo terrível de risada que vem das costelas e do fundo do estômago.

— Vocês são minhas garotas — diz nosso pai. Pequenas lágrimas brilham no canto dos seus olhos. Elas provavelmente nunca vão cair, mas cintilam ali, bem menores do que qualquer anel que meu pai jamais compraria para alguém, tornando impossível que digamos não.

✱ ✱ ✱

— Quer ir lá para casa hoje à noite? — convida-me Arizona. Nosso pai nos deixou na calçada para ir se encontrar com Karissa em algum bar elegante que provavelmente é o extremo oposto do Dirty Versailles.

Arizona tem carência estampada em seu rosto. Normalmente, passaríamos a noite inteira juntas depois de nosso pai ter feito algo tão absurdo. Gostamos de fazer listas de mulheres que seriam mais adequadas do que qualquer uma que ele tenha escolhido. Mary Poppins. Hillary Clinton. A mamãe ursa de *Cachinhos Dourados*. Aquela terapeuta à qual ele nos obrigou a ir quando nossa mãe foi embora. A minha professora do sexto ano. A gente consegue fazer isso a noite inteira. É um dos nossos rituais.

Mas Bernardo respondeu minha mensagem e me convidou para encontrá-lo nesse restaurante de *fondue* que ele conhece, onde podemos mergulhar *pretzels* em chocolate e pão em queijo derretido e podemos ficar brincando com os pés por baixo da mesa e nos agarrarmos no banheiro. Ou, diz ele, podemos ir à casa de um amigo dele para jogar videogame e tomar cerveja e sermos um "Casal" com "c" maiúsculo. Ou podemos ficar namorando no porão da minha casa.

— Ah, acho que hoje não. — respondo. Eu sei que ela sabe que eu provavelmente vou ver Bernardo, mas ela não faz perguntas.

— Certo. Entendi — diz ela. Ela engole em seco e eu observo enquanto o nada que ela engoliu desce por sua garganta.

— Amanhã talvez? — sugiro.

— Tá, eu não sei, provavelmente não. Eu tenho planos. Eu acho. — Arizona começa a passar batom e a olhar para o arco do outro lado do parque.

O engraçado é que eu amaria passar a noite com Arizona sendo Arizona e Montana, fazendo as coisas que costumávamos fazer. Mas fazer algo novo é menos doloroso do que tentar fazer algo antigo e familiar e ter que sentir que tudo está errado e estranho.

Bernardo não me lembra de todas as coisas das quais sinto saudade ou as quais eu gostaria de ter.

— Isso tudo é uma merda, né? — começo, tentando repassar a noite em versão condensada, como costumamos fazer. Não estamos tão longe do que costumávamos ser, mas distantes suficiente para que eu não saiba mais como voltar àquilo. Às vezes, passeando por Manhattan, consigo ver o Empire State Building e sei que ele está ao norte de onde eu me encontro, mas não consigo ter certeza se está a quatro quadras de distância ou a 15. Posso tentar caminhar até lá, mas nunca consigo encontrar a entrada correta. É complicado.

— Tipo, tanto faz. Eu desisto — declara Arizona. — Você obviamente já saiu de tudo isso.

Ela dá de ombros várias vezes e revira os olhos. Isso me lembra Arizona aos 11 anos, quando ela realmente estava em uma fase passivo-agressiva.

— Não sei o que você quer dizer — respondo. — Você escolheu não ficar com a gente neste verão. Você escolheu... todas as coisas que você escolheu. Eu estou fazendo o mesmo. E tanto faz. Não é como se eu quisesse que o nosso pai se casasse com a minha amiga. Eu não estou exatamente feliz.

— Mas você tem o Bernardo, então...

— Você vai conhecer alguém.

É a coisa errada a se dizer. Sei disso na hora, mesmo que eu não saiba bem o porquê.

— Você é tão parecida com ele — diz Arizona. Ela parece mais triste do que zangada, mas se afasta sem me dar um abraço, e eu não a chamo de volta.

Mais tarde naquela noite, Bernardo e eu mergulhamos coisas no chocolate. Nossa mesa está forrada com uma toalha de tecido branca e sinto que estou em algum cenário romântico que eu deveria odiar, mas que é muito, muito bom. Eu até me esqueço da lanchonete e da maneira como Arizona olhou para o arco do parque em vez de para mim, e que cada vez mais coisas estão mudando, tornando este verão um tipo de terremoto em vez de férias.

Não importa muito, quando estou ocupada demais me apaixonando por ele.

Além disso, Arizona me abandonou primeiro.

Capítulo Dezenove

Papai não ficou tão triste depois que mamãe partiu.

— Foi melhor assim — dizia ele quando eu me enrolava ao seu lado na cama naquelas primeiras noites.

Tenho quase certeza de que ele já tinha conhecido Janie, porque ela entrou em cena bem rápido. Seu cabelo escuro e perfeitamente cacheado nas pontas. Seu nariz tão pequeno que eu me preocupava se ela era capaz de respirar ar suficiente por ele. O corpo dela mudou tanto no primeiro ano de casamento que eu acreditava em Arizona quando ela dizia que Janie era um monstro do mal e não uma pessoa de verdade. Que seu poder mágico era trocar de forma e que devíamos ser cuidadosas.

Então, eu era muito, mas muito cuidadosa mesmo perto de Janie.

Mas quando Janie começou a ficar melancólica e estranha alguns anos mais tarde, papai se desesperou.

— Eu fiz de novo — disse ele para mim e Arizona tarde da noite no porão. Eu tinha oito anos e Arizona, dez, e estávamos assistindo a filmes e comendo pipoca e pedindo para ligarmos para mamãe, o que ainda fazíamos uma vez por mês mesmo depois de três anos que ela partira.

— Papai? Você está bem? — perguntou Arizona.

— Eu queria que Janie ficasse com a gente para sempre — disse ele. — Eu queria que os filhos dela fossem irmãos de vocês. — Papai recostou a cabeça no encosto do sofá e ficou olhando para o teto.

— Ela foi embora? — perguntei. Nosso pai não era muito bom naquela época em nos dizer quando as coisas estavam acabando. A gente ficava sabendo em momentos abruptos como aquele. Ou por acidente. Ou por ouvirmos alguma conversa.

— Ela foi embora — confirmou nosso pai. — Ela partiu. Parece que não consigo manter ninguém. — Eu tinha quase certeza de que pais não deveriam demonstrar tanta tristeza na frente das filhas. Algo parecia quebrado e errado dentro dele, mas eu não conseguia identificar o quê. Eu escondi o rosto na almofada do sofá.

Arizona era melhor do que eu, mesmo nessa época.

— Nós não vamos abandonar você! — exclamou ela.

— Espero que não — respondeu papai. — Vocês são minhas garotas. Eu preciso de vocês.

Ele nos puxou para abraços, cada uma de nós em um dos seus braços. Trouxe a almofada do sofá comigo. Gostei do título. Suas garotas. Arizona gostou também, percebi pelo jeito que ela retribuiu o abraço do papai, com tanta força que ele chegou a tossir um pouco, seus braços agarrados com força demais na barriga dele.

A gente vinha se perguntando o que a gente era, eu acho. Tentando entender todas as partes estranhas das nossas vidas e não gostando do resultado. As crianças na escola debochavam do trabalho do nosso pai. Diziam que era nojento e assustador. Os terapeutas na escola sentiam pena de nós. Não tínhamos certeza de quem estava certo.

Sermos as garotas dele, sermos necessárias, assistirmos a filmes abraçadas a ele em um cômodo com cheiro de pipoca e loção pós-barba parecia certo.

— Vocês querem morar com a mãe de vocês? — perguntou papai, então. A testa dele nunca se enruga de verdade, mas algumas linhas quiseram aparecer naquele momento. Seus olhos estavam tristes. Eu queria que ele tivesse linhas ao redor deles. Eu queria que o rosto dele se mexesse como o dos outros pais.

Arizona e eu não respondemos.

— Vocês se parecem tanto com ela. Vocês duas. — Tirei a almofada do rosto e, então, fiquei imaginando o que eu poderia fazer para me parecer menos com ela. Papai pareceu tão triste quando disse isso, eu não queria que outras coisas deixassem papai mais chateado. — Vocês devem sentir saudade dela.

Ainda assim, não respondemos. Nem mesmo Arizona conseguiu pensar em algo perfeito para dizer. Sabíamos que não deveríamos mentir, e seria mentira dizer que não sentíamos saudade dela ou que às vezes não queríamos morar com ela na casa com o grande balanço feito com pneu de carro (ela nos enviara uma foto no ano anterior).

— Meninas? — insistiu papai. Sua voz estava tão baixa. Pequenas lágrimas brilharam no canto dos seus olhos, mas nunca escorreram pelo seu rosto. — Vocês prefeririam estar com ela? Às vezes, ela acha que quer vocês de volta. E se vocês odiarem viver aqui, se vocês quiserem ficar com ela, posso providenciar a mudança. Posso tentar.

Ele fungou. Foi horrível. Pior do que mamãe ter deixado o seu lado do armário sem suas roupas. Pior do que os cartões de aniversário tristes que vinham pelo correio, daquele tipo barato e não de papelarias legais. O fato de ela escrever os nossos nomes e o seu nome e deixar que as palavras impressas no meio do cartão fossem sua mensagem para nós, em vez de escrever suas próprias palavras.

— Vocês são minhas garotas — disse ele com voz engasgada, as palavras fazendo com que assentíssemos em reconhecimento. *Sim! Sim, nós somos! É isso que somos!* — Vocês sabem como me sinto sortudo por ter ficado com vocês.

Arizona e eu nos olhamos por sobre a barriga dele. Tínhamos conversado antes sobre fugir para encontrarmos a nossa mãe.

É terrível e forte a atração que uma mãe exerce, mesmo que não seja a mãe que você merece. Mesmo que ela esteja do outro lado do país ou do mundo ou dizendo para as pessoas que você não existe. Mesmo se você tem um pai com braços fortes e pijamas macios e facilidade para dizer *eu te amo*.

— Vocês ainda gostam mais dela — disse papai. — Mesmo eu estando bem aqui. — Ele parou de dizer aquilo em tom de pergunta. E foi quando nós duas nos descontrolamos e percebemos que tínhamos que responder a ele.

— Não! — exclamou Arizona. E eu a imitei.

— Não, não! — repeti.

— Estamos nisso juntos — disse Arizona. Ela parecia ter doze anos. Parecia ter dezoito. Parecia ter cem.

— Eu não sei o que faria sem vocês duas — disse papai, voltando à vida. — Vocês são tudo para mim. Vocês realmente são. Nós podemos fazer isso. Nós podemos sobreviver a isso, ok?

Concordamos com a cabeça, e eu não sabia bem com o quê eu estava concordando.

Papai enxugou os olhos e pigarreou, e nós tentamos não fazer perguntas sobre o fato de mamãe talvez nos querer de volta. Tentamos não ligar para aquilo.

Mais tarde naquela noite, Arizona se esgueirou para minha cama.

— Nós fizemos o papai chorar — disse ela.

— A gente não pode fazer isso nunca mais — respondi.

Entrelaçamos nossos mindinhos e beijamos nossos punhos. Dormimos na mesma cama naquela noite e tentamos e tentamos e tentamos não sentir saudade da nossa mãe.

20 de junho
Diário de Gratidão: edição O Que É O Amor

1. Todas as coisas parecem pequenas porque amor é a maior coisa que existe.

2. Saber que Bernardo gosta de coisas que são sérias e estranhas. Filmes estrangeiros. Livros grossos. Declarações improváveis. Chapéus com véu de brechós. De mim.

3. A sensação de segurar o riso, que não é diferente da sensação de segurar as palavras *eu te amo* ou outras coisas que parecem que deveriam ser segredo, mas não foram feitas para serem segredos. As duas sensações começam no meu estômago e pairam ali até saírem de uma vez, quando não tenho mais forças para contrair os músculos como forma de defesa.

Capítulo Vinte

Conforme prometido, fui convidada para conhecer os pais de Bernardo no Brooklyn.

— Estou com medo — digo ao telefone.

Odeio falar ao telefone. Faz com que eu me lembre das conversas claustrofóbicas com a minha mãe nos meus aniversários, e não quero associar Bernardo com nada disso.

— Bem, o que deixaria você com menos medo? — pergunta ele. Bernardo é um cara que gosta de resolver problemas. Ou pelo menos resolver os meus problemas.

— Sei lá.

— Em que momentos você sente menos medo?

— Quando Roxanne e Arizona estão no comando — digo. O que quer dizer que sinto menos medo quando mal estou presente, quando estou no plano de fundo.

— Bem, traga elas com você — diz ele. — Somos o tipo de família "quanto mais, melhor".

— Se você está falando sério, você é meu herói.

— Então, eu acho que sou seu herói — responde ele.

* * *

Arizona diz que não.

Arizona diz que está chegando ao limite da sua capacidade de atender pedidos loucos das pessoas e que vai se bronzear no parque em vez de ir comigo.

Arizona diz que eu conheço esse cara só tem uma semana e isso não é motivo para levar um monte de gente a algum jantar maluco no Brooklyn.

Arizona diz que eu não faço ideia do que estou fazendo.

Roxanne diz que tudo bem porque Roxanne adora aventuras. Além disso, ela gostar da ideia de Bernardo, ou pelo menos da ideia de eu ficar mais livre, mais sonhadora, mais sexy.

Roxanne também diz que tudo bem porque Nova York está um tédio neste verão. Ela sente falta de Bart, da colega de quarto. Ela sente falta da faculdade.

Tento não ouvir quando ela diz isso. Eu quero ser suficiente.

Roxanne e eu usamos vestidos que parecem ser o tipo de vestido que os pais gostariam. Acho que papai fica irritado quando me vê descer nervosa pela escada. Ele quer que eu use roupas assim nos seus jantares, para me encontrar com Karissa ou até mesmo para ir à lanchonete.

Está trabalhando na bancada da cozinha. Ele está desenhando por cima de fotos de rostos de mulheres e isso é deprimente. Há pastas marrons com fotos de antes e depois de pacientes antigas, e ele também as observa, fazendo um som de *hum* a cada poucos segundos.

Quando olha para nós, ainda está usando seus óculos de médico e tem uma foto de "depois" de uma plástica facial nas mãos. Se eu tivesse uma almofada comigo que eu pudesse usar como eu fiz quando era pequena, eu esconderia o meu rosto nesse momento. Não quero que ele me veja.

— Use isto na sexta-feira no parque — diz ele, imaginando o pedido perfeito de casamento no qual não apenas Karissa diz sim, mas sua filha mais nova está usando uma faixa que cobre as partes mais rosadas do cabelo e um vestido rodado azul marinho de bolinhas que disfarça os quadris e dá a impressão de que ela tem algumas curvas na parte de cima. — Você não se sente bem quando se veste assim? Confiante? — pergunta ele. Não respondo. — Eu fico feliz de vê-la feliz. Isso é tudo que eu sempre quis para você.

Eu sei exatamente o que ele sempre quis para mim. Se eu fosse uma garota diferente com uma criação diferente, perguntaria a ele sobre o certificado que ganhei de aniversário nesse exato momento. Aproveitaria o momento e faria com que ele se desculpasse ou pelo menos reconhecesse a sua existência.

Mas eu não sou essa garota. Dou de ombros.

— Uma menina tão bonita — diz ele. Ouvir isso deveria despertar uma sensação boa, mas, como sempre, ouço tudo que há de errado em mim também. Ouço *Uma menina tão bonita, mas...* Eu ouço *Você não gostaria de usar aquele certificado assim que fizer dezoito anos em alguns meses?* Fico imaginando se ele vai me perguntar no meu aniversário o que planejo mudar em mim. — Você e Arizona. Vocês duas são tão bonitas — diz ele, e eu odeio isso também.

É possível que eu odeie qualquer coisa que ele diga agora. Sequer fizemos as pazes depois daquele dia na lanchonete. A gente nem conversou sobre o assunto.

— Eu vou conhecer os pais do meu namorado — digo, ignorando todo o resto. — Tem todo um motivo.

Eu pego a caneca de café dele e tomo alguns goles.

— Isso parece interessante — diz ele, mas não faz mais nenhuma pergunta. Traça uma linha na mandíbula da mulher na foto. Ela não é velha nem jovem. Nem bonita nem feia. Ele ajusta os óculos antes de desenhar uma linha perto das orelhas da mulher. — Você quer que Karissa faça a sua maquiagem?

— Pode deixar que eu faço! — exclama Roxanne. Papai gosta do fato de ela andar pela casa como se fosse dela também. Serve um pouco de café para ela e se oferece para preparar torradas.

— Mas não se atreva a colocar essas coisas doidas no rosto da minha filha — diz ele apontando para o delineador grosso de Roxanne e adesivos de estrela em seu rosto.

— Eu estou bem. Não preciso de maquiagem — digo. Papai ri como se fosse uma piada muito engraçada.

— Bem, acho que a decisão é sua. Você vai levá-lo ao parque na sexta-feira? — pergunta papai. Ele está oficialmente obcecado com o lance do parque na sexta-feira. Convida Roxanne para ir também e levar qualquer garoto com quem esteja saindo. — Ou garota! — exclama ele, porque ele aceita tudo das pessoas que não sejam suas filhas.

— Eu vou estar lá, Dr. Varren — diz Roxanne. E quase chego a odiá-la por fingir que está tudo bem, mas ela nunca me decepcionaria assim. — Eu odiaria perder um dos seus pedidos épicos de casamento. — Papai ouve isso e enrubesce, mas não deixa a caneca cair, não retruca nem nada.

— Eu amo tanto você — digo quando saímos pela porta.

— Por tantas razões — responde ela, caminhando para a estação do metrô. Ela é um gênio do metrô, sendo assim, nos leva até o pedacinho do Brooklyn onde Bernardo mora bem rápido. Por aqui, tudo são árvores e prédios de tijolos. Os cachorros são maiores também. Eu não vejo farmácias da rede Duane Reade nem qualquer banco por vários quarteirões seguidos. É um mundo completamente novo.

Bernardo nos encontra do lado de fora do prédio em que mora. É um prédio pequeno e charmoso, sem elevador, a família dele ocupa os dois andares, mas parece pequeno com todos os cinco filhos, os pais e agora eu e Roxanne.

— Montana! — exclama a mãe dele quando nos vê. Seus olhos se alternam entre Roxanne e eu, e eu fico imaginando qual das duas ela está torcendo para que seja a namorada do seu filho.

— Sou eu — digo, dando um passo à frente. Ela é pequena e forte. Está de avental e seu cabelo castanho está com raízes brancas.

— Claro que é você — diz ela fazendo um gesto para o meu cabelo.

— Ah — respondo, tão constrangida que mal consigo evitar gaguejar. Eu nunca conheci os pais de um garoto antes. Eu não sei por que não pensei nisso, mas trata-se de uma grande primeira vez. — Sinto muito por isso. Pelo...

— É claro que ele fez isso por uma garota bonita — interrompe o pai de Bernardo. Ele é alto e moreno, com uma barba farta e olhos misteriosos. Seu sotaque é tão forte que eu quase não escuto o que está dizendo, e não sei se devo rir, assentir ou olhar para Bernardo, então, eu meio que faço as três coisas.

— Nosso Bernardo, sempre impulsivo — comenta a mãe. Bernardo faz uma careta tão acentuada que por um instante acho que ele está tendo alguma convulsão.

— Obrigada por me receberem. Esta é Roxanne, minha melhor amiga.

Todos trocam apertos de mão, e eu queria me parecer mais com Arizona, mesmo que só por hoje. Os irmãos e irmãs de Bernardo se juntam ao redor de nós para nos mostrar os bichinhos de meia que fizeram e desenhos e a bolsa da mãe e o gerbil da família.

A sensação de não me encaixar é muito profunda. Fico imaginando se Casey se encaixava.

— Esta é a garota — diz Bernardo, quando uma das irmãs pergunta por que estou jantando lá.

Os pais de Bernardo servem um banquete mexicano, com *tortillas* feitas em casa e frango muito apimentado e o guacamole mais gostoso que já comi na vida. Tem um tipo de macarrão com queijo apimentado que é verde e tão gostoso que quase me esqueço de que estou tentando impressionar as pessoas.

— Querido, pega leve com o tempero — diz a mãe de Bernardo para ele depois que ele põe molho extra no frango e alguns *jalapeños* no macarrão. — Você sabe que fica com dor de barriga se comer demais.

Bernardo fica vermelho.

— Eu sei comer — murmura ele, curvando os ombros e, atrás dele, consigo ver uma fotografia de quando era pequeno. Ele não está muito diferente.

— Está gostando da comida? — pergunta o pai dele, radiante com o seu trabalho. Minha boca está cheia e a de Roxanne também, então nós duas assentimos com entusiasmo, e Roxanne aperta a minha coxa por baixo da mesa dizendo que está feliz por mim e essa nova vida que estou começando.

— Que bom. Aquela tal de Casey odiava comida mexicana. Bernardo contou isso para você? Que tipo de pessoa não gosta de tempero? Ou de queijo? — Ele balança a cabeça e fico imaginando quantas vezes Casey comeu aqui o quanto ela conhecia as crianças. Se trazia presentes de Natal. O que exatamente ele amava nela. — Ela era um pouco tensa. Bernardo não precisa disso na vida. Você é tensa também?

— Nem um pouco! — exclama Roxanne. Ela me lança um olhar alegre e eu como uma enorme garfada de frango.

— Acho que não — respondo.

— Desculpe — diz Bernardo. — Meus pais ficam meio...

— Nós somos seus pais — interrompe sua mãe. — Podemos nos meter.

É uma daquelas frases que acabam com a conversa.

— Na verdade, não — diz Bernardo. As palavras soam cansadas, e tenho certeza de que ele já as repetiu tantas vezes antes que são mais um reflexo do que uma discussão. Não sei onde me encaixo na conversa, então, sorrio e tento parecer agradável, nada tensa e apreciar a comida.

— Sinto muito — sussurra ele enquanto seus pais fazem perguntas sobre a faculdade para Roxanne. — Eles acham que eu ainda tenho sete anos.

— Mas você não tem, né? — respondo, e Roxanne ouve e ri. Todo mundo relaxa.

Passamos a tarde à mesa. Ninguém se move para ir para o trabalho ou para sumir para dentro dos seus respectivos quartos. As crianças às vezes pegam brinquedos em seus quartos ou correm umas atrás das outras em um pega-pega doméstico meio precário. Mas, do contrário, há uma sensação de que isso poderia continuar para sempre. Há apenas a mudança de luz à medida que a tarde vai chegando ao fim e a noite chega.

— Traga a sua família aqui um dia — diz a mãe de Bernardo. Ninguém tão normal já gostou de mim tão rapidamente. Ela fica me perguntando se uma coisa ou outra está apimentada demais e fica enchendo o meu copo com água, da qual bebo só porque estou muito nervosa.

— Quem sabe? Talvez! — digo. Eu quero mudar de assunto o mais rápido possível. Eu não sei o que Bernardo já contou para eles. Espero que não muito.

— O que eles fazem? Seus pais? — pergunta o pai dele. Ele fica acariciando as costas da mãe de Bernardo, e ela não para de sorrir. Eles são felizes daquele jeito fácil. Talvez seja assim quando as pessoas ficam juntas por décadas. Talvez seja assim permanecer com alguém.

Bernardo faz uma careta.

— Não começa o interrogatório, pai — diz ele. Eu me pergunto se devo ou não responder.

— É uma pergunta normal que faríamos a qualquer pessoa — retruca o pai dele, olhando para mim com as sobrancelhas erguidas. — Conversamos com Roxanne sobre os pais dela, que são professores. Parecem ser ótimas pessoas.

— Ah, meu pai é cirurgião plástico? — digo. Acho que se eu disser como uma pergunta, como se eles nem soubessem o que é um cirurgião plástico, vou me odiar menos.

— Hum. Interessante — responde o pai de Bernardo. Ele assente, seriamente, e tento ver o nível de julgamento que ele está tendo. — Um médico, então!

— Isso! — Eu me esqueço que posso dizer "médico" e resolver tudo.

— Tinha um cirurgião plástico muito bom aqui na rua que trabalhava com crianças queimadas. Um trabalho muito importante — comenta a mãe de Bernardo. Ela quer que essa seja a minha realidade. Eu odeio mentir, mas concordar com a cabeça não é o mesmo que mentir. Então é o que eu faço.

— Muito — diz Bernardo. Seu rosto é uma confusão de sentimentos que não tinha visto antes. Estou tão acostumada a vê-lo da forma de sempre, que é estranho vê-lo desse outro jeito. É a primeira vez que percebo que ele odeia algo em mim.

Ele não olha para mim.

— O pai de Montana é muito respeitado — diz ele. Cada palavra que sai de sua boca me magoa mais. Eu tenho permissão de ficar envergonhada com o meu pai, mas não estou pronta para o meu namorado acobertá-lo também. Ou me acobertar. Certificar-se de que ninguém saiba a vergonha que, na verdade, sinto.

Eu sou Aquela Garota Daquela Família. Eu não sabia que Bernardo me via assim.

— E a sua mãe? — pergunta o pai de Bernardo. Ele é tão gentil que nem parece que está me avaliando, mas é o que está fazendo. Minha boca fica seca e não parece funcionar direito. Não quero admitir mais coisas sobre os meus defeitos e falhas.

— A mãe de Montana não está aqui — responde Roxanne, salvando-me de dizer as palavras. — Mas a irmã dela é um doce, e elas são muito próximas. São uma família muito legal. Eu passo, tipo, todo o meu tempo na casa delas.

O momento de pânico e vergonha diminui.

— Montana é a melhor — declara Bernardo, sem concordar nem discordar de Roxanne. Sem dizer nada sobre a minha família. — A gente se entende.

— Você sempre diz isso, querido — diz a mãe dele sem perceber que disse algo cruel até ser tarde demais. Fico me lembrando de que Bernardo e eu temos algo diferente do que Bernardo e Casey tiveram. Ele disse que ela fazia com que ele sentisse que tinha que ser mais. Eu sei que faço com que sinta que é o suficiente. Quero que os pais dele percebam isso. Mudo a minha postura e o meu sorriso, esperando tornar isso mais óbvio de alguma forma.

A mãe dele vai pegar a sobremesa. Profiteroles com sorvete e calda de chocolate feita em casa.

— Eu sou responsável pela sobremesa aqui — diz ela.

Gosto do fato de a família dele não ser completamente uma coisa ou outra. Que um banquete mexicano é seguido por doces franceses e sorvete. Que, às vezes, os pais dele digam a coisa errada.

— Eu não digo isso sempre — diz Bernardo alguns minutos depois quando já deveríamos ter esquecido o assunto.

Ele faz biquinho e parece o garotinho no porta-retratos de novo. Tanto que acho que não é de se estranhar que os pais dele o tratem como um bebê.

Felizmente, os profiteroles são a perfeição, e a calda de chocolate é do tipo amanteigada que endurece quando entra em contato com o sorvete, e as crianças brincam de carrinho na mesa de jantar como se fosse uma pista de corrida. As coisas são imperfeitas e maravilhosas, tudo de uma vez.

Como o amor, eu acho, sabendo que vou escrever isso mais tarde no meu Diário de Gratidão.

Nós nos beijamos do lado de fora da casa dele e eu me preocupo com o fato de sua família nos ver, mas Bernardo não parece estar pensando nisso. Roxanne canta "I will always love you" quando se cansa de ficar nos vendo e diz que é hora de pegarmos o metrô.

— Eles amaram você — diz Bernardo.

— Hum, oi, e quanto a mim? — pergunta Roxanne, cutucando suas costas enquanto ele me abraça.

— É claro. Você também — diz Bernardo. — Obrigado por ajudar a nossa garota.

Acho que eu sou a garota deles. Enterro a cabeça no seu pescoço porque não sei como devo me sentir em relação a isso.

Sinto como se eu fizesse parte de algo.

21 de junho
Diário de Gratidão

1. A magia do guacamole envolvido por uma *tortilla* macia em vez de em um biscoito crocante.

2. A irmã mais nova de Bernardo, Maria, que se veste exatamente como o irmão mais velho — com cachecol e uma peruca cor-de-rosa. Então, acho que ela se veste como eu também.

3. A volta para Manhattan de metrô, depois que o nervosismo por ter conhecido a família de Bernardo passou um pouco. Roxanne e eu optamos por ir pela superfície, olhando para a cidade como criancinhas que viam tudo pela primeira vez. Bem, isso antes de um mendigo com um carrinho de compras cheio de latas para reciclagem se sentar ao nosso lado. Um momento doce.

Capítulo Vinte e Um

À tarde, Karissa está tomando banho no meu banheiro.

Quando termina, todo o aposento tem cheiro de rosas, mas me sinto péssima.

Ela entra no meu quarto com uma toalha enrolada no cabelo enrolado, outra no corpo e o resto dela está à mostra, a pele toda coberta de sardas e é coisa demais para absorver.

— A gente não tem se encontrado — diz ela, encostando-se no batente da minha porta.

Papai está no trabalho, e Arizona na casa dela, comendo manteiga de amendoim diretamente do pote e conversando com sua colega de quarto sobre quem elas já beijaram neste verão.

Eu estou aqui, mas apenas em parte.

Não consigo determinar se diz isso apenas como uma declaração ou se é uma reclamação de que sente a minha falta, mas acho que é um pouco dos dois.

— Você não tem banheira no seu apartamento? — pergunto. O meu tom sai implicante, e não consigo parar de pensar no anel no bolso do meu pai e como ele é maior do que todos os outros anéis, e de aparência mais afiada também. Mais cruel.

— Na verdade, não — responde ela. — É algo que eles não contam quando a gente está procurando um apartamento. Nem todos vêm com banheiras, interfones, campainhas que funcionam, água quente confiável. Então, aproveite este lugar enquanto pode.

Começo a pensar que ela talvez esteja usando o meu pai para coisas como jantares chiques e banhos de banheira e suprimento infinito de papel higiênico e o bar no porão. Não seria exatamente legal da parte ela, mas acho que seria melhor do que ela realmente amá-lo.

Parece que ela está confortável encostada no batente.

— E o Bernardo?

— Maravilhoso — digo.

Não consigo parar de pensar sobre a família dele e como pareceu um pouco que eles poderiam ser a minha família em algum mundo perfeito.

Passamos esta manhã no apartamento de Arizona. Roxanne trouxe cigarros e café, eu levei biscoitos da padaria que Arizona adora para comermos no café da manhã, e a colega de quarto de Arizona disse para mim que Bernardo e eu somos um casal fofo.

Arizona não falou muito sobre o assunto.

— Ele parece estar muito a fim de você — diz Karissa. — Um sentimento meio profundo, né? E espontâneo. Romântico. Pouquíssimos caras mereceriam uma garota como você, mas ele realmente merece.

Karissa ajusta a toalha, e quero fingir que estamos no apartamento dela, não no meu. Ela parece mais nova que Arizona neste momento, nua e sem maquiagem.

Se eu for contar algo sobre o pedido de casamento que está por vir, este é o momento.

— E quanto a você? — pergunto. Ela se ilumina.

— Você está me perguntando como estão as coisas com o seu pai? — pergunta ela. Sua voz está aguda e ansiosa e horrível.

— Meu Deus, não — respondo. — Estou perguntando que tipo de cara merece você.

— O seu pai me trata muito bem — responde Karissa. — Eu sei que você não quer conversar sobre isso, mas é verdade. Ele é muito atencioso. E gentil...

— Ai, meu Deus, não diga que ele é gentil — peço.

Sinto um arrepio e meu sangue gela. Uma imagem se insinua no meu cérebro do meu pai acariciando o braço de Karissa e sendo gentil e eu me contorço, tentando me livrar dela. Fico imaginando se posso esquecer que a palavra *gentil* existe. Cortá-la do meu vocabulário.

— Tudo bem, então, vamos continuar respeitando o nosso tempo em relação a isso — decide Karissa, como se fosse possível este dia existir no futuro e eu conseguir suportar a imagem, a palavra, a quantidade de pele à mostra que ela exibe neste momento, seu jeito confortável de afundar em todos os nossos sofás e poltronas, meu pai chamando-a de *baby* uma vez quando estavam em outro aposento.

— Você quer que as coisas aconteçam devagar, certo? — pergunto. Acho que vou em frente. Vou ter esta conversa.

— Em relação a mim e a você e em como lidamos com esse novo aspecto da nossa amizade? — pergunta ela. São palavras que não parecem dela. Parecem do meu pai.

— Bem, tipo, com tudo. — Eu não consigo me obrigar a dizer nada que se aproxime de *o seu relacionamento com o meu pai*.

Karissa coloca a cabeça de lado e sorri. A toalha em seu cabelo balança e ameaça desmoronar. Tess tinha um jeito minucioso de enrolar o cabelo na toalha que envolvia um tecido absorvente especial e um prendedor de cabelo. Ela usava vários tipos de hidratante, cada qual para uma parte do seu corpo. Ela tentou me ensinar como fazer isso corretamente. Karissa ainda está um pouco molhada. Ainda não passou hidratante no corpo, tenho certeza disso. Ela mal se enxugou. Há pegadas molhadas do banheiro até o meu quarto. Os ossos dos ombros dela são proeminentes.

— Um diretor de elenco ontem me disse que eu preciso usar mais maquiagem nos olhos — conta ela, olhando-se no espelho, aparentemente mudando de assunto. — Tipo, como assim? Isso é uma merda. Não estou conseguindo nenhum trabalho. Atores péssimos, realmente péssimos, mas que são muito bonitos, conseguem todos os trabalhos. Já eu tenho uma aparência muito estranha para conseguir comerciais e não sou elegante o suficiente para conseguir entrar no elenco de alguma peça e não tenho uma *vibe* de Los Angeles para conseguir algo no cinema. Você sabe fazer uma boa maquiagem nos olhos?

É impossível imaginar habitar o corpo de Karissa e ter qualquer reclamação sobre aparência, mas ela sempre teve um lado sensível e inseguro. Nossa professora de teatro disse a ela para mantê-lo.

— Ter confiança é lindo — dissera a professora —, mas a insegurança é fascinante. Você não prefere ser fascinante?

— Você não prefere ser fascinante? — pergunto agora, sabendo que nós duas amamos cada palavra que saiu da boca da nossa professora.

— Eu prefiro poder atuar — responde Karissa, dando de ombros. Seis meses atrás, tenho certeza de que ela teria dado uma resposta diferente. Não consigo suportar que Karissa não ache mais que ser fascinante é o suficiente. Quase no mesmo nível que não conseguiria suportar se Karissa se tornasse a minha nova madrasta.

— Tudo bem, eu vou contar uma coisa, mas você não pode contar para ninguém que eu contei — digo. — E você vai achar que isso é loucura e que a minha família é doida, mas eu estou avisando, então não surta.

— Eu estou pronta — diz Karissa, sorrindo. A toalha finalmente despenca de sua cabeça e cai no chão, seu cabelo é uma confusão de cachos molhados. A água começa a escorrer ainda mais, formando uma poça aos seus pés.

— O meu pai acha que, tipo, vai pedi-la em casamento — digo. Eu começo a rir. Dizer isso em voz alta faz com que tudo fique engraçado em vez de totalmente assustador. Consigo ouvir como tudo isso é ridículo. Como eles não combinam e não fazem sentido. Como Karissa vai receber essa notícia. — Tipo, na sexta-feira — conto. — Não me pergunte de onde ele tira essas coisas. Ele é meio louco com mulheres. Então, tipo, eu achei que deveria contar para você dizer a ele para não fazer isso. Ou deixar claro que você não está a fim. Ou para você se preparar. Sei lá. — Eu não consigo parar de soltar uns risinhos. Não consigo parar de balançar a cabeça em negação diante do absurdo de tudo isso.

— Uau — diz Karissa. — Uau. Nossa. Uau.

— Eu sei.

Ela abre um sorriso. Mas o sorriso não se transforma em risada. Fica grudado em seu rosto, preso na perplexidade.

— Nossa. Uau — repete ela. — Ai, meu Deus! Isso é... Isso é...

— Tão horrível?

— Eu não consigo acreditar que alguém como ele realmente consiga ver um futuro com alguém como eu — diz ela, prendendo o cabelo em uma trança frouxa, mas deixando várias mechas soltas.

— Tipo assim, eu sei, não é? — digo.

Mal posso esperar para contar para o Bernardo. Mal posso esperar para contar para Arizona! Minha irmã vai enlouquecer de alívio. Vai se atirar nos meus braços e vamos comemorar com enormes sundays do Serendipity. Podemos passar o resto do verão no parque sem ter isso pairando sobre nós, arruinando tudo.

Talvez a gente possa até ir relaxar na casa de Karissa uma noite dessas, quando estiver mais perto do fim do verão, quando tudo isso estiver tão acabado que mal nos lembraremos que aconteceu.

— Sexta-feira? — pergunta Karissa. — Ai, meu Deus! Sexta-feira.

Ela finalmente começa a rir.

Mas o riso está completamente errado. É um riso feliz. Um riso de êxtase. Um riso nervoso.

É o riso de uma mulher que vai dizer sim.

— Karissa — digo. Não consigo pensar em uma frase nem em uma pergunta para acompanhar o nome.

— Eu o amo — declara ela.

Ela está radiante. Estou engasgada com um sentimento que não sei nomear, mas que é bastante próximo do nojo, do pânico e da perplexidade.

— Karissa — repito, nervosa agora, furiosa.

Acho que se eu esbofeteá-la agora talvez ela acorde. Jogar água gelada. Lembrá-la de que ele é o meu pai.

— Tudo bem! Vai ser divertido. Eu juro. Você tem que confiar em mim. Isso vai ser bom — assegura ela.

Não respondo nada e durante essa pausa ela muda. Não muito. Só um pouco. Um pouco para a esquerda, um pouco em direção à indignação e à frustração de que eu poderia interferir no seu relacionamento. No seu casamento. No seu grande momento.

— Eu preciso disso — declara ela. — Eu mereço um pouco de felicidade depois de tudo que passei. E ele me faz feliz. E isso vai ser fantástico. Eu prometo a você, tá bom?

Não respondo. Fico imaginando se é possível desmaiar em virtude de algum sentimento. Fico imaginando se este é o momento em que comecei a amá-la um pouco menos.

Ela deixa uma poça do lado de fora da minha porta, e sinto que estou me afogando nela.

Capítulo Vinte e Dois

Dois dias depois, Bernardo e eu estamos nus no sofá do porão, fazendo tudo, mas não indo até o fim. Estamos nos mantendo nessa fase do tudo menos o principal, e a sensação é ótima.

Não contei para Arizona e Roxanne o que aconteceu com Karissa.

Em vez disso, conto para o corpo nu de Bernardo tudo sobre isso.

É quinta-feira à tarde e o dia seguinte parece a aproximação de uma sentença de morte. Quando conto essas coisas para Bernardo, ele olha nos meus olhos e diz que entende.

— Você se sentiria melhor se fosse visitar Natasha? — sugere ele.

Gosto da sensação das coxas deles contra as minhas. Gosto do fato de seus ombros, costas e barriga serem menos bronzeados que o resto do seu corpo. Seus joelhos estão entre as minhas coxas e eu também gosto disso.

— Como você sabe disso? — pergunto. É tão óbvio. Visitar Natasha é exatamente o que me faria me sentir melhor. Mesmo que não melhor, mas mais segura.

— Eu conheço você — diz ele.

Ele me afasta de si e me lança um olhar profundo. Eu quero beijá-lo, mas ele quer me olhar, então me contento em alternar de um estado para outro.

— Você está começando a me conhecer — digo.

— Não fica com medinho — retruca Bernardo, porque ele realmente me conhece.

— Tudo bem — cedo. — Você pode me conhecer.

Bernardo começa a fazer cócegas em mim e seguem-se dois minutos de contorcionismo e gritinhos doidos e tentativas de afastar as mãos dele de mim, mesmo que meu desejo, que meu desejo real, seja que ele me toque muito mais. Então, ele está beijando meu pescoço e tocando as minhas coxas, agora sem fazer cócegas, e as coisas começam a acontecer, coisas que fazem a minha cabeça girar, coisas que fazem o meu coração disparar, coisas opostas a cócegas, mas ele para quando fico tensa. Ele tem um jeito de notar quando fico tensa e relaxada. Ele disse que nunca conheceu ninguém que se expressa tanto com os bíceps e os dedos dos pés.

Na mesinha de centro perto de nós há uma caneta tipo marcador permanente que Karissa usa para endereçar os grandes envelopes com sua foto de rosto. Bernardo pega o marcador como se tivesse tomado uma decisão. Ele desenha um coração no meu ombro.

— Esse tipo de caneta não faz mal para a pele? — pergunto sentindo o cheiro forte de química.

— Não pode ser tão ruim — responde ele, desenhando outro coração no meu pulso e descendo pelo meu corpo para desenhar um coração em cada coxa.

— Eu já consigo sentir o chumbo ou seja lá o que tiver aí entrando na minha corrente sanguínea. Só para você saber — digo.

O desenho em si desperta uma sensação boa: a ponta macia da caneta acaricia o meu braço, e gosto do foco intenso que Bernardo tem depois que algo rola entre nós, como se tudo no mundo que ele consegue enxergar agora, ou para sempre, fosse eu. Ele desenha corações nos meus joelhos e bolinhas nos meus pés.

Ele gira a caneta como se fosse um bastão. Seus dedos são firmes. É estranho sentir que sei tudo sobre ele e, ao mesmo tempo, nada.

Ele desenha um anel no meu anelar. Desenha um diamante e tracinhos saindo dele e sei que é um bem brilhante.

Não consigo parar de rir.

— Ah, fala sério — digo.

— Ei, um dia — responde ele.

Tento imaginar qualquer outra cara com quem já fiquei dizendo ou fazendo qualquer coisa do jeito que Bernardo faz, mas é impossível. Ele é totalmente natural e aberto e destemido. Ele é uma alma velha e ingênua e estranha e apaixonada por mim, tudo ao mesmo tempo.

— Eu não estava brincando em relação ao veneno — digo.
— Acho bem possível que a tinta dessa caneta possa me matar. — Não sou todas as coisas que ele é. Continuo querendo ser, mas é como se o meu cérebro segurasse o meu coração. Ou vice-versa. Não sei ao certo.

— Então, temos que partir juntos — decide ele. — Bem no estilo *Romeu e Julieta*.

— Eu amo *Romeu e Julieta* — digo.

— Eu imaginei. Você tem três exemplares no seu quarto — responde ele.

É irresistível. O jeito que ele me vê e me conhece e me nota e não quer que eu mude.

Desenho corações em todas as suas articulações e espirais nos seus braços. Ele pega a caneta e escreve o nome dele nas minhas costas, virando-me e passando a caneta ao longo da minha coluna. Não consigo parar de tremer. Ele escreve o próprio nome em todos os lugares. Cobrindo todo o meu corpo com ele.

— A gente não vai conseguir tirar isso — falo.

— Verdade.

— Natasha vai achar que enlouquecemos — digo.

— O amor faz a gente cometer essas loucuras — responde ele. — Ela vai ver que a gente se ama.

Ele é tão mais inteligente do que eu. Tão mais poético. Ele sabe algo sobre amor que eu não sei, mas quero descobrir.

Ele me entrega a caneta. Escrevo meu nome no corpo dele também. A ponta prende nos pelinhos do seu braço e é estranho olhar para ele coberto de rabiscos.

— A gente vai combinar — digo. Quero dizer que é meio estranho. Temos o cabelo e os cachecóis e agora corações e palavras cobrindo a nossa pele.

— A gente já combina — responde ele. — Duas partes de um coração.

Ele vai ser poeta um dia. Tenho certeza.

— Meu pai vai matar a gente. Ele quer que estejamos lindos na hora do pedido amanhã.

— Você vai? — pergunta ele. — Achei que odiasse tudo em relação a isso.

— Se eu não for... Eu não sei. Se eu não for, é como se eu dissesse que não sou mais parte da família, e eu não estou pronta para isso.

— Hum. Você ainda quer pertencer a eles — conclui Bernardo.

— Eu quero.

— E você quer pertencer a mim. Ficar comigo — diz ele, corrigindo-se um pouco.

— Acho que talvez — respondo. Ele revira os olhos como se eu logo fosse mudar de ideia, e tenho certeza de que ele está certo.

— Então é isso.

Bernardo tem esse tipo de lógica que me deixa tonta. Como quando você tem que acertar o balão de doces com o taco, sabe? Bernardo é o cara que coloca a venda nos seus olhos e gira você até você ficar tão tonta que não sabe em que direção seguir.

Ele desenha uma linha de corações como um decote em gola V no alto do meu peito. A sensação é boa. Olho para nós no espelho antes de sairmos. Estamos bonitos e livres e apaixonados. Natasha vai gostar. Quase consigo me convencer disso. Eu me olho no reflexo de cada vitrine pela qual passamos da minha casa até a de Natasha com Bernardo. São muitas. Decido em algum momento entre a vitrine 6 ou 12 ou 15 que amo o nosso reflexo, o jeito que nos encaixamos. Que amo os olhares que nos lançam. Que é assim que é estar apaixonado.

Capítulo Vinte e Três

Victória e Verônica abraçam as minhas pernas quando chegamos lá, Natasha nos serve chá gelado e biscoitos, e fico orgulhosa de mostrar Bernardo a elas.

— Você está tratando Montana bem? — pergunta Natasha.

Não consigo interpretar o que ela acha dele. Nunca apresentei ninguém a ela, a não ser quando ela ainda era minha madrasta, e eu não estava nem aí, já que eu a odiava.

— Acho que sim! — responde Bernardo.

Ele não está nervoso. Pelo menos não está demonstrando. Na verdade, parece mais confortável aqui do que quando saímos com Karissa. Ele pega Victória no colo e eu pego Verônica, e estou achando que é a melhor ideia que já tive.

— Provavelmente devo mostrar fotos dela no balé ou fantasiada de velho no Halloween para deixá-la envergonhada, não é? — Natasha está alegre.

— De velho, é? — pergunta Bernardo. — E o que aconteceu com, tipo, Cinderela, ou gatinha ou fantasma?

— Não faz meu estilo — respondo, amando a provocação. — Obriguei Arizona a se vestir de idosa para que a gente combinasse. — A lembrança me faz rir, e Natasha também. Ela se lembra.

— Então, você mandava na Arizona? — pergunta ele.

Gosto de como ele tenta pintar um quadro de mim e da minha vida. Escrever um romance completo nele.

— É difícil dizer. — As lembranças da minha vida ao lado de Arizona são tão vívidas que chegam a doer. — Acho que mandávamos uma na outra.

Victória traça todos os corações que encontra na pele de Bernardo e Verônica fica rindo dos meus. Natasha não faz nenhum comentário a respeito disso. Todo mundo na minha vida diria alguma coisa, mas Natasha não faz julgamentos.

— É tão bom ter irmãos — diz Natasha, olhando para suas meninas.

Victória e Verônica correm pela casa e tiram livros das estantes para lermos para elas, e Bernardo faz as vozes de todos os personagens masculinos e do lobo e do elefante e do bobão enquanto eu faço as falas das fadas e princesas, do narrador e dos macacos.

— Ele tem um jeito muito gentil com as meninas — diz Natasha quando me junto a ela na cozinha para pegarmos mais biscoitos. — Consigo ver o que você gosta nele. — Ela acaricia o meu ombro onde há um monte de corações. — As meninas amaram isso.

— É bobeira. A gente meio que fica bobo junto. Obviamente. Somos estranhos juntos.

— E isso não é perfeito? — pergunta ela. — Minha garota está apaixonada.

Dói como sempre dói quando ela usa a expressão que meu pai usa. Na verdade, pinica. A estranheza. Como um suéter de lã dois tamanhos menores do que o seu.

Quando voltamos para o sofá, as meninas pegaram o Diário de Gratidão de Natasha para Bernardo ler, mas ele não o abriu.

— O que é isto? — pergunta ele.

Eu adoro o fato de ele não ter aberto o caderno, e acho que Natasha também. Quero que ela veja pelo menos uma dezena de coisas que são incríveis nele.

— Montana nunca contou sobre as nossas listas para você? — pergunta Natasha, e ele nega com a cabeça. — Bem, então, eu já sei exatamente do que você precisa. — Ela vai até a estante de livros e pega um caderno azul-marinho. Masculino o suficiente. — Ela vai explicar o que você deve fazer com isto.

Ela está trazendo Bernardo para o grupo. Deixando que ele compartilhe uma coisa que é nossa.

Pegamos o metrô para a casa dele e explico sobre o Diário de Gratidão. Bernardo se senta na varanda de entrada e escreve as três primeiras, direto.

São sobre mim, Victória e Verônica e o que significa amar uma cidade que tem cheiro de lixo o verão inteiro.

Ele entende.

Capítulo Vinte e Quatro

Papai pede para ter mais um café da manhã comigo e com Arizona, na manhã do pedido. Não gosto do jeito que ele faz o convite, — uma última refeição, marcando um antes e um depois no qual tudo vai mudar. De novo.

Estamos na lanchonete, é claro. É meio que uma suposição automática para ele que a iluminação ruim e os pratos lascados vão consertar tudo que há de errado entre nós.

Ele não sai de casa comigo. Quando eu chego, já está lá, esperando por nós. Provavelmente já está lá há horas. Seu jornal já está esquisito, do jeito que fica depois de ser aberto, lido e dobrado de novo, sem nunca voltar novamente ao formato original.

— Não — diz ele quando vê a minha pele coberta com caneta permanente. — Pelo amor de Deus, Montana, não.

— Por favor, não vamos tornar isso algo sobre mim — peço.

Meus olhos estão embaçados e meus braços pesados e fico imaginando quando e por que comecei a beber tanto. Não é como se fôssemos de Wisconsin, onde existe um tipo de tédio que tem que ser superado com álcool. Estamos na cidade de Nova York. Mas talvez as luzes e os sons sejam mais gerenciáveis quando estamos anestesiados, e talvez todo o resto se torne um pouco mais gerenciável também.

Além disso, gosto de ficar bêbada com Bernardo. Isso acentua o lance de estarmos nos apaixonando ainda mais. Nós fomos para a casa dele e colocamos gim em uma garrafa de suco e jogamos um jogo enquanto assistíamos programas antigos de TV e sempre que um dos caras era misógino, tínhamos que beber.

— Pedi ovos mexidos — diz ele, parecendo sinceramente triste e não apenas irritado.

— Eu não gosto de ovos mexidos — digo, sabendo muito bem que uma boa filha diria *ótimo*. — Gosto de ovo pochê. Você pediu bacon?

— Não pensei em bacon — responde ele. Estou ainda mais zangada com isso do que com o pedido de casamento.

— Como assim? Você não pensou no bacon? Esse é o motivo de virmos a esta espelunca!

— Eu gosto daqui. E você pode pedir bacon. Pode mudar todo o pedido. Ou talvez Arizona coma os seus ovos mexidos e você come o frito que pedi para ela.

— Frito não é o mesmo que pochê — respondo. Pareço ter sete anos de idade. Estou sendo ridícula. Quero jogar o porta-guardanapo nele. Não quero comer ovo e conversar sobre o futuro.

Ele suspira, mas se ilumina quando Arizona entra toda arrumada, cheia de curvas e rosto sem expressão.

— Você está linda! — exclama papai, tão alto que metade dos clientes da lanchonete escuta e se vira para olhar. Papai dá um sorriso forçado para mim. — Minhas duas lindas garotas — diz ele, vejo que ele está se dando um tapinha mental nas costas por ter elogiado nós duas, mesmo que esteja claro quem ganhou o dia.

— Visual interessante — comenta Arizona, sussurrando para mim: — Esta é a sua solução? Desenhar no seu corpo? Cresça.

— Não se preocupe, Montana vai lavar isso para hoje à noite — diz papai, como se tivéssemos discutido e chegado a uma decisão.

— Eu não vou lavar — digo. — Tinta permanente. Vai levar alguns dias.

O garçom chega no exato momento e coloca os ovos mexidos e fritos e nenhum bacon na mesa.

Arizona pega o garfo.

— Gostaria de pedir ovos pochê e bacon, por favor — digo. — E café.

O café daqui é ralo você pode tomar o quanto quiser. Vou precisar de grandes quantidades.

— Vou comer os ovos mexidos — decide papai. Ele pega o saleiro e o pimenteiro, um em cada mão, e manda ver.

— Nada é mais importante para mim do que vocês, meninas — começa ele. — Eu quero que tenham tudo que merecem. Espero que saibam disso.

Eu quase pergunto se ele está falando sobre os ovos. Não estou no clima para essa conversa. O café é servido e o cheiro é um pouco queimado, mas não terrível. Familiar.

— Nem sempre fiz o melhor trabalho para dar a vocês tudo de que precisam — continua ele.

É estranho me sentir mais triste por ele estar tão triste por mim do que estou em relação à minha própria tristeza. É horrível não ter minha mãe por perto, mas é ainda mais doloroso ver como meu pai deseja desesperadamente que a gente não viva sem algo que todo mundo tem.

— Estou vetando — declara Arizona. Sua voz está mais aguda e ríspida do que o usual, embora controlada. Como se tivesse ensaiado na frente do espelho.

— Como é? — pergunta papai.

— Estou vetando Karissa — esclarece Arizona, como se fosse uma regra que criamos quando nosso pai começou a namorar, se casar e se apaixonar por todo mundo. — Eu não a quero na minha família. Acho que é um erro. Estou dizendo não.

É muito mais do que lamentável que o meu primeiro pensamento tenha sido "Arizona me deixou de fora dessa decisão". Que ela tenha planejado algum tipo de rebelião sem mim. Que provavelmente conversou com Roxanne sobre esse plano, mas não comigo.

— Sim, pai. Talvez você possa esperar? — digo, tentando entrar no time, embora não tenha sido convidada.

— Esperar não — corrige Arizona. — Não fazer isso. Nunca. Acho que merecemos um não unilateral. E eu estou usando o meu. — Ela fica remexendo os ovos e assume a expressão de comer ovos que já vejo há anos. Coloca sal e pimenta a cada garfada. Nossas idas à lanchonete são praticamente coreografadas.

— Arizona Varren — diz papai. A voz dele soa baixa e trêmula. Ele empurra os ovos como se, de repente, lhe provocassem enjoo. — Isso foi absolutamente inapropriado. O que deu em você?

Ela não baixa o olhar. Não faz careta nem para de comer.

— Você está tentando se casar com uma garota de vinte anos que você conheceu ontem. Eu não acho que sou eu que tenho problemas — declara Arizona.

— Ela não tem vinte anos — digo, porque sou literalmente a pessoa mais burra do planeta. Eu gostaria de poder voltar no tempo apenas vinte segundos e não dizer as palavras, mas é impossível. Sem pensar, sem sequer considerar quais seriam as consequências da minha escolha, eu fiquei do lado de Karissa.

Arizona me fulmina com o olhar. Tenho certeza de que os garfos continuam arranhando os pratos e as conversas continuam à nossa volta, mas eu não escuto nada.

— Quero dizer, eu também prefiro que você não se case com ela — digo, mas isso é tão fraco se comparado com o que quer que ela esteja fazendo que se perde. Talvez nem tenha chegado aos ouvidos do meu pai.

Ele come finalmente uma garfada dos ovos, mas faz uma expressão como se estivesse comendo vidro.

Talvez a imagem de suas ex-mulheres esteja dançando diante dos seus olhos. Talvez ele esteja se lembrando das refeições de merda de culinária leve de Tess que ainda estão no freezer. Se a comida da ex-mulher ainda não estragou, você não está pronto para uma nova. Tenho certeza de que essa regra existe em algum lugar.

— Eu espero que vocês duas estejam lá hoje à noite — diz papai. — Espero que vocês me apoiem no que me faz feliz, da mesma forma com que apoio vocês. — Sua voz falha e fico imaginando se ele vai chorar. Se estamos testemunhando sua tristeza em relação a algo real, complexo e básico. Seus casamentos fracassados. As coisas que ele fez que tornaram nossas vidas estranhas e tensas. Levar-nos para comer ovos de cinco dólares quando ele sabe muito bem que eu prefiro *bagels* com *cream* cheese e café com leite no parque.

Arizona vê também. Ela estende a mão para a dele e a segura. Ele olha para o teto e nós ficamos naquele momento, juntos.

— Eu quero as minhas garotas lá — declara ele. — Simples assim.

É por isso que ter esperança é algo tão idiota. Principalmente em relação a alguém que você conhece bem demais.

* * *

— Você deveria ter me contado o que a gente ia fazer — digo quando ele foi embora e o resto da lanchonete já parou de ouvir, e os ovos estão frios e o café foi servido até a borda e não há espaço para o leite nem para o açúcar.

— A *gente* não ia fazer nada — diz Arizona. — Eu fiz uma coisa. Você está com a cabeça perdida no seu mundinho de fantasia. Eu estou tentando consertar a situação. — A expressão dura não deixou seu rosto e eu não consigo interpretá-la.

— Isso não é justo — reclamo. — Eu conversei com Karissa sobre o assunto. Eu contei o que iria acontecer. Achei que poderia resolver as coisas com ela.

— E?

— Não adiantou — respondo. — Mas eu tentei.

— Bem, viu só? Você está fazendo um monte de merda sem mim também. Sendo assim. — Arizona está nervosa e corada. Eu quero sair da lanchonete. Alguém pediu salada de atum, e o lugar está empesteado com o cheiro. — Toda aquela reclamação por eu estar longe na faculdade, e você passou todo esse tempo com a porra da Karissa e aquele carinha.

— Ah, pelo amor de Deus, você sabe o nome dele! — Eu poderia dar um tapa na cara dela. Não fico com raiva de ninguém como fico de Arizona. Quero sacudir a mesa até que ela ouça o que está dizendo.

— Eu amo você, mas você está agindo de forma desastrosa, bem ao estilo Sean Varren, e eu preciso que você saiba disso — diz ela depois de revirar os olhos e comer mais um pedacinho de ovo frio.

— Eu não faço nada no estilo Sean Varren — retruco.

— Tanto faz — diz Arizona. — Você vai ver. Tipo, daqui a um ano, quando você for embora para a sua própria faculdade, você vai ver o que realmente aconteceu neste verão.

Odeio que ela diga a palavra *faculdade*. Odeio que ela ache que eu preciso ter alguma epifania em um campus no Maine. Eu não respondo.

Ela paga a conta e me olha como se eu devesse saber que vamos embora juntas.

— Parque?

— Achei que você me odiasse.

— Eu odeio, mas é o nosso último dia no parque antes que papai o estrague com essa porra de pedido de casamento. Roxanne já está lá. Eu disse que eu ia levar café para viagem da lanchonete para ela.

— É ainda pior quando é para viagem — digo, e de alguma forma voltamos a ser nós mesmas por um instante. Estamos sempre nos encontrando de novo e de novo. Estou feliz por ao menos isso não ter mudado.

Capítulo Vinte e Cinco

Naquela noite, como planejado, seguramos velas no Washington Square Park e esperamos Karissa chegar, o que ela deve fazer com sua amiga exatamente às nove horas da noite quando o sol já está quase se pondo e o céu de verão ainda tem um tom de cinza meio azul e dourado, em vez de preto.

Arizona está lá.

De alguma forma, ainda não conseguimos bater o pé em relação a essa merda.

— Talvez ela mude de ideia — digo. — Talvez ser pedida em casamento seja uma dessas coisas que parecem ótimas até que aconteça.

— Tenho uma amiga na faculdade que acha que está prestes a ficar noiva — diz Arizona em vez de falar sobre Karissa. — Mas tipo, o cara é mega religioso e esse pessoal casa cedo.

— Meio-oeste? — pergunta Roxanne.

— Exatamente — responde Arizona, e sei que perdi alguma piada sobre o resto do país e as pessoas que você conhece quando sai de Nova York e tento me aconchegar mais em Bernardo. Segurar a mão dele com uma das mãos e a vela com a outra.

— Karissa não é cristã — digo. — Nem do meio-oeste.

— Eu sei — responde Arizona. — Eu não estava falando dela.

Ela tem um tom na voz que costumava usar às vezes com Roxanne quando nós tínhamos meio que um código. Roxanne tinha que se esforçar para acompanhar e ficava perguntando o tempo todo quem era o cara da praia de dois verões antes ou em qual sorveteria tinham derramado granulado colorido na camisa da namorada do papai da época. Nesses momentos Arizona suspirava e se recusava a explicar, a não ser em frases muito curtas, irritadas e carregadas.

Eu nunca a ouvi falar assim comigo.

A parte de mim que ainda acha que Karissa é uma amiga sente um estranho instante de felicidade por ela, observando-a chegar com o rosto iluminado. Não consigo parar de ouvir as palavras que dissemos no outro dia sobre merecer algo bom. Me pergunto se ela ficará triste por sua mãe não estar presente. Me pergunto se ela desejava poder ligar para a irmã.

Eu ia querer ligar para a minha.

Chego perto de Arizona para apoiar o queixo no seu ombro por um momento.

— Você se lembra da garota com mau hálito? — pergunto. Ela é a namorada com quem mais gostamos de implicar. — Cheguei à conclusão de que tinha algo a ver com Tabasco e sexo.

— Você é nojenta — diz Arizona. — Além disso, com certeza eram batatas fritas do McDonald's, falta de fio dental e respiração pela boca.

— Respiração pela boca — repito, assentindo com o queixo apoiado no seu ombro antes de voltar para perto de Bernardo.

Ela não se foi completamente.

Papai está a alguns metros de distância e fica esfregando as mãos nas coxas, como se estivesse nervoso. Mas parece que não deveria estar nervoso. Ele tem prática.

Essa noite todos somos novas versões de nós mesmos.

Nem eu nem Bernardo tentamos tirar a caneta permanente.

— Está bonito aqui fora — comenta Roxanne, olhando para as 35 pessoas com velas de rechô em volta do banco que foi o lugar do primeiro encontro de Karissa com o meu pai. A maioria são amigos médicos e suas esposas porque o resto da nossa limitada família mora no norte do estado e não tem o menor interesse nos noivados do meu pai.

— Eu não entendo as pessoas quererem audiência para um pedido de casamento — declara Arizona. — E por pessoas, estou me referindo a papai. Além disso, alerta de incêndio. Sério. Estou tentada a chamar uma ambulância por precaução.

— Mas é *bonito* — diz Roxanne de novo. Já que o meu pai não é o pai dela, ela pode se dar ao luxo de achá-lo romântico às vezes.

— Sim. Bonito — digo. — E muito perigoso. Exagerado. Não é o melhor pedido da história dele, porém. Talvez o segundo melhor. Definitivamente melhor do que quando ele e Janie ficaram noivos no Starbucks. E melhor do que quando ele aprendeu alemão para pedir Tess em casamento. Porque aquilo foi horroroso.

— Qual foi o melhor? — pergunta Bernardo.

Digo que o meu favorito foi quando ele pediu Natasha em casamento pelo interfone enquanto cruzávamos o Atlântico de avião no nosso voo para Paris. Ele disse que sabia que Paris era a cidade mais romântica do mundo, mas simplesmente não conseguia esperar até chegar lá.

Claro que era papo furado. Ele tinha planejado tudo com várias semanas de antecedência, mas gostei do sentimento. E, sei lá, às vezes até algo que é papo furado pode ser bonito. Como a própria Natasha, por exemplo, que tinha feito várias plásticas até a época do divórcio, mas que ainda era, esteticamente, linda.

Além disso, pude ir para Paris e ver Notre-Dame, que é tão linda quando está iluminada à noite que sonho em morar do lado dela. Preferivelmente, a esta altura, com Bernardo. Contei para ele os meus planos na outra noite, quando estávamos meio nus e meio sem fôlego e totalmente entrelaçados um no outro. Ele disse que, assim que eu estiver pronta, vai me levar até lá. Não pareceu estar brincando.

O amor é estranho. As coisas parecem grandiosas demais. Até mesmo *eu te amo* parece um exagero e não se encaixa direito. Como roupas elegantes.

Ele sussurra isso no meu ouvido agora, e eu gostaria que ele soubesse que não é disso que preciso neste momento.

Eu o amo. E não quero que ele fique pensando nas coisas que disse que não tiveram resposta, então digo que também o amo.

— Paris é meio que só misto-quente — diz Arizona franzindo o nariz e lançando um olhar ligeiramente fulminante na minha direção. O verdadeiro problema que ela tem com

Paris é que Natasha era a esposa que estava lá com a gente. Ninguém poderia odiar um misto-quente parisiense. Queijo derretido. Presunto salgado. Comprado em algum lugar barato no qual você faz o pedido pela janela com o seu melhor sotaque francês na palavra *fromage*.

Ao longe, vejo Karissa. Seu caminhar de pernas compridas e cabelo ondulado despenteado e singular, quase simétrico, mas não totalmente, o formato inconfundível do seu rosto. O vestido de linho vermelho. O sorriso de quem sabe o que está por vir.

Estendo a mão para Arizona em vez de para Bernardo. Ela estende a mão para mim.

— O que é isto? — pergunta Karissa, sua voz elevando-se um pouco na multidão. Parece um pouco como uma música.

Chega aquela onda de raiva, enjoo e compaixão que sinto por Karissa, e fico imaginando qual é a exata combinação de sentimentos que está passando por Arizona neste momento. Algo muito diferente, com certeza. Outra receita. Foco no meu próprio sentimento nauseante. Não consigo respirar.

— Sei que você adora o parque — diz meu pai para Karissa. — E sei que você ama velas. E o pôr do sol. E sei que eu amo você. — Ele se abaixa e se apoia em um joelho. É sempre o joelho direito e a caixinha é sempre azul. E é sempre a mulher com o vestido decotado, e é sempre o seu melhor terno em uma noite quente.

Meu pai é um homem que fica noivo no verão, de mulheres de quem sinto pena.

— Ai meu Deus — diz Karissa. Elas sempre dizem *Ai meu Deus*. Olho para Arizona e ela está morrendo de ódio. Está com um casaco abotoado que cobre os seios.

O fato de Karissa entrar no papel da madrasta me deixa ainda mais enjoada. Como se ela tivesse passado para o outro lado e já fosse a Sra. Varren. Eu queria que ela desse uma resposta diferente. Queria que ela fizesse tudo diferente.

É engraçado ser capaz de apontar o momento exato que você começa a perder alguém.

— Eu quero dar a você tudo que você ama — declara papai. — A sua vida será repleta de velas no pôr do sol e caminhadas pelo arco do Washington Square Park até a nossa casa e você terá toda a minha devoção. — A luz das velas está atingindo o meu rosto. Não queima nem nada, mas há um calor, uma leve intensidade direcionada ao meu queixo. — Você aceita dividir sua vida comigo? Aceita se casar comigo, Karissa?

O cara é romântico. Não dá para negar.

Estou lutando contra um desejo de gritar. Sentimentos violentos fervem e esfriam. Pequenos impulsos que não se mantêm por muito tempo, mas também não vão embora totalmente. Eu gostaria de poder estar em qualquer lugar, menos aqui. Gostaria de estar no alto da Torre Eiffel. Lá em cima nada parece real nem permanente. Aqui embaixo, no meu parque, tudo é real demais.

— É claro que sim — responde Karissa. Ela puxa meu pai, colocando-o de pé, e as pessoas aplaudem, e papai e Karissa se beijam e, depois, se beijam mais. Eles se agarram. Eles se acariciam. Eles se esfregam um no outro de uma forma totalmente inadequada para o parque.

Arizona parece estar prestes a derrubar a vela das mãos de todo mundo e começar um incêndio. Ela falhou em algo vital. Nós duas falhamos, acho, mas foi a primeira vez que ela realmente fez alguma coisa. Acho que acreditava que poderia evitar que isso acontecesse.

Mas no fim das contas isso sempre esteve completamente fora do nosso controle.

A vela de Roxanne e de outras pessoas se apaga com uma brisa leve. Eu me aconchego em Bernardo. Ele está praticamente me segurando em pé.

— Ela está... — Roxanne não termina a frase. Ela coloca o braço ao redor da minha cintura, o que é estranho com Bernardo me segurando tão perto dele. Ela me puxa mais forte, aperta o meu quadril e ele me puxa com mais força também. Estou esmagada entre os dois.

— É — digo. Apago a minha vela. Estava começando a machucar a minha mão, a cera escorrendo um pouco.

— Tem jantar lá em casa — diz papai, soltando-se do abraço. Ela não para de beijar o pescoço dele, sua orelha. — Um jantar para comemorarmos com todos que amamos.

A maioria das pessoas presentes são colegas, mas alguns ajudaram logo que mamãe foi embora, e acho que nós os amamos de certa forma.

Não vejo ninguém que parece pertencer a Karissa, a não ser a única amiga que a trouxe até aqui, que está o tempo todo conferindo o celular e parecendo estar doida para ir embora. Eu não vejo aqueles amigos maneiros com quem ficávamos no seu apartamento, o que aconteceu apenas algumas semanas antes, mas que poderia muito bem ter acontecido em outro século com pessoas completamente diferentes.

Karissa me abraça antes de qualquer outra pessoa. Ao menos ela ainda tem cheiro de framboesas. Sinto aquela centelha de felicidade por ela novamente, como se o meu coração tivesse um espacinho bem pequeno para sentimentos completamente altruístas. Um espacinho mínimo.

O coração dela está batendo com tanta força e tão alto que fico confusa e acho que é o meu que estou ouvindo e sentindo.

Capítulo Vinte e Seis

Roxanne e Arizona estão sentadas lado a lado no sofá. Eu me sento no chão, apoiada nos cotovelos e com as pernas estendidas diante de mim. Bernardo está de pé. Ele não é do tipo que senta no chão.

— Eles parecem felizes — diz ele. Arizona, Roxanne e eu zombamos em uníssono.

— Essa é a maior quantidade de camarão que já vi em um lugar — comenta Roxanne.

Até agora, em termos de festas pós-pedido, essa foi particularmente lamentável. Com Natasha fomos jantar no alto da Torre Eiffel. Com Janie, jantamos carne com as maiores batatas assadas que se pode imaginar numa parte chique da cidade. Com Tess, papai alugou uma cervejaria alemã, e nós nos empanturramos de salsicha e *pretzels* e Tess nos ensinou músicas em alemão e nós dançamos. Até mesmo Arizona curtiu aquela noite.

A festa de hoje tem música baixa e um bufê péssimo, e estamos escondidos no porão enquanto os adultos ficam lá em cima. Com Arizona, Bernardo e Roxanne eu ao menos sinto que consigo respirar. Isto é. desde que não esteja no mesmo aposento que o anel e confrontada com todos os sentimentos que tenho em relação a ele.

— O que você pegou? — pergunto para Arizona, que está com sua bolsa grande da Trader Joe's, sinal certeiro de que pegou um monte de comida na festa para trazer aqui para baixo. Ela sorri e começa a tirar as coisas da bolsa. Ela enrolou camarões em guardanapos, alguns canapés também, mesmo que não tenham sobrevivido tão bem à viagem. Trouxe caixas de biscoito salgado e um pedaço inteiro de queijo *brie*, roubado debaixo do nariz dos garçons. Tira fatias de presunto de Parma e até mesmo pimentões recheados com queijo de cabra em um Tupperware. A garota é uma estrela da cleptomania em proporções épicas, principalmente quando se trata de comida de bufê.

Ela se tornou uma pessoa tão controlada em todos os outros aspectos que é necessário que tenha algumas esquisitices e secretas. Em uma festa como esta, é necessário que todos nós tenhamos. Caso contrário, a noite seria insuportável.

Estou feliz por ter vestido algo com estampa de zebra.

Dou uma olhada no bar, imaginando se devo tentar preparar os nossos próprios martínis horríveis enquanto os adultos comemoram lá em cima.

— Procurando por isto? — Karissa apareceu nas escadas. Não tinha ouvido a porta lá de cima abrir nem os passos na escada acarpetada, mas Karissa tem todo esse lance de leveza. Ela flutua. Ela traz algumas garrafas de vinho branco, um sorriso travesso e muito blush no rosto, mas seus olhos não trazem aquele brilho típico de quem acabou de ficar noiva.

Todos nos sobressaltamos com a sua presença repentina. A forma exata como sempre fizemos tudo muda, e ocorre uma queda repentina e perceptível na temperatura. As esposas devem estar nos braços do meu pai, mostrando o anel aos amigos dele. As esposas devem enterrar os rostos no ombro dele em uma mistura de felicidade e timidez quando as pessoas os parabenizarem.

Isso é outra coisa. Tudo é outra coisa com Karissa.

— Meu Deus! Que susto — diz Roxanne. — Você não pode aparecer em lugares sem avisar que está chegando. A não ser que seja uma bruxa ou um holograma ou algo assim. Você é uma bruxa ou um holograma? — Ela é como o nosso *id* ou o nosso ego ou seja lá qual dos dois faz todas as coisas que você realmente quer fazer, mas se impede.

— Uma bruxa — responde Arizona por ela, não em voz muito baixa, e acho que ela talvez já tenha tomado um drinque ou dois. Talvez tenha bebido algum quando estava roubando comida. Dou um chute na sua direção.

— Eu sou uma garota que gosta de fugir de festas chatas — diz Karissa. Acho que ela acha que vai ganhar a minha irmã sendo legal. Isso não vai acontecer, mas é legal ela tentar. — Minha irmã mais nova e eu costumávamos ficar do lado de fora sempre que meus pais davam uma festa. Mas eles faziam festas maravilhosas, na verdade. Sabe aquele lance de vinho e picles que eu faço, Mon? — Ela usa o saca-rolha com movimentos experientes e diretos de quem já abriu muitas garrafas de vinho. Ela tem uma técnica.

Faço que sim. Ela não deveria me chamar de Mon. Eu não estou pronta e Arizona definitivamente também não está.

— Vinho e picles? — pergunta Bernardo.

Karissa fica engasgada e toma um grande gole do vinho.

— Ai, meu Deus, sinto muito. Sou tão esquisita. Às vezes, falar sobre eles me deixa um pouco... assim. — Ela enxuga algumas lágrimas bonitas e perfeitas como estrelas.

— Tudo bem — digo, e tento soar robótica para que Arizona não pense que estou do lado de Karissa, mas demonstro compaixão porque Karissa deve estar sofrendo. Nesse momento é impossível ser uma boa pessoa e uma boa irmã ao mesmo tempo, então tento ser uma pessoa mais ou menos boa.

— Eu queria que eles pudessem estar aqui para ver isto — diz ela.

— Claro que sim — digo e realmente estou sendo sincera, porque mesmo que eu odeie o que está acontecendo eu não posso deixar de demonstrar minha empatia.

Roxanne pigarreia. Karissa não está chorando nem nada, mas está mudando a energia do porão, e Roxanne estava totalmente em ritmo de festa. Começo a acariciar as costas de Karissa. Há uma fragilidade nela que eu jamais teria imaginado.

Eu quase desejo que Arizona também seja capaz de sentir. Há um tipo de verdade no modo como os ossos de Karissa se projetam para fora.

— Aposto que subir e comemorar lá em cima com papai ajudaria muito — sugere Arizona.

Roxanne ri, e enrubesço diante da crueldade mal disfarçada. Bernardo não esboça qualquer reação, o que adoro.

Arizona se levanta de modo a ficar cara a cara com Karissa. Já estivemos nessa posição dezenas de vezes, sendo que eu Arizona sempre sobrevivemos às madrastas e elas desapareciam.

Só que...

Karissa é diferente.

Eu me importo se ela está sofrendo e afogando as mágoas com vinho branco no meu porão. Eu me importo que o seu vestido esteja torto e seus olhos estejam loucos. Eu me importo porque nenhum dos seus amigos de vinho e picles está no noivado. Eu me importo que o anel esteja muito frouxo no seu dedo, como se meu pai tivesse confundido o tamanho do anel com outra pessoa.

— Eu gostaria que o seu pai tivesse conhecido a minha família. Ele teria entendido tudo, sabe? Entendido a mim. Teria entendido que tipo de festa fazer para mim. — Karissa pega alguns dos camarões roubados. Mergulha-os no *brie*. Fazendo algo estranho e tornando normal, como sempre.

— Papai só faz esse tipo de festa para essas coisas — diz Arizona. Acho que ela está ficando mais cruel, ou talvez seja porque eu ame mais Karissa do que as outras madrastas. Por eu não ter me colocado solidamente no lado da raiva e do ódio, mesmo que parte de mim devesse estar.

— De qualquer modo, ninguém lá em cima vai notar que fui embora — diz Karissa. Ela não está mais chorando, mas está aérea. Quase como se já tivesse ultrapassado o estado de embriaguez e entrado no nebuloso estado pós embriaguez que você atinge quando fica acordada por muito tempo depois de se embebedar. — O seu pai vai, é claro, mas ele gosta do meu lado misterioso, então, ele vai achar charmoso o fato de eu ter desaparecido. — Karissa mal respira quando entra no ritmo e continua falando. — Eu fui embora da minha própria festa de aniversário logo quando estávamos começando a sair. Ele contou isso para vocês? Eu queria pizza e conheci uma australiana maneira e bêbada quando fui comprar uma fatia. Eu a levei ao Queens. Ela queria conhecer a pior boate da cidade. Achou que Manhattan era muito limpinha. Ela queria uma experiência tipo anos oitenta.

Karissa ri da própria história, mas ainda estou surpresa que meu pai tenha ido à sua festa de 23 anos, cercado de alunos universitários e aspirantes a atriz. Os mesmos amigos com quem eu saí há poucas semanas. O que será que ele usou? Será que comprou calça jeans? Será que à primeira vista acharam que ele era pai dela? Será que viram as semelhanças nos nossos rostos e trejeitos quando me conheceram? Será que jogou Eu Nunca com eles e bebeu vinho e comeu picles e fumou do lado de fora em alguma versão estranha e paralela do que eu fiz?

Karissa mudou o meu pai, pelo menos um pouco. Notei que lá em cima estão servindo cerveja, que sei que ele odeia, e salgadinhos e molho de cebola. Ele odeia cebola. E molho. E a realidade gordurosa dos salgadinhos. Talvez ele ame Karissa.

Não. Nojento demais. Impossível demais. Deixar alguém comer salgadinhos na sua própria festa de noivado não é o mesmo que amar essa pessoa.

— Ele não se importou de você tê-lo largado? — quer saber Bernardo.

É quando me dou conta de que ainda estou fascinada por ela. Eu me sento nas minhas mãos como uma menininha enquanto ela fala. Olho nos seus olhos, que não mudaram nem um pouco e continuam verdes como a grama contornados com delineador roxo.

Só que: ela vai ser a minha madrasta.

E eu sinto, com um tipo horrível de certeza, que não quero uma madrasta que se embebeda com vinho branco e sabe onde ficam os melhores clubes de strip-tease. Não quero uma madrasta que joga mímica vulgar e não consegue parar de chorar por causa da família perdida.

Essa última parte é verdade, mesmo que seja cruel.

— Importar? Não. Ao contrário. Ele me chamou de inspiração. Disse que eu entendo uma coisa... o que foi... uma coisa vital sobre a vida. Ele disse que me amava no dia seguinte. Quer fazer as honras, Bernardo? — pergunta ela, entregando a ele a próxima garrafa de vinho. Ele serve nossos copinhos de plástico que combinariam mais com antisséptico bucal do que com uma festa.

Tenho a sensação de que o vinho é caro. Tem gosto de vinho caro. Lembra grama e limão e é leve como o ar. Acho que eu poderia tomar litros e mais litros sem parar.

Ouvimos risos e brindes e música de elevador vindos lá de cima. Recebo uma mensagem de texto do meu pai perguntando se vi Karissa, mas não respondo. Podemos deixá-la aqui conosco. Talvez possamos salvá-la. Se ela está aqui bebendo e contando histórias longas demais, ainda não se perdeu.

Eles ainda não se casaram.

Sou patética só por ter pensado nisso. Por ter alguma esperança de voltar à normalidade mesmo diante de tudo isso. Por querer que as coisas voltem a ser como antes mesmo quando elas claramente já evoluíram.

— Então. Você está feliz? — pergunta Roxanne quando termina de beber o vinho. Karissa está olhando para o teto, que é incrível e de estanho, totalmente Nova York antiga.

Eu me pergunto se ela está imaginando a sua nova vida nessa casa bonita com detalhes e molduras antigas e utensílios de cozinha de prata e janelas que têm vista para outros prédios de tijolos.

— Exultante — diz ela. Eu acredito que ela acredita nisso pelo menos. — Como Montana. Nós somos duas garotas apaixonadas, sabe?

Os olhos de Bernardo se iluminam.

— Pega leve aí — diz Arizona, me cutucando como se eu fosse fazer uma piada sobre como é ridículo dizer *eu te amo* tão cedo no relacionamento. Meu rosto pega fogo.

— Tipo, eu estou apaixonada — digo. As palavras parecem ter sido ditas embaixo d'água, só que eu não estou submersa. É engraçado quando a frase está em um lugar diferente do corpo, como se eu não fosse igual às coisas que eu digo. São pensamentos profundos assim que tomam a minha mente quando estou bêbada.

— Já chega — diz Arizona, como se o amor fosse uma coisa que ela pudesse impedir. — Já chega — repete ela porque, às vezes, quando você está bêbada, precisa dizer a mesma coisa duas vezes.

Roxanne acende um cigarro, e Karissa faz um gesto com os dedos pedindo um também. Arizona revira os olhos, e eu me pergunto por que ela ainda está aqui embaixo se vai ficar com raiva.

— Um para mim e um para Arizona também — digo. Tudo está meio horrível, mas sobreviver a isso juntas é o que fazemos.

— Eu também — pede Bernardo. Ele está tão quieto que quase me esqueço de que está aqui. Não estou sendo a melhor namorada esta noite. Eu o beijo no rosto e o seguro pela nuca por um instante. Não é o suficiente, mas para ele parece que poderia ser.

— Eu entendo — sussurra ele.

— Amanhã vai ser o dia do Bernardo — sussurro de volta. — Podemos ir ao jogo do Mets. Ou comprar mais cachecóis. Ou ler histórias em quadrinhos.

— Eu não leio histórias em quadrinhos.

— Ah, você parece alguém que talvez leia histórias em quadrinhos — digo. A gente se esquece de continuar sussurrando então todos ouvem. Arizona faz careta.

— Eu estou bem — diz ela. — Eu não quero fumar, nem beber.

— Ah, fala sério, estamos precisando — digo. Eu quero que a gente esteja juntas, não importa o quê. Não importa o quanto isso tudo seja bizarro.

— Eu vou lá para cima — diz ela. — Papai vai querer saber onde está a noiva. Eu não gosto de mentir.

— Desde quando? — pergunta Roxanne, rindo.

— Montana, vamos lá para cima comigo. Para comermos uma fatia de bolo. E fazermos o nosso ritual. — Ela está dizendo isso de propósito para excluir Karissa. Dá para perceber pela forma como ergue as sobrancelhas e o tom um pouco mais alto na palavra *ritual*.

Achei que estivéssemos fazendo um novo ritual aqui embaixo, mas Arizona quer os antigos. E eu a amo um pouco mais por isso. É reconfortante saber que nós duas queremos a ligação de irmãs que tínhamos. Nós duas sentimos falta do jeito como eram as coisas antes deste verão. Antes deste ano.

Tomo mais um gole de vinho. Com quantidade suficiente dentro de mim, Arizona e Karissa podem parecer do jeito que eu as prefiro, do jeito que são no meu mundo ideal. Consigo transformar essa situação em algo gerenciável. Algo ao qual eu consiga sobreviver.

— Chegou a hora — diz Arizona.

— Pode ser mais clara? — pede Bernardo. Ele inclina a cabeça como se isso fosse ajudá-lo a entender o que está acontecendo.

Arizona e eu temos um ritual no qual adivinhamos por quanto tempo papai vai ficar com a namorada ou com a mulher. Cada uma escreve o seu chute — quantos meses — em um pedaço de papel, dobramos as páginas e escondemos debaixo da cama de Arizona em uma caixinha cheia de joias antigas que mamãe deu para ela antes de partir (noventa e cinco meses, embora a gente obviamente não tivesse feito nenhuma adivinhação em relação ao casamento deles). Quem chegasse mais perto ganhava uma joia da caixinha. Eu estou de olho em um cordão de turquesa.

Arizona sempre ganha. Ela escolhe os números mais baixos. Eu sou otimista demais, mesmo quando o cordão de turquesas está em jogo. Não consigo evitar. Eu só ganhei um anel de prata, de design simples, de quando ele começou a namorar e logo terminou com uma mulher chamada Fúcsia. Por algum motivo, Arizona lhe deu três meses. Eu só dei um. Durou três semanas.

Não é o nosso único ritual. Também temos o Armário de Coisas Esquecidas, cheio de coisas que as esposas deixaram para trás no decorrer desses anos. Meu pai nunca consegue jogar fora as lembranças dos seus casamentos fracassados. Também temos uma cerimônia para isso.

— Montana. Vamos lá. Vamos fazer isso do nosso jeito, tudo bem? Do jeito das irmãs Varren. — Seu tom é baixo e doce, tão confortável e gentil que eu poderia dormir só de ouvi-lo. Eu quase dormi.

Quero que sejamos Arizona e eu contra o mundo de novo.

Mas Bernardo está ao meu lado e sua mão faz movimentos circulares no meu pulso, e ele segura um cigarro para eu dar uma tragada, um gesto tão doce e gentil e sexy que perco a cabeça nele. Não é algo confortável, como as coisas que Arizona está descrevendo. É diferente. Irresistível. Bernardo me envolve com os braços e eu me encaixo ali. O celular de Arizona vibra com uma mensagem de texto, e tenho certeza de que é um amigo dela de quem nunca ouvi falar.

— Vamos ficar aqui — digo. — Bebe alguma coisa. Fuma um cigarro. Vamos ficar acordados a noite inteira e ficar bem doidas, tudo bem? Vamos fazer isso. Vamos pintar o seu cabelo de cor-de-rosa também! — Eu pulo dos braços de Bernardo e abraço a minha irmã. Não somos muito de abraços, mas é bom. A gente poderia fazer isso de um jeito completamente novo. Acho que ela talvez até diga sim. Ela suspira e me abraça mais forte. Ela passa a mão pelo meu cabelo e me chama de doida.

— Eu sei que isso tudo é uma bosta, mas a gente ainda pode se divertir — sussurro para Arizona, para que ela saiba que não estou aceitando isso tudo, que não sou louca. — Estamos nisso juntas. Você e eu — digo, palavras que são meio verdadeiras e meio falsas.

— Eu vou pintar de cor-de-rosa também! Solidariedade — interrompe Karissa.

Todos os músculos de Arizona ficam tensos, e ela me solta.

— Ou provavelmente vocês queiram fazer isso sozinhas. O que também é ótimo. Posso ajudar? — pergunta Karissa, tentando enfiar as palavras de volta na boca depois de perceber o próprio erro. É tarde demais. Ela tem 23 anos, vai se casar com o nosso pai, está ansiosa demais e nos assustando.

— Eu não quero ficar aqui — diz Arizona. Ela está sussurrando, e Bernardo está tão ligado na situação que aumenta a música para que possamos ter um instante de privacidade. Roxanne canta a letra que ela não conhece e a melodia que mal consegue acompanhar.

— Você pode ficar com o colar de turquesas — digo, porque o olhar dela diz que ela quer fazer um baú de esperanças para o fracasso. Ela quer desejar o pior para Karissa, e mesmo que eu não queira Karissa com o meu pai, não consigo fazer um ritual que deseje que seu coração seja partido.

— Fique com ele e com o colar de pérolas e as pulseiras de ouro e o medalhão de coração que o papai deu para mamãe. Você pode ficar com tudo. — Tento puxar Arizona para o sofá comigo. — Vamos ficar aqui embaixo. Vamos fazer diferente dessa vez.

Estou sorrindo e as palavras provavelmente estão saindo arrastadas, mas quero que ela concorde em encontrar uma nova forma de ser.

— Você ainda acha que eu fiz algo contra você — diz Arizona. — Eu fui para o Maine. Você está vivendo seu maldito conto de fadas.

Seus passos são altos o suficiente para escutar por cima da música enquanto ela sobe as escadas, e um segundo antes de fechar a porta e sair, vozes adultas e música clássica e cheiro de tortas de cebola vêm até o porão.

Eu quase vou atrás dela. Fico muito perto de ir.

* * *

— Sabe o que é incrível? — diz Karissa bem no finzinho da noite, quando todo mundo já está dormindo e eu em algum estado pós-embriaguez. — Você tem, tipo, uma vida inteira.

— Você não tem uma vida inteira? — pergunto. Ela abre a vodca e coloca uma dose pequena nos nossos copos. Eu não quero. Eu definitivamente vou vomitar tipo em vinte minutos, mas tomo mesmo assim.

Ela faz uma pausa cheia de tristeza, por todas as coisas que ela perdeu.

— Bem, eu tenho agora pelo menos — diz ela por fim, e faz um gesto circular com a mão que não está segurando a vodca. Eu não sei se ela está querendo indicar o porão ou a casa inteira ou eu e meus amigos, ou a ausência do meu pai ou a nuvem de fumaça que não saiu totalmente do porão pelas aberturas das janelas.

25 de junho

Diário da Gratidão

1. Comida roubada.

2. O jeito como Bernardo olha para mim e não para Karissa, mesmo que todas as outras pessoas estejam olhando para ela. Talvez isso seja parte do amor também.

3. Alguém bonito achando que a minha vida é bonita.

Capítulo Vinte e Sete

De manhã, tudo está horrível. Bernardo saiu escondido e deixou um bilhete no meu peito e uma mensagem no meu celular dizendo que tinha que chegar em casa antes que os pais acordassem. Arizona está em pé diante de mim com uma xícara de café e uma careta.

Roxanne e Karissa também se foram. De certa forma, a noite nunca aconteceu.

Exceto pela ressaca.

— Eu dormi aqui — diz Arizona. — Achei que você talvez me quisesse por perto hoje. — Detecto um tom de arrependimento na sua voz e que ela quer que a gente volte a ser a gente.

Mas ela está com essa camisa. Talvez do Armário das Coisas Esquecidas ou talvez ela a tenha comprado junto com suas colegas de quarto ou talvez sempre tenha sido dela, mas nunca tinha servido direito.

É branca com gola V com imitações de brilhantes ao longo do decote e renda nas laterais. Odeio a blusa. Arizona deveria odiar também.

— Eu quero. Mas você não pode mais usar essa blusa — digo, querendo que isso soasse como uma piada. Mas não é uma piada, então não é assim que soa.

— Já entendi. Você odeia o meu corpo. Já entendi perfeitamente, Mon — diz ela.

— Você parece uma das esposas Varren. Você odeia as esposas Varren. Você não quer mais se parecer comigo. Tipo, como é que eu devo interpretar isso?

— Você queria se tornar mais você quando pintou o cabelo dessa cor horrorosa, não é? — começa Arizona. Ela não usa os braços para cobrir o corpo. Decidiu não sentir mais vergonha dele. — Eu queria me tornar mais eu. Eu me sinto bem. Eu me sinto melhor. Você quer usar um critério diferente para mim do que usa para você? Você quer que eu continue a mesma, mas você pode mudar? Eu não faço a menor ideia do que você quer! — A voz dela fica aguda e falha, e nunca a ouvi falar desse jeito.

— Eu quero que uma coisa não mude. Eu quero que exista uma parte das nossas vidas que continue igual, uma da qual eu possa depender. Achei que essa parte fosse você. — Eu me expresso de forma clara quando estou de ressaca. Ou menos incapaz de distorcer a verdade como se faz com embalagens de canudo, elásticos de cabelo ou os cadarços dos moletons com capuz.

Finalmente eu disse uma coisa que soa verdadeira para mim, e talvez Arizona ouça a verdade nas minhas palavras também. Talvez isso conserte alguma coisa.

— Você é igual ao papai de tantas formas — diz ela, e sei que eu fracassei e que a Montana de ressaca é tão irritante para ela quanto a Montana sóbria e a bêbada. — A forma como você ama e a expressão que você faz logo que acorda de manhã e a maneira ridícula como você deseja algo que você sabe que não existe. Mas principalmente pelo modo com que você deseja que a gente seja essa coisinha específica. Você tem essa ideia de quem eu sou e fica com raiva se eu não atinjo o nível que você definiu. Sabe como é? Você percebe isso, não percebe?

Escorrego mais para baixo das cobertas para ficar em um lugar que Arizona não possa ver o meu rosto, apenas o contorno do meu corpo.

— Eu não quero que você ache isso de mim — respondo. Sei que minha voz ficou abafada pelo cobertor, mas ela escuta.

— Você não quer ser o papai — repete ela.

— Eu não sou o papai — retruco. — Eu não quero que *você* pense que sou o papai. E talvez ele seja ele mesmo. Sei lá. — Tem que ser a ressaca que está tornando tudo diferente hoje. A ressaca e ter contado para Arizona que eu amo o Bernardo e assistir ao meu pai pedir a pessoa que eu achava que eu queria ser em casamento. Tudo isso está mudando a forma e a textura do mundo e como eu me sinto.

— Você ainda está bêbada? — pergunta Arizona.

— Sabia que ele nunca menciona o certificado de presente? Acho que foi tudo ideia da Natasha. E ele se esquece de muitas coisas e, tipo, quando ele estava com a Tess e realmente começou a correr e correu uma maratona no ano passado, e eu nunca mais o vi nem caminhar um pouquinho mais rápido depois que ela foi embora. E quando ele estava com aquela garota Fúcsia, ele foi a um lance estranho de igreja onde eles ficam em silêncio o tempo todo, mas agora ele nem sabe quando é o Natal.

— Você ainda está completamente bêbada — diz Arizona.

Ela bate um pouco com o pé no chão e, apesar dos novos seios e do modo como ela me olha como se eu fosse uma grande decepção, ela ainda é um pouco a garotinha que era aos oito anos. Ao menos um pouco.

— Não estou não. Às vezes eu me pergunto se o papai sequer percebe os erros que comete. Se talvez todo esse lance, esse lance que foi a pior coisa que já aconteceu com a gente... Se isso realmente aconteceu do jeito que achamos que aconteceu. Ou, tipo, o que significa se aconteceu, mas ele não sabe que aconteceu? E se ele realmente quer uma mulher legal e uma vida boa e que nós sejamos felizes? E se ele nos ama de verdade? E se ele acha que somos ótimas e está apaixonado de verdade? E se...

— Não. — Arizona não me dá nem tempo de respirar. Ela se aproxima do meu rosto e acho que está roubando todo o ar. Ela tem mais certeza disso do que eu jamais tive em relação a qualquer coisa.

E eu acho que é isso que ela quis dizer sobre esperança e o fato de eu senti-la. Porque esperança é espaço. É ter espaço para algo mesmo quando as coisas estão se amontoando umas nas outras e fica difícil se mover.

Há espaço para o nosso pai ser um pouco diferente do que achávamos. Há espaço para que tenhamos um final diferente, uma situação diferente.

— Eu vou mostrar por que você está errada — diz Arizona. — Mas você não vai querer enxergar. — Eu a sigo como um zumbi até o escritório do papai. — Eles saíram para tomar café da manhã — diz ela como se eu tivesse perguntado onde estão papai e Karissa. — A propósito, ela é linda de manhã. Ela estava usando uma das camisas dele e agindo como se nada estranho tivesse acontecido na noite passada. É melhor você não confiar nela. Pessoas assim não são reais. Isso não é a vida real.

Penso pela milésima vez nos últimos três anos que eu deveria contar para Arizona que ainda me encontro com Natasha. Que ela é real, até onde sei. Que também é da família e que Victória e Verônica existem e são mini-irmãs e que as coisas poderiam ter sido diferentes, que havia espaço para resultados diferentes ali também.

Em vez disso, dou de ombros e observo enquanto ela abre as gavetas da escrivaninha do papai. Ela tira algumas pastas. Estão cheias de fotografias de mulheres. Não do tipo erótico, embora algumas estejam com pouca roupa. São mulheres que ele vai operar ou mulheres sobre as quais seu sócio pediu conselhos. Os corpos e rostos estão cobertos por linhas e marcas e anotações. Linhas pontilhadas sob os olhos. Marcas vermelhas desenhadas sob os seios. Círculos contornando seus defeitos.

Odeio a forma como os defeitos são anotados. Como ele as enxerga como seres que podem ser melhorados, em vez de vê-las como são. Odeio as observações em Post-its com desenhos cirúrgicos que, na verdade, são desenhos de versões melhoradas de mulheres normais. Eu odeio as capas de revistas e o quadro de Renoir com linhas pontilhadas. Mas eu odeio, acima de tudo, as gavetas da escrivaninha dele abarrotadas com arquivos dessas pobres mulheres. Elas são vulneráveis demais.

— Tipo, a gente já viu isso — digo. — Esse é o trabalho dele. Ele faz isso na bancada da cozinha.

É chocante vê-las todas de uma vez só, um bando de mulheres e as ideias dele de como poderiam ser melhoradas. Mas isso não é novidade.

Arizona pega mais algumas pastas, abrindo-as e fechando-as, passando fotografias.

— Eu encontrei outra coisa — diz ela. — Eu não ia contar para você, mas você está agindo de forma louca e descuidada e ingênua pra cacete, e eu ainda acho que a forma de fazer com que você pare com isso é mostrar o que realmente está acontecendo aqui.

A voz dela está alta demais para o aposento pequeno e a dor de cabeça que sinto nesta manhã. Arizona está nervosa e fora de si. Está perturbada.

Ela pega uma brochura de uma academia de Pilates. A academia de Pilates de Tess, onde ela começou a dar aula. Seu rosto está na capa com algumas outras professoras bonitas, magras e de rosto rosado.

Papai também fez desenhos no rosto delas.

Ele já fez muitos procedimentos no rosto e no corpo de Tess na vida real, mas na fotografia ele ainda desenha linhas sob os olhos e o pescoço dela. Aprimorando o próprio trabalho. Sua insatisfação é tão grande e poderosa que juro que está presente no escritório junto com a gente.

Coloco a brochura no bolso. Como prova de como será impossível ser boa o suficiente para ele. Talvez para mostrar para Karissa.

Talvez porque eu queira saber onde Tess está.

Por fim, Arizona encontra o que está procurando. É uma fotografia de nós duas.

Estamos de biquíni. Acho que tínhamos 15 e 17 anos. Estamos com os olhos apertados por estarmos rindo tanto. Há palmeiras no fundo e na parte inferior da foto é possível ver os dedos dos pés com unhas feitas de Tess. Eu estou com quatro trancinhas em uma das laterais da cabeça. Arizona está com o nariz queimado de sol.

É difícil dizer quem é uma e quem é a outra.

Em parte porque há linhas desenhadas em nossos rostos. E nos nossos corpos. Algumas perto dos meus olhos e orelhas. Um ponto de interrogação perto do meu nariz. E um formato completamente novo ao redor do meu queixo. É o formato que meu pai deseja que o meu queixo tivesse. Forte e sólido e proporcional às maçãs do rosto e testa. Um formato ideal. Linhas pontilhadas tornam meus quadris mais estreitos. As partes internas das minhas coxas se tocam, mas há um círculo no exato ponto em que se encontram.

É como um trabalho para a escola, todo marcado com *necessário aprimorar* e *tem potencial*.

Arizona também está marcada. Algumas linhas no seu rosto e marcas vagas nos nossos seios, como se ele tivesse esquecido que éramos suas filhas.

Ele provavelmente esqueceu que éramos suas filhas quando estava desenhando.

Não importa que ele tenha feito isso quando estava no telefone ou distraído. Não importa que se eu mostrar para ele um exemplar da revista *Glamour* com uma modelo toda marcada, ele nem vai se lembrar de ter feito aquilo. Ele ri diante da sua postura médica. "Acho que não consigo me desligar" é o que ele responde.

Isso magoa. Minha ressaca se transforma completamente em outra coisa. Algo que me queima e me afoga. Uma coisa à qual não conseguirei sobreviver.

— Sinto muito — diz Arizona.

Estou angustiada, e ela sabe disso, porque também está.

— É isso que ele vê? — pergunto, mas sei a resposta.

— Elas só pioram as coisas. As mulheres dele. Elas o tornam menos pai. E ela é a pior. Você não vê, mas ele está se esquecendo de nós. Ele não nos vê mais como filhas. Como família. Como importantes. Você acha que entende Karissa e as outras mulheres. Mas está se esquecendo das partes mais importantes.

Eu quero ficar do lado dela e ficar chateada junto com ela. Mas os seios dela nos afastaram demais, e eles são tudo que consigo enxergar.

— Nós estamos nisso juntas — diz Arizona. — Você e eu e mais ninguém. Roxanne pode estar com a gente. Ela pode ajudar ou nos fazer rir ou dar cigarros para você se realmente precisar. Mas pare de tentar trazer outras pessoas. Somos só eu e você.

— Não — digo.

Eu iria embora agora se pudesse. Para ver Bernardo. Para me ver através dos olhos de outra pessoa. Nunca mais falaria com o meu pai de novo. Mas a minha cabeça está doendo demais e estou tonta. Eu provavelmente não conseguiria sair do prédio.

— Você não deveria ter me mostrado isso — digo.

Eu durmo o máximo que consigo nas 24 horas seguintes. Porque durante o sono eu não me lembro da minha imagem marcada a ponto de me tornar irreconhecível, transformada em alguém que meu pai amaria mais.

Capítulo Vinte e Oito

Bernardo traz um *bagel* para mim no dia seguinte.

Levantei cedo e comprei muffins de *blueberry* gigantes de um lugar que os serve com creme de nata. Ele me mostra o *bagel* e eu mostro os bolinhos e nos maravilhamos um com o outro.

Acho que isso também faz parte do amor. Ficar maravilhado com o quanto vocês são incríveis um para o outro.

— Você é um amor — digo.

— Mas você também é — responde ele.

— Então vamos ter que comer isso tudo, não é?

— Não vejo alternativa. — Ele dá uma mordida no *bagel* bem ali na varanda de entrada, depois morde um pedaço do muffin. — Creme de nata. Quem diria?

Estar perto de Bernardo e comer creme de nata faz com que eu me sinta bem, mas nenhuma outra coisa faz. Eu nem consigo me olhar no espelho. Manchas na visão voam sobre a minha imagem, provocando aquela sensação parecida com quando esfregamos os olhos com muita força ou quando tentamos nos adaptar à luz depois de uma noite de escuridão.

— Aquela noite ainda está te fazendo mal? — pergunta ele.

Está, mas não por causa da ressaca.

— Você está pronto para hoje? — pergunto. Não joguei a brochura do Pilates fora nem abandonei a ideia de que ver Tess, de alguma forma, vai me fazer enxergar algo novo. Arizona tem muita certeza de que não estou vendo nada com clareza. Tudo bem. Eu vou olhar com mais atenção. Para o meu pai e Natasha e Tess e Janie. Para minha mãe. Para Karissa. Para mim mesma.

— Pode explicar melhor? — pede Bernardo.

— Será que podemos fazer uma loucura hoje? Está a fim?

— O que seria? — pergunta ele. Não é um sim nem um não, mas algo melhor.

— Eu quero ver a Tess — respondo. — A última madrasta.

Ele observa o meu rosto e, sem perceber, levo a mão ao meu queixo para escondê-lo. É engraçado, como, de repente, fiquei ciente do meu queixo esquisito. Tenho andado por aí com ele a vida inteira, mal prestando atenção. E, agora que vi as fotos do meu pai não consigo pensar em mais nada.

— Você parece triste. Você está triste? Eu nunca vi você triste. Já vi você de mil maneiras, mas não triste. É assim que você fica quando está triste?

Amo que tudo que ele diz seja um poema.

— Estou motivada — respondo.

— E triste.

— É. E triste.

Ele me beija, e eu quase não estou mais triste. Eu quase me sinto bonita de novo. As marcas de caneta permanente nos meus braços, no meu peito e nas minhas coxas, já estão borradas agora. Ainda não se apagaram, mas não são mais reconhecíveis. Parecem mais uma mancha na minha pele e na dele. Sinto falta delas. Tess vai odiar tudo isso. O cabelo e o cachecol e a mancha e a caneta permanente e Bernardo estar lá.

Acho que não estou nem aí.

A última vez que vi Tess ela estava no meio da mudança e papai se esqueceu de me contar. Temos uma regra que diz que ele deve contar para mim e para Arizona quando alguém está se mudando para ou saindo da nossa casa. Isso nos impede de ter que ver e passar pela experiência da mudança. É uma negação estranha e escolhida, como se não estivesse acontecendo se não víssemos acontecer. Se uma madrasta se muda e ninguém vê, será que ela realmente existiu?

Na época, Tess estava usando legging cor-de-rosa, muita maquiagem e estava trêmula e chorosa na nossa escada. Tentei me esgueirar sem que ela me visse, mas ela ouviu quando me virei e ergueu o olhar.

— Você sabia que isso estava para acontecer? — perguntou ela. Parecia jovem naquele momento, por baixo de toda a maquiagem e o Botox e um rio de lágrimas. Parecia uma menininha. Foi assustador.

— Sei lá, não sei — respondi. — Eu nunca vi dar certo, então eu meio que acho que... mais ou menos?

— Eu nunca fiz isso antes — disse Tess. — Noite de filmes, preparar o jantar, me preocupar se você chegaria em casa na hora estabelecida, limpar as pás do ventilador de teto e dizer eu amo você todas as noites antes de ir dormir. Tudo isso é novo para mim.

— É. Mas olha, isso realmente não era novidade para nós — falei.

— Essa é a porra mais horrível que já ouvi na minha vida — retrucou Tess. — Isso deveria fazer você sentir algo. — Ela apontou para a pilha de caixas de mudança, para o caminhão do lado de fora, para os carregadores levando as caixas do apartamento e colocando no caminhão.

— Tipo, é claro que vamos sentir a sua falta — declarei, mas sei que não fui convincente o suficiente. Eu não consegui derramar uma lágrima sequer, nem mesmo fazer a minha voz tremer ou soltar um grande suspiro nem nada.

— Hoje me sinto mal por mim — declarou ela. — Mas em, sei lá, seis meses, eu só vou me sentir mal por você. — Ela levou uma das menores caixas para a calçada e ficou lá, observando a casa e dando goles de um grande suco verde, e nunca mais entrou.

Não tenho roupas de ginástica bonitas, então, levo Bernardo até o Armário das Coisas Esquecidas, no qual tenho certeza de que vou encontrar calças de *stretch* e tops com bojo embutido e qualquer outra coisa de que eu precise para bancar a garota que está indo à aula de Pilates.

O armário está cheio de bolsas, projetos fracassados de cerâmica, joias caras, jeans com rasgos em lugares sexy e livros de poesia que são tristes ou românticos, mas nunca ambos.

Às vezes eu e Arizona jogamos um jogo no qual escolhemos alguma coisa no armário e perguntamos uma para outra se o objeto é do início ou do final. Se é um símbolo que indica paixão arrebatadora ou a espiral da decadência do amor ao desespero. Se é remanescente de antes de se tornarem esposas plásticas ou dos dias animados da transição ou dos finais sempre depressivos nos quais elas percebem o quanto perderam e como aquilo importava pouco.

Jogamos depois que Tess partiu, pelo telefone. Eu mandava para ela fotos dos objetos e desejava que ela estivesse realmente ao meu lado.

Livro de dieta: acho que é de antes, Arizona acha que é de depois.

Pulseira de ouro com pequenos diamantes: nós duas concordamos que é do início.

iPod cheio de músicas de dor de cotovelo: obviamente do final.

Tênis nunca usados: digo que é de depois, Arizona diz que é de antes.

Arizona e eu não contamos para ninguém sobre isso nem sobre a caixa de apostas, pois são coisas que nos tornam pessoas horríveis. São coisas que nos tornam irmãs e nos ajudam a sobreviver.

Ainda assim, conto para Bernardo sobre isso. O que deve ser amor.

— Eu nunca vi nada assim — diz ele, observando enquanto olho o que tem ali e encontro uma faixa de cabeça que decido que era de Natasha.

A faixa é fluorescente, super anos oitenta, em um esforço extremo para parecer chique retrô. Poderia ser do final, mas é espalhafatosa e exuberante demais para alguém que não está nem aí para o que os outros pensam, então poderia ser de antes ou de durante. É difícil decidir.

Aponto para a legging preta brilhosa que vou colocar.

— Depois — digo. Depois para a faixa. — Provavelmente antes.

— Eu quero jogar — diz ele, pegando uma girafa de pelúcia. — O que você acha? Isso é de quando?

— Ah, fala sério — digo. — É óbvio que isso é tipo da primeira semana. Você não compra bichinhos de pelúcia depois das primeiras semanas.

Bernardo concorda com a cabeça como se isso fosse um projeto de pesquisa e não um jogo. Saímos.

No metrô, olho para as minhas mãos pintadas com caneta permanente e começo a pensar que fiz comigo o mesmo que meu pai fez comigo.

— Quando você acha que esses desenhos vão desaparecer completamente? — pergunto para Bernardo. Sorrio ao dizer as palavras para que ele não perceba como estou perturbada com o que fizemos.

— Mais alguns dias — responde ele. — A não ser que a gente faça de novo.

— Não! — exclamo alto demais. Eu quero apagar da minha mente a imagem da fotografia no escritório do meu pai, mas é impossível com todas as marcas de tinta preta no meu corpo.

— Tem certeza de que quer vê-la? — pergunta Bernardo, percebendo que há algo errado, mas sem saber o que e errando na conclusão.

— Eu estou bem. Eu meio que sinto falta da cor da minha pele. Da aparência intocada.

— Bem, nisso a gente concorda — diz Bernardo. Ele beija o meu ombro, depois o meu pescoço, depois o meu rosto, e então estamos nos agarrando no metrô. Homens de terno e mulheres de vestido cinturado e criancinhas com coleiras esquisitas desviam o olhar. Tropeçamos quando o trem para, e nossos corpos se chocam um contra o outro e temos que nos afastar. Tropeço em um cara com um carrinho de supermercado cheio de sacos de lixo azuis e latas. Quando encontro os lábios de Bernardo novamente. Só temos mais uma estação para nos beijar então aproveitamos.

* * *

A academia fica perto do Lincoln Center, e todos que estão ali são parecidos. Parecem-se com Tess.
 Então, lá está ela.
 Está bonita. Tudo bem, ao menos isso. Ela não mudou a não ser pelo fato de o seu cabelo estar ainda mais louro e o corpo estar neste momento contorcido, com as pernas acima da cabeça e os pés paralelos e as mãos agarrando algum dispositivo medieval de tortura.
 Sento-me em um tapetinho como se fosse fazer uma aula, mas não há aula alguma, então ela me vê imediatamente. E todos veem Bernardo. Ele não tira os sapatos, nem o cachecol, nem nada. Ele é completamente ele mesmo.
 — Montana — diz Tess. Sua voz fica rouca no meio da palavra e eu meio que sei imediatamente que a ideia foi péssima. Eu não sou mais uma garota normal para ela. Não sou mais eu. Eu sou o símbolo da pior coisa que já aconteceu com ela. Eu sou a pior.
 — Eu não devia ter vindo — digo. É uma forma estranha de começar uma conversa e nós duas sabemos disso.

— Você vai fazer aula de Pilates? — pergunta ela. Ainda não se passaram nem seis meses, mas eu fico imaginando se ela acertou a previsão, se já se sente mal por mim em vez de por ela. Enrubesço ao pensar nisso. Na última vez que a vi, ela era a humilhada. A que fora deixada para trás. O desastre patético de roupa cor-de-rosa.

Fico imaginando se eu agora sou cor-de-rosa e digna de pena sem saber.

— Ah, não. Eu vim para ver você — respondo. — E eu trouxe meu namorado! — Bernardo parece uma distração tão boa quanto qualquer outra. Está com uma camiseta vermelha e um boné vermelho de beisebol com a palavra *word* bordada. Faço aquele gesto de demonstradora de produtos em direção a ele, como se ele fosse algo a ser admirado e conquistado, o que ele meio que é, na minha opinião. Tess assente e acena para ele, mas não há simpatia no gesto.

A academia tem cheiro de suor e velas excessivamente adocicadas.

— Você pode tomar um chá comigo? — pergunto. Eu me lembro de que Tess gosta de chá.

— Não — responde ela. — Eu estou trabalhando e se você precisa de alguma coisa... Eu provavelmente não sou a pessoa certa. — Ela faz uma pausa para me observar. Observar mesmo. O cabelo, as sombras da caneta permanente e provavelmente a tristeza, e tira algum tipo de conclusão. — Está tudo bem?

— Eu estou ótima. Estou ok. Um pouco perdida — digo. São três respostas diferentes. Eu gostaria de saber a correta. Alguns dos colegas de trabalho de Tess se aproximam um pouco, como se soubessem que ela talvez precise de ajuda.

Fico quase feliz por ela, todas aquelas pessoas preocupadas com ela. Uma pequena família.

É patético que o meu coração se contraia só de pensar nessa palavra. E que eu sinta inveja por ela já ter encontrado isso, sem mim, dessa forma.

— O que eu sou para você agora? — pergunto. — Você sente saudade? Tipo, o que nós somos? Uma para outra? — Tenho dez anos. Oito. Tenho cinco e tenho treze e sou tão pequena. Dói ser assim tão pequena e estar tão exposta.

Tess fecha os olhos. Olha para o teto e respira fundo.

— Vamos fingir que a gente não se conhece — diz ela. Estou preparada para um monte de merda, mas não para isso.

— A gente não se conhece, mesmo. Eu não conheço nenhum de vocês. Nem o maldito idiota do seu pai.

Tess não costumava xingar as pessoas quando morava com a gente, então fico um pouco chocada.

Arizona está certa. Não vejo tudo. Sou muito esperançosa. Eu me importo com as madrastas. Sou tola e burra e estou errada em relação à minha própria vida.

— É melhor eu ir embora — digo.

— Você e a pentelha da sua irmã — continua Tess. Não chega nem a ser uma frase. — Vocês são pessoas horríveis. É isso que você queria ouvir?

É cruel. Os últimos dias foram tão repletos de coisas cruéis que eu meio que sinto que estou aprendendo algo verdadeiro e terrível sobre o mundo. Sobre a humanidade. Alguns dias atrás eu era simplesmente Montana. Agora eu sou uma pessoa horrível e feia e ridícula e uma péssima irmã e uma pentelha. Minha mente não consegue processar tudo rápido o suficiente para compreender essa ideia de quem sou.

— Não fale assim com ela — intervém Bernardo, um novo lado dele emergindo também. A voz dele soa alta demais para a academia. Agora, todos estão prestando atenção e tudo o que quero é ir para a rua onde se pode dizer qualquer coisa sem que ninguém note. Outro dia um cara estava falando no celular sobre armas e facas e todos os amigos que portavam. Eu quero ir para a rua, estar ao lado dessas pessoas e ser uma garota ferrada de cabelo cor-de-rosa, mas de um jeito que ninguém note.

Todo mundo aqui parece alguém com quem meu pai gostaria de se casar ou com quem ele já teria se casado.

— Eu não sei que tipo de perguntas são essas que fiz — digo. — Mas é estranho que você tenha morado na minha casa e, depois, nunca mais vamos nos ver de novo. Vocês todas.

Eu sei que dizer as coisas dessa forma, como se Tess estivesse em uma fila de gente em vez de ser um indivíduo, é meio que eu sendo a pior pessoa. Até Bernardo faz uma careta ao ouvir o que eu disse.

— Eu tentei fazer com que parecêssemos uma família — declara Tess por fim. Ela está olhando só para mim, não para as pessoas que estão nos observando. — Mas, no final das contas, isso não é o mesmo que ser uma família de verdade, sabe?

— Talvez a gente não precisasse que você nos tornasse uma família — respondo. Eu nem acredito no que estou dizendo, mas não suporto vê-la agir como se não fôssemos. Não posso permitir que outra pessoa confirme o meu maior medo aqui dentro dessa academia chique e cheia de gente suada e chata que não come carboidrato.

Além disso, de vez em quando, à noite, meu pai me dá um beijo na testa quando acha que estou dormindo, e isso tem que significar alguma coisa.

Tess solta uma gargalhada alta e explosiva.

— Eu posso sentir pena de você. De todos vocês. Porque vocês são tão péssimos que nem se dão conta das coisas que estão perdendo. Então, sim. Eu estava certa. É você que é digna de pena.

Meu coração está disparado e Bernardo está fervendo.

— Não fale assim com ela— repete ele.

— Você veio aqui — diz ela, como se eu tivesse dito as palavras e não ele. Não sei se ele está piorando ou melhorando as coisas. — Para quê? Para se sentir melhor? Para debochar de mim? Para se sentir superior por saber que as coisas não deram certo? Você e sua irmã, as duas torcendo para o pior acontecer comigo. Duas adolescentes torcendo para que as coisas dessem errado na minha vida. Arizona disse isso um milhão de vezes baixinho. Tinha uma contagem regressiva de quando ele me deixaria. Vocês não se importam com ninguém, a não ser com vocês mesmas. Vocês não se importam com nada.

Seu rosto está retorcido, e os outros professores se aproximam, acariciam o seu braço para acalmá-la como se ela fosse um cachorrinho raivoso, e eu meio que acho que ela é exatamente isso.

Quero cobrir os ouvidos de Bernardo porque Tess disse algumas verdades, e uma parte de mim é uma pessoa terrível que torce para a vida dessas mulheres darem errado. E eu não estou pronta para que Bernardo saiba as coisas ruins ao meu respeito.

Sei que isso provavelmente é amor também. Saber o que torna alguém horrível. Mas depois de ver o que o meu pai odeia em mim, não sei se consigo ver o que Bernardo odeia em mim também.

Eu meio que gostaria de saber o que as pessoas amam em mim.

— Você não conhece a Montana — diz Bernardo. Eu acaricio o braço dele também.

Tenho medo desta versão de Tess. Eu nunca tinha visto as consequências feias dos términos do meu pai, as madrastas depois de serem descartadas. Eu só via a metamorfose de Natasha em borboleta e nada mais. Isso é perigoso.

— Eu a conheço. Eu sei tudo sobre ela. — No fim, papai costumava chamar Tess de estridente, e acho que agora entendo o que ele queria dizer, mesmo que eu odeie dar razão a ele. — Você e sua irmã me tratavam como uma piada.

— Eu gostava das noites de filme — digo. Vou chorar se eu não calar a boca. Talvez fosse isso que eu deveria ter dito para ela na escada naquele dia, talvez isso tivesse significado algo, significado que eu era uma boa pessoa, que ela foi uma parte real da nossa família por um minuto.

— Eu queria tentar entender algo sobre o para sempre e por que não aconteceu para você — digo. Não sei por que vim até aqui.

— É melhor você ir embora — declara um dos gerentes.

— Eu só estou tentando entender — digo.

— Eu não sou algum tipo de projeto. — Tess está gritando agora. Ela começa a empurrar os outros professores e vem para cima de mim. As mãos dela tocam os meus ombros e ela me empurra com força antes de os outros professores a segurarem. Bernardo me puxa para um abraço protetor.

— A gente já está indo. A gente já está indo — digo. As lágrimas estão chegando, mas não as quero aqui. Chegamos ao elevador, antes de elas escorrerem.

— Podemos dar queixa — diz Bernardo. Ele está nervoso, o corpo todo fervendo de raiva.

— A culpa é minha — respondo.

— Ela tocou em você! Ela machucou você! Ela é louca! — Ele dá um soco na própria coxa.

Não consigo parar de chorar. Não sinto um pingo de raiva. Ela está certa. E Bernardo não consegue enxergar isso. O que significa que ou ele me ama de verdade, porque só enxerga meu lado bom, ou que não me ama nem um pouco, porque não enxerga quem sou de verdade.

— Nós torcemos contra elas. Arizona e eu. Como se fosse um jogo. Nós torcemos contra todas elas. Nós somos as piores pessoas — digo.

Bernardo acaricia as minhas costas e fica repetindo que eu sou a melhor, mas ele diz tantas vezes que perde o significado.

30 de junho
Diário de Gratidão

1. Minha nova tartaruga de estimação, Floyd, um presente de Bernardo. Ele diz que Floyd vai viver mais que o meu camaleão. Tartarugas são robustas e não mudam. Bernardo me entende.

2. As mensagens de texto de Arizona apenas com *emojis* que são metade um pedido de desculpa e metade polvos e gatinhos com corações no lugar dos olhos.

3. Filmes ao ar livre com Roxanne no parque. Um pequeno alívio nas noites de verão depois dos dias quentes.

Capítulo Vinte e Nove

Acordo alguns dias depois com o som de Karissa mexendo nas coisas no meu quarto.

Dormi com a roupa que usei para sair com Bernardo na noite anterior. Eu o levei ao Reggio para explicar porque continuo amando o meu pai. Ainda estou com cheiro de café expresso e manteiga e torrada e cera de vela. Não estou pronta para Karissa. Não tão cedo assim. Ela está com calça de pijama de listras azuis, top de renda branco e um suéter grande demais, completamente inadequado para uma manhã de verão a não ser pelo fato de o ar-condicionado estar tão forte que lhe dá quase permissão para tal.

— Bom dia! — exclama ela ao primeiro sinal de que estou acordada.

— Você está no meu quarto — digo.

Quero ficar na boa quanto a isso, mas está cedo demais para ser legal. Não consigo sentir nada a não ser uma sensação de confusão e exposição e profunda estranheza. A coisa que mudou na semana passada, quando Karissa disse sim e passou a usar um anel brilhante no seu dedo, não "desaconteceu" só porque enchemos a cara logo em seguida. A mudança é real e não tenho certeza de que possa voltar atrás. Depois de um terremoto, a terra volta para o seu estado original ou as coisas ficam um pouco desalinhadas? Será que as rachaduras ficam maiores?

Devem ficar.

— Preciso de um sutiã tomara-que-caia — diz Karissa, sem hesitar nem um pouco na palavra *sutiã*. Faço um som de tosse matinal mal-humorada.

— Está cedo — respondo, como se essa fosse a verdadeira questão aqui. Quero estar tendo um sonho vago sobre como será transar com Bernardo. Não quero ficar olhando enquanto ela passa como um furacão pelo meu quarto.

Não a quero em qualquer lugar próximo ao meu quarto. Não quero a vida na qual ela tem acesso ao meu quarto.

— Na verdade, já é tarde. Eu esperei. Mas aí pensei, qual o problema, né? Você teve irmã a vida inteira, então, não tem nada demais, certo? — Karissa está mexendo na minha gaveta de meias. Eu não faço ideia se ela já achou a minha gaveta de roupas íntimas a essa altura ou não.

— Não. Isso não está certo. Não está tudo bem! — Sacudo a cabeça para acordar e ajeito o top e o jeans da noite passada. Sinto-me pálida e ressecada. O ar-condicionado faz os meus olhos arderem logo que acordo, um sopro de ar frio depois de uma noite de sonhos quentes.

Karissa para de pegar as minhas meias da gaveta de cima. Há uma pilha de meias brancas esportivas aos seus pés. Camisetas estão espalhadas pelo chão. Meu armário está aberto e tudo está bagunçado e no lugar errado.

A Karissa que eu amava e talvez ainda ame está ali, mas há outra pessoa ali. Como se houvesse mais alguém no quarto com a gente. A velha Karissa e a Karissa madrasta. Eu não gosto da Karissa madrasta.

Há uma expressão passando pelo seu rosto que eu nunca tinha visto fora da aula de teatro. Uma expressão de mágoa, dor e confusão. Eu não estou seguindo o seu roteiro. Se fosse tarde e não manhã, eu seria condescendente à expressão. Mas estou com dor de cabeça e sinto um gosto seco e salgado na boca por ter comido salgadinhos na cama depois que voltei do Reggio, e não ver Arizona no *café* fez com que eu sentisse ainda mais saudade da minha irmã.

— Minha irmã e eu dividíamos o armário — conta Karissa. Acho que estou simplesmente cansada. Mas talvez eu também esteja um pouco cansada dessa história, o que é horrível da minha parte.

— Às vezes eu nem conseguia me lembrar o que era de quem — continua ela. — Tipo, se eu tinha comprado determinada blusa ou se tinha sido ela. Essa proximidade... É linda, não é? — Ela está ficando engasgada, como sempre fica quando se lembra da família, mas é cedo demais para tristeza e não sei o que fazer.

A tristeza está se tornando um pouco amarga. Ou possivelmente eu seja exatamente como o meu pai — penso que algo é bonito até que eu olhe bem de perto, então, percebo tudo que quero mudar.

— Superfofo — digo de forma cuidadosa, mas não convincente o suficiente. — Mas eu realmente não faço isso. — E eu também quero acrescentar *e você não é minha irmã*. Mas não falo. Arizona falaria.

É estranho começar a se sentir cansada da tristeza de alguém, mas acontece. Ou talvez não aconteça com todo mundo, mas acontece comigo. Talvez isso seja a prova de que realmente sou a pessoa horrível que Tess me acusou de ser. Eu sequer consigo ser compreensiva de manhã por alguém cuja família inteira morreu de uma vez.

— Mas olha só o que eu encontrei! — exclama Karissa, voltando para o meu armário e pegando um vestido que comprei de segunda mão com Arizona no verão passado, quando ela me arrastou até uma loja com roupas femininas demais. O vestido é amarelo claro com mangas brancas e uma fita azul na cintura. É bonito e não tem absolutamente nada a ver comigo. Estou planejando usá-lo para sair com Bernardo, desde que ele prometeu que passaríamos o verão comendo em restaurantes que tenham mesas na calçada, e esse é exatamente o tipo de vestido que uma garota usa para comer no calor. Já tenho o plano completo de usar o cabelo em cachos presos apenas com um arco e agir de forma doce durante uma tarde. Pedir *éclairs*. Tomar chá com o mindinho levantado.

— Isso é meu — digo. Eu me levanto da cama totalmente, já que está nítido que ela não vai parar. Tento sentir um pouco de compaixão por ela novamente, como eu sentia há algumas semanas. — Tipo, eu acho que eu poderia emprestá-lo para você um dia se quiser — tento, mas a frase sai cheia de raiva, e, de qualquer forma, Karissa não está prestando atenção. Eu sou como um objeto nessa conversa. Um abajur ou talvez algo realmente inútil, como um pufe.

— Bem, você tem que usar esse vestido. Vamos fazer um piquenique. Este é um vestido de piquenique, se é que algum dia eu já vi um. — Até mesmo a voz de Karissa está irritante nesta manhã. Tenho a sensação de que é um pedido de desculpas, mas não é o suficiente. Não podemos fazer um piquenique quando ela vai se casar com o meu pai.

Eu quero vê-la com um cigarro na varanda de entrada ou uma cerveja no porão ou sentada de pernas cruzadas na bancada da cozinha segurando picles, ou no banco alto do Dirty Versailles com estranhos olhando para ela.

Eu não gosto dessa nova parte dela.

Seus olhos dizem que *nada precisa mudar*, mas isso não é verdade, e pelo menos eu consigo enxergar isso.

— Tenho planos para ele — digo.

— Com o namorado? Podemos ir todos. Liga para ele. Eu vou comprar baguetes e queijo e salame ou algo assim. Vai ser algo bem francês. Bem romântico. Eu tenho um vestido que fiz alguns verões atrás quando eu estava na onda de corte de costura. É perfeito. Nós seremos perfeitas. — Karissa ergue o vestido na frente do meu corpo e seu rosto fica próximo demais do meu. — Você já fez um piquenique antes? Quando eu era pequena minha mãe me levava junto com as bonecas. Só íamos para o quintal atrás da casa, mas era a minha brincadeira favorita. Vamos fazer isso?

— Você está bem? — pergunto, tentando não rotular o comportamento dela como algo específico. — Tipo assim, é outro aniversário de alguém ou de algum evento ou coisa assim?

Eu quero nomear a tristeza dela. Talvez isso faça com que aquilo pareça mais controlado e menos selvagem. Eu quero que aquilo não seja sobre nós nem sobre o nosso relacionamento e nem sobre como consertar as coisas.

Karissa nega com a cabeça.

— Eu só quero passar mais tempo com você. Eu quero que seja um dia Karissa e Montana. Isso é sobre nós.

É exatamente o que eu não queria que ela dissesse. Naquela noite no Dirty Versailles há algumas semanas, eu nunca teria adivinhado que teríamos chegado a esse ponto tão rápido. Ela dizendo as coisas erradas e me deixando com dor de cabeça. Eu me pergunto por quanto tempo devo sorrir para ela. Quando seria adequado gritar.

— Você não tem nenhuma audição nem nada? — Olho para o celular. Bernardo já enviou algumas mensagens, Roxanne enviou um link para alguma coisa e quero o meu quarto só para mim a tal ponto que sinto a pele pinicar.

— Nada de audição hoje — reponde ela. — Mas logo eu vou ter. Tenho um plano. E se saíssemos para comprar um vestido? — Ela está tão animada que fico imaginando se ela tomou alguma droga. Parece que está prestes a abrir os braços e começar a rodar e rodar até cair de tão tonta, do jeito que crianças pequenas fazem às vezes.

— Tipo... vestidos de verão? — pergunto.

— Eu estava pensando em vestidos de casamento. Eu meio que quero começar a dar uma olhada. Ver o que tem por aí. Tipo é isso que a gente faz quando fica noiva, certo?

Claramente sou perita no assunto.

— Acho que sim. Mas talvez você queira ir com outra pessoa? — Só quando vejo a expressão em seu rosto é que percebo que disse a coisa errada. Eu me esqueci por um instante que a família dela tinha morrido. E que tínhamos assumido o status de melhores amigas quando estávamos bêbadas e que, de alguma forma, eu sou a pessoa com quem ela tem que fazer isso.

— Eu estou noiva — diz ela com expressão triste. — Eu quero fazer as coisas que as outras pessoas fazem.

Penso em quantas vezes eu disse e pensei exatamente nesta última frase.

Ela não deu nenhuma indicação de que sairia do meu quarto, então fico imaginando se ela espera que eu troque de roupa na frente dela. Cruzo os braços, desejando que eles fossem grandes o bastante para esconder todo o meu corpo. Estou com marcas de suor na blusa e vejo o replay do meu corpo de biquíni, as linhas traçadas realçando todas as partes feias. Eu não quero ser vista.

— Podemos sair para comer croissants? Eu encontro você no Pain Quotidien, tipo, em quinze minutos? — sugiro, desesperada para mudar de assunto. Croissants de chocolate devem ter força o bastante para deter qualquer coisa. Mas não o suficiente para detê-la.

— Acho que você poderia ser minha dama de honra. Sei que talvez seja estranho, com Arizona e tudo mais, e é claro que ela vai participar também. Mas o que você acha? — Karissa sorri. Está corada e com os olhos arregalados. Ainda não soltou o meu vestido amarelo. Usa a mão livre para segurar a minha.

— Eu lembro muito da minha irmã quando olho para você. E eu realmente fui sincera lá no Dirty Versailles, sabe? Quero que você saiba que eu não estava bêbada. Eu realmente sinto uma ligação com você. Aquilo foi de verdade.

Não gosto do tom desesperado da voz ela e do jeito que ela fica andando de um lado para o outro no meu quarto. Dando passinhos para todos os lados.

— Uau — digo. Estou enjoada e com calor. Meu coração está batendo fora de ritmo, o que significa que isso é errado, estranho e assustador. Decido vestir uma camiseta por cima do meu top e só trocar de roupa mais tarde. Passo uma escova no cabelo, o prendo em um rabo de cavalo e verifico mais algumas mensagens. Se eu soubesse como sair deste momento e seguir para outro, é o que eu faria, mas meu celular não parece ter um aplicativo para isso.

— Isso é um sim, certo? — insiste ela. — Estou pensando em vermelho para você. Porque, tipo assim, ninguém merece tons pastéis, né? Eu não sou uma noiva nude. Sua irmã vai ser uma noiva assim. Você definitivamente vai usar um cor-de-rosa claro ou qualquer cor assim quando for a dama de honra dela. Então, vamos vesti-la de vermelho no meu.

SOCORRO, digito para Bernardo. *Ataque de madrasta louca.*

Tess?????, responde ele em um tipo de pânico por texto. Está cedo demais para tantos pontos de interrogação.

Karissa, respondo. Eu deveria enviar uma mensagem para Roxanne vir passar o dia com a gente. Ela poderia pelo menos criar alguma distância. Fazer um pequeno furinho por onde eu possa respirar.

Estou sufocando, digito para ela. Eu meio que sei que ela não vai responder. Está recebendo alguns amigos da Bard que vieram visitá-la e estão em algum tipo de festa da maconha para a qual Arizona e eu não fomos convidadas, já que não fumamos maconha.

Ela pareceu bem na semana passada, digita Bernardo. Acho que ele quis dizer que estávamos todos bêbados demais para nos importarmos por ela ser instável. Ou talvez Karissa seja bonita demais para um cara se importar com isso.

Acho que vou passar o dia com ela.

Boa sorte, escreve ele.

Tento pensar no Dirty Versailles e na aula de teatro e no apartamento legal de Karissa e no jeito como ela fuma cigarros e abre as garrafas de vinho e como ela é talentosa e excitante. Tento me concentrar nessa parte dela, na parte que eu queria ter.

— Foi por sua causa que conheci o seu pai, não é? Você merece ter destaque durante o casamento.

Karissa sobe na minha cama agora que me levantei. Eu nunca subiria na cama desarrumada de alguém e meio que faço uma careta por ela. Com certeza está com cheiro de sono, salgadinhos e cigarros.

A sensação é como as garras afiadas de um gato passando por todo o meu corpo, e junto a isso vem a percepção de que em qualquer outra versão da situação, eu estaria maravilhada. Se Karissa estivesse se casando com Will da aula de teatro ou com o *bartender* do Dirty Versailles ou com o ex-namorado que havia começado a trocar mensagens com sua antiga colega de quarto, eu estaria pronta. Estaria tonta de felicidade por ser sua dama de honra. Estaria espalhando a novidade para todo mundo.

É um inferno desejar uma versão um pouco diferente de uma situação na qual você se encontra. Ou ter o que deseja de um jeito errado.

— Eu prefiro ser só convidada — digo. É a forma mais educada que consigo dizer.

Karissa fica me olhando. Está com uma expressão parecida de quando representou Laura em uma cena da peça *Algemas de cristal*. Um tipo perturbador de inocente.

— Você não quer ser minha dama de honra — declara ela. É nesse momento que ela deixa o meu vestido cair no chão. Ela se ajoelha na minha cama, empurrando ainda mais as minhas cobertas, e tenta olhar para o meu celular. — Pra quem você está enviando mensagens? Pra todo mundo? Seus amigos? Sua mãe? Arizona? Você não acha que ela já me odeia o suficiente?

— Não, ai, meu Deus, não — digo. — Não é sobre você. Eu juro. Estou dando bom dia para Roxanne. Estou fazendo planos com Bernardo. Estamos pensando em ir comer queijo quente em algum lugar onde sirvam um queijo quente muito bom. Porque existem todos esses lugares especializados em pratos clássicos, e a gente jurou experimentar todos. — Minha voz transborda de pânico, tenho certeza, e desligo o celular para que ela não veja a série de pedidos de socorro que eu mandei basicamente para todo mundo.

— Parece divertido — responde ela, ainda me olhando de lado e com a sobrancelha franzida. — Eu sei que a gente precisa trabalhar muito. No nosso relacionamento. Mas eu quero fazer isso. Eu não quero que as coisas mudem.

Então, você não deveria ter mudado tudo, penso.

Não quero conversar sobre nós ou o nosso relacionamento ou o que somos uma para outra, porque quanto mais falamos sobre o fato de ela se casar com o meu pai, mas real isso se torna. Então, consigo sorrir e imitar uma pessoa cuja vida não está indo pelos ares graças a um lindo desastre.

— Sinto muito. Eu não sou muito bem-humorada de manhã. Mas tudo bem. A gente pode passar um tempo juntas — digo em frases lentas e pensadas. Karissa me deixa um pouco sem fôlego.

Talvez ela seja assim com todo mundo.

— Então, a gente vai dar uma olhada nos vestidos? Hoje?

— O casamento não vai ser só no próximo verão? — pergunto.

— Sim, claro, mas isso não significa que não podemos comprar agora! — Ela está transbordando de energia. Eu nunca vou conseguir acompanhá-la.

— Que tal se eu ajudá-la com o seu monólogo? — sugiro.

— Você não está ensaiando um novo monólogo para as suas audições?

Quero vê-la se aquecer para representar — moinhos de vento com os braços, sons de sopro pela boca, seguidos por uma intensa sessão de rolamento pelo chão. Não existe nada como Karissa rolando pelo chão. Ela faz com a naturalidade de um filhotinho de cachorro e surge de pé, coberta de poeira e com um ar vitorioso. Seu cabelo vira uma bagunça, o que a torna ainda mais bonita e, uma vez de pé, sua postura fica ereta de uma forma matematicamente perfeita.

Eu conseguiria suportar uma tarde com a Karissa que ela costumava ser.

— Estou suspendendo as audições por algumas semanas — revela ela. — Não estou pronta para isso nesse momento. Mas logo.

— Ah.

— O seu pai está me ajudando — conta ela. Faço que sim, mas não sei que tipo de ajuda meu pai poderia dar. — Ele acha que eu poderia conseguir ir para Los Angeles. Ou até mesmo Londres. Existem muitos teatros em Londres. Estamos pensando em comprar um apartamento lá.

Quero voltar para cama e ficar lá pelo resto da vida. Mas uma pequena parte de mim fica imaginando se meu pai vai mudar junto com Karissa. Se vai mudar por ela. Não acho que ele já tenha pensando em se mudar ou apoiar alguém ou se aventurar com suas esposas e namoradas. É um pouco bonito mesmo que da pior forma possível.

— Papai ama Nova York. — É tudo que consigo dizer.

— Bem, é claro que sim. Mas e se ele conseguir amar outras coisas também? — Karissa dá de ombros como se não tivesse feito a mais importante pergunta do mundo ou, pelo menos, a minha maior pergunta. Quais são as coisas que deveríamos mais amar na vida? E o que acontece quando queremos amar outras coisas também?

Capítulo Trinta

Karissa e eu vamos a uma rua no East Village que é cheia de lojas de noivas.

— É como um conto de fadas, né? — pergunta ela.

Ela sabe que não quero responder, mas continua perguntando mesmo assim. Como se, repetindo isso vezes o bastante, eu fosse ceder. Isso me faz pensar que ela não precisa realmente da minha aprovação. Concordar brevemente já basta.

— Eu tenho um segredo — diz ela. — Eu já marquei hora em um lugar. — Ela ri e me cutuca com o cotovelo como se tudo não passasse de uma grande brincadeira.

Acho que o gesto não é nada fofo e nem um pouco legal, mas meio que virei refém da sua energia e da sua família morta e da promessa de que mais ou menos a cada uma hora, tenho um instante com a pessoa que ela costumava ser. Além da tatuagem que ela tem do próprio olho nas costas, das suas sandálias de miçanga espalhafatosas e do fato de que ela conhece alguns lugares maravilhosos para comprarmos sanduíches de ovo e tomarmos café, o que fizemos antes de seguirmos para as lojas de casamento.

Karissa experimenta oito vestidos em uma hora.

— Você deve estar muito feliz por sua irmã — dizem os atendentes, um após o outro. Não digo que ela não é minha irmã.

— Experimenta um também! — exclama Karissa, girando em um modelo de saia rodada e decote profundo.

— Só vim pra dar apoio moral — respondo. Tento imitar uma pessoa em um filme. Brinco com a cauda do vestido, erguendo-a e soltando-a. Alisando-a com a palma da mão.

— Não. Não é assim que se faz. Alguém pode pegar um vestido caríssimo e lindo de morrer para ela? — pede Karissa.

Ela volta para o provador, e tento fazer um sinal para as atendentes dizendo que tenho 17 anos e que não estou disponível para um vestido de noiva, mas elas não me ouvem, e o vestido que colocam nos meus braços é espetacular.

— Uau — digo. — Têm certeza de que posso provar? — As atendentes fazem que sim e sorriem, mas tenho certeza de que é meio forçado. Elas realmente não querem que eu experimente os vestidos. Minhas axilas estão com cheiro de desodorante masculino porque eu comprei o tipo errado, e o resto do corpo cheira a cigarro porque fumamos na caminhada para cá.

— Ai, meu Deus, você encontrou o vestido? Quero ver! — exclama Karissa. Ela sai de calcinha e sutiã. Acho que as atendentes querem empurrá-la de volta para o provador, mas também se encantam com alguma coisa em relação a ela. Algo que eu costumava chamar de magnetismo, mas agora estou buscando outra palavra.

Perigo.

— Roupas! — digo. Eu não quero vê-la de roupas íntimas. Mas especialmente não quero que o East Village a veja seminua.

Antes que eu tenha a chance de protestar, Karissa agarra as minhas mãos e me arrasta para o provador. Está lotado e cheio de tecidos elegantes e brancos. Karissa está tão próxima que quase estamos nos tocando, e não há para onde olhar, a não ser para o corpo dela ou para o vestido.

— Tudo bem, tudo bem, saia e eu experimento — digo. Dou um passinho para trás para conseguir um pouco mais de espaço, mas não há nenhum, então esbarro em vestidos pendurados, tule e seda e cetim e renda me envolvendo por todos os lados. É como estar no meio de uma nuvem. Bem fofinha. Tipo *cumulus* ou sei lá.

Ela se espreme em um vestido curto e justo, o tipo que uma modelo da Playboy usaria no próprio casamento. Não faço nenhum gesto para tirar as minhas roupas e experimentar o meu vestido. Karissa faz que sim, entendendo. Ela não se olha no espelho antes de sair da cabine, o que eu meio que amo.

Ela puxa as cortinas atrás de si de forma que eu possa trocar de roupa sozinha. O provador não parece menos cheio por causa disso. Na verdade, parece que os vestidos cresceram, se expandiram. Estou envolvida em tule. Não é fácil entrar no vestido. Existem tantas camadas de tecido que não sei bem onde devo enviar os braços nem as pernas e ele cai onde os meus seios deveriam estar e aperta muito no quadril. Tenho medo de que o bordado vá arrebentar com a pressão das minhas medidas erradas, mas saio do provador para que Karissa possa me ver e ter seu momento perfeito com a melhor amiga na compra do vestido de noiva.

Ela está segurando o celular apontado diretamente para mim, tirando fotos no instante que puxo a cortina.

— Olhe para você! — exclama ela, virando a tela para mim para que eu me veja. Pareço chocada e pálida. As manchas de caneta permanente fazem os meus braços parecerem sujos. As raízes de louro sujo estão ainda mais óbvias sob a iluminação horrível. O tom de cor-de-rosa do meu cabelo está ainda mais triste e desbotado contra a brancura do vestido. Mas há algo de bonito no contraste entre meu corpo e o movimento do vestido.

Talvez não bonito, mas interessante.

Karissa envolve a minha cintura com os braços e vira o celular para tirar uma selfie nossa. As atendentes correm para ajudar, e acabamos tendo uma sessão de fotos improvisada. É estranho no início. O vestido me pinica e fica escorregando na parte de cima todas as vezes que Karissa move o meu corpo. Mas com as atendentes nos estimulando e dizendo como estamos bonitas e a energia frenética de Karissa pulsando contra o meu corpo, é difícil não me envolver na diversão.

Experimentamos mais alguns vestidos, até que cada uma de nós acaba com coisas de princesa. Saias rodadas. Corpetes que se ajustam ao corpo e brilham, fitas cruzadas nas costas. Karissa se posiciona atrás de mim e prende o meu cabelo no alto da minha cabeça, então, eu vejo como eu seria se fosse uma pessoa completamente diferente.

— Maravilhosa — elogia ela.

— Você também — digo, e é verdade. Nós duas parecemos um tipo incrível de noiva princesa.

— É exatamente assim que sempre imaginei que este momento seria — sussurra Karissa, parecendo sincera. — Vamos levá-los.

— Você vai comprar o vestido? — pergunto. Uso um tom agudo para soar animada, e fico imaginando como estou me saindo em toda essa situação de dama de honra.

— A gente vai levar os dois vestidos.

— Isso não faz o menor sentido. Eu não vou me casar.

— Ah, um dia vai! Ou só para fingir! Ou para o seu baile de formatura ou uma festa chique ou um baile ou para ir para um jogo de futebol. Por que não? — diz ela, e dá aquela risada livre e contagiante seguida pelo ronco patenteado e inesperado, e eu não quero ser a garota que diz não, então não digo nada.

Karissa está com o cartão de crédito do meu pai, totalmente obcecada e emanando esse tipo de estímulo forte, poderoso e planetário.

Além disso, fiquei com uma aparência bonita e estranha e sonhadora, e é isso que meu pai ganha por se casar com uma garota de 23 anos.

Capítulo Trinta e Um

No dia seguinte, vou ao parque no nosso horário de sempre, sem querer encontrar Arizona nem Roxanne lá. É uma ideia surpreendentemente confortável estar sozinha no parque de novo como estive durante o ano inteiro. Estou acostumada à solidão e o fato de elas estarem na cidade por dois meses não muda isso.

De certa forma elas mal estão presentes. Ao menos não presentes para mim. Tenho certeza de que elas se encontraram algumas vezes sem mim neste verão. Notei o bronzeado das duas um dia. E uma conversa sobre um restaurante tailandês, Republic, ao qual costumávamos ir juntas, mas elas claramente foram sozinhas. As sobras estavam na geladeira de Arizona.

Mas aqui estão elas com grandes cafés gelados e sorrisos.

— Vamos ter um dia normal — diz Roxanne. — Tipo, um bom dia. A gente consegue isso, não é? — Ela alterna o olhar entre mim e Arizona e fico imaginando como seria ser ela, sempre presa no meio das coisas que acontecem entre nós e à nossa volta.

— Seria ótimo ter um dia normal — digo. Arizona me entrega um copo de café quente para viagem. Ela sabe que mesmo no calor mais extremo continuo preferindo a bebida quente.

O café está bom. E estar no parque com Arizona e Roxanne também é bom. Calmo. O olho de um furação. O furacão Karissa. O furacão de se apaixonar.

Roxanne começou a usar chapéus de verão. Arizona começou a usar óculos de sol enormes. Eu estou de short jeans e chinelo de dedo, exatamente como no verão passado, porque sou a única de nós três que sei que, qualquer coisa que a pessoa use em um verão vai parecer idiota no próximo, então, é melhor optar por conforto.

— Sinto muito. Precisamos conversar sobre esse short jeans. Ele é absolutamente nojento — diz Roxanne na sua voz alta demais. Eu o puxo um pouco para cima como se isso fosse ajudar de alguma forma. — Tipo, tem fiapos pendurados nele. Fiapos compridos. Sou obrigada a dizer, fiapos como os de um absorvente íntimo.

— Não diga absorvente íntimo em público — pede Arizona.

— *Você* acabou de dizer — argumento. Roxanne ri, e Arizona suspira e toma um longo gole de café que a faz reclamar de sensibilidade no dente. Estou muito feliz por não ser Arizona.

— E sexo? Podemos falar sobre sexo? — pergunta Roxanne. Ela está com um sorriso no rosto e eu finalmente noto um chupão no seu pescoço e manchas de rímel no canto dos olhos.

— Não — diz Arizona. — Pare de tentar me provocar. Já entendi. Vocês são provocantes e eu sou uma puritana.

Ela fica de costas para nós, e começa a interagir com umas senhoras de pernas cruzadas. Ficam olhando as unhas umas das outras.

— Eu dormi com um cara ontem à noite. Conheci em uma festa. Faz faculdade na Cornell — conta Roxanne. Eu não fui convidada para a festa. Olho para Arizona para ver se ela estava lá, mas ela parece chocada, então não deve ter ido.

— Festa de quem? — quer saber ela.

— Do amigo de um amigo em Chelsea — fala Roxanne.

— Eu teria ido — diz Arizona.

— Eu também! — exclamo.

— Você estava com a sua colega de quarto, e ela fica toda estranha e possessiva — diz ela para Arizona. — E Mon, aposto qualquer coisa que você estava com o seu carinha. Então.

— Bernardo — digo, uma vez que elas nunca falam o nome dele. — Sinto muito por estar apaixonada e fazendo todo esse lance.

Na verdade, eu não sinto muito, mas parece que há um espaço vazio no qual o meu pedido de desculpas deveria estar, então eu aceito preenchê-lo.

— Não se desculpe por estar apaixonada — diz Roxanne.

— A gente precisa ficar dizendo que eles estão apaixonados? — pergunta Arizona.

— Eu amo o Bernardo.

— Você o conheceu, tipo, ontem. Você sabe como são essas coisas. Fala sério — diz Arizona.

— Por favor, pare de odiar a única coisa da qual eu realmente gosto — peço.

E em um estalar de dedos, sinto tanta saudade de Bernardo quanto senti de Arizona e Roxanne durante o ano inteiro. Sinto saudade mesmo que a gente tenha se visto ontem à noite, como elas presumiram. Sinto saudade mesmo que Arizona ache que eu mal o conheço.

Arizona empurra os óculos e fica observando um violinista juntar as moedas e fechar a caixa do instrumento. Assim que o violinista se afasta, uma estátua humana assume o seu lugar. A pessoa se fantasiou de Estátua da Liberdade e fica tão imóvel que chega a assustar.

Crianças pequenas jogam coisas na estátua, tentando fazer com que se mexa. Não se mexe. Continua firme e imóvel. Ela é meio incrível. Seus olhos não piscam enquanto amêndoas e gotas d'água atingem seu rosto pintado.

— O parque não parece mais o mesmo hoje — declara Arizona. — Talvez Nova York esteja acabada para mim.

A intenção dela é que essa fosse a coisa mais cruel que poderia dizer.

— Você precisa de um dia de comida mexicana no meu terraço e pedir sushi à meia-noite — diz Roxanne. — Aí, você vai voltar a amar a cidade.

* * *

Quando acabamos nossos cafés, e a estátua foi substituída por um garotinho dançando *break*, vamos embora. Eu ligo para Bernardo. A família dele vai comer frango com arroz e feijão esta noite, e eu quero estar naquela casa calorosa com pessoas que têm certeza de que estão fazendo as coisas certas.

Capítulo Trinta e Dois

— Absolutamente não — diz Bernardo no dia seguinte enquanto passeamos pelo Upper East Side.

Bernardo está de paletó e eu com um dos vestidos antigos de Janie, como se pertencêssemos ao bairro. Estamos perto do consultório do meu pai, a caminho de um restaurante francês que frequento desde criança e ao qual quero levar Bernardo.

— Não é como se eu fosse fazer a cirurgia amanhã — digo. — Eu só estou pensando se deveria considerar a possiblidade. — Está cada vez mais difícil parar de pensar naquela fotografia. Tenho evitado o meu pai em casa, jogando um tipo esquisito de pique-esconde que ele não sabe que está acontecendo. Não quero que o olhar dele se afaste dos meus olhos e pouse no meu queixo. Não quero ver o que sei que ele está pensando.

— Quando eu estava com Casey e depois que ela terminou comigo, senti como se eu tivesse que mudar tudo — diz Bernardo. — Mas você me fez sentir que eu posso ser quem eu sou. Ou podemos nos tornar novas pessoas, mas juntos.

— Casey queria que você mudasse? — pergunto.

— Não o meu queixo. Mas que eu fosse mais velho. Diferente. Que eu soubesse mais pra onde ir ou algo assim. Ser um tipo diferente de pessoa melhor, alguém que ela gostaria mais. Mas é uma batalha perdida.

— Eu fiz você pintar o cabelo — digo, cobrindo o rosto de vergonha por ser tão má quanto Casey.

— Você não me fez pintar o meu cabelo. Você me inspirou a ser uma pessoa estranha — corrige-me Bernardo.

Quero cobri-lo de beijos, mas não posso porque chegamos ao restaurante e vi Karissa de relance pela janela.

Bernardo não tinha entendido o motivo de eu querer vir até esse lado da cidade para ir a um bistrô quando existem tantos bistrôs idênticos por toda a cidade. Não consegui responder de forma completa a não ser dizer que gosto da previsibilidade do cardápio e das cadeiras vermelhas e do sotaque dos garçons. Eu gosto do Café Moche. Principalmente por causa das batatas fritas.

Sei que meu pai vem almoçar aqui quando trabalha nos fins de semana, então talvez a presença de Karissa não devesse ser tão surpreendente, mas é. Fico sem ar. Impeço que Bernardo entre para cumprimentá-la e roubar algumas batatas.

— Meu Deus! — exclama ele, sua interjeição para todo tipo de coisa, desde um mau tempo até um ótimo beijo. — Cidade pequena, não? — Concordo com a cabeça, mas continuo impedindo que ele entre.

— O que ela está fazendo? — pergunto.

— Provavelmente está esperando seu pai?

Assim que ele diz isso, meu pai sai do banheiro e eles se agarram bem ali diante da janela. É tão nojento que desvio o olhar. Quase consigo ver o Central Park daqui. É uma mancha verde à distância, na qual gostaria de mergulhar diretamente. Eu sempre quero estar em outro lugar diferente do que eu estou.

Talvez eu simplesmente queira que o verão acabe logo, mesmo que tenha sido o período pelo qual esperei durante o ano todo.

— Sinto muito — diz ele, como se fosse responsável por eu ter testemunhado tal realidade. — Já acabou. Acho que pararam.

Viro-me para olhar novamente para eles, esperando que já tenham se acomodado em lados opostos da mesa. Eu não quero vê-los nem de mãos dadas depois daquela demonstração. Mas vejo outra coisa, um último gesto que parece amoroso a não ser pelo fato de eu conhecê-lo muito bem.

Meu pai coloca dois dedos no queixo dela para virar o seu rosto para luz. Mesmo durante o dia, bistrôs franceses conseguem manter bem a penumbra, então, ele precisa aproximar o próprio rosto para ver melhor, e é isso que ele faz. Examina o rosto dela. Não porque a acha adorável. Mas para ver os defeitos.

Sei disso porque ele já fez isso comigo.

Karissa não se afasta dele. Sorri. Concorda com a cabeça quando ele termina de dizer para ela o que tenho certeza ser uma lista de coisas que a tornariam mais bonita. Ela pega o braço dele enquanto ele a avalia.

Ele vai mudá-la.

Ele continua quebrando essa pessoa que eu achava que eu tinha, e logo ela deixará de existir.

— Você quer dar um oi? Ou não? — pergunta Bernardo. Imagino por um momento comer hambúrgueres e batatas fritas e tomar grandes xícaras de café com leite com Karissa, meu pai e meu lindo, perfeito, louco e solene namorado. Talvez pudesse ser quase bom, mas não consigo afastar a náusea de ver Karissa cedendo aos caprichos de Sean Varren, como todas as outras fizeram.

A expressão feliz e triste no seu rosto não é algo que quero ver enquanto como.

— Odeio o meu pai — declaro para Bernardo. Karissa se recosta na cadeira, mas continua com a mão no braço dele, e continua tocando no cabelo e no rosto dele como se quisesse que tudo ficasse no lugar.

— Nah — responde Bernardo, e eu sei que ele tem razão. Meu pai é tudo que eu tenho. É um cara responsável e é bom, às vezes. Em algumas ocasiões, ele é ótimo. Por curtos períodos. Alguns momentos.

No meio do caminho, há um monte de andaimes — prédios sendo demolidos ou construídos. Tento me lembrar o que costumava existir na parte debaixo. Talvez uma padaria ou uma loja de frozen iogurte. Algum lugar que eu frequentava quando Natasha e eu nos encontrávamos com papai depois do trabalho. Agora, quem sabe. Provavelmente vai ser um banco.

— Sabe o que eu amo? — pergunto. — Seu pai cozinhando arroz todas as noites, preparando guacamole aos domingos e vocês comendo pizza todas as quintas, assistindo TV todos juntos e sua mãe ter sido criada no lugar onde vocês moram agora.

Devo estar parecendo prestes a atirar o sapato pela janela ou algo assim, porque Bernardo me abraça imediatamente. Ele me puxa para perto e ergue o meu rosto.

— Parece perfeito — diz ele. — Mas não é. Naquela casa não há espaço pra ser quem a gente quiser. Eles querem que eu seja o filho mais velho e não muito mais que isso. E eu não quero pizza todas as quintas. Em algumas quintas, eu quero sushi. Ou bife. Ou panqueca no jantar. E quer saber? Eu não gosto de arroz. Eu não gosto de arroz e feijão nem de saber o que vai acontecer depois.

— Eu quero saber o que vai acontecer depois — respondo.

— Eu não — repete ele. Bernardo passa a mão pelo meu cabelo e sorri ao ver o jeito que ele se enrosca, divide e dá nós.

— Estou cansada de tudo mudar sempre — digo.

— Então nós vamos mudar juntos — conclui ele.

E talvez ele compreenda mais do que eu imagino. Talvez ele tenha um diagrama instintivo da minha forma de pensar. Ele toca meu rosto, mas não o segura em direção à luz para examiná-lo. Seus dedos encontram o caminho até a minha boca e ele os passa nos meus lábios. Puxa um pouco o lábio inferior. Está prestes a beijar aquele ponto, talvez mordiscar de leve, algo que eu não sabia que eu gostava tanto, mas tenho uma ideia e o impeço antes que seus lábios tenham pousado nos meus.

— Eu deveria colocar um piercing — digo. Eu nem sabia que as palavras estavam dentro de mim. Eu nunca quis fazer um piercing na boca.

— Na boca? — Bernardo parece totalmente surpreso. Ele finaliza sua jornada até os meus lábios e me beija de forma tão intensa que acho que eu talvez vá desmaiar. Suas mãos puxam o meu cabelo, e estou feliz por tê-lo deixado comprido e bagunçado. Ele pode puxar e brincar e passar os dedos. Quando acabamos, meu cabelo caótico é prova de sua paixão e gosto disso. Não vou penteá-lo depois que ele for embora.

— Talvez não na boca — digo, e dá para perceber pelo seu raro sorriso que aquele tinha sido seu argumento. Ele gosta dos meus lábios do jeito que são. Muito.

Ele olha para o meu rosto por um longo tempo. Pedestres precisam desviar o caminho na calçada. Eles suspiram e seus cães latem e crianças esbarram nas nossas pernas porque estamos ocupando espaço demais. É um daqueles fins de semana maravilhosos, o Upper East Side está cheio, absolutamente lotado, com homens com shorts coloridos demais e mulheres com seus vestidos de verão caros, mas que foram feitos para parecerem baratos. Sentimos o cheiro de vários perfumes horríveis, um desfile de cheiros e lábios estalando em som de reclamação, além das cotoveladas e esbarrões de ombro, mas não nos mexemos até Bernardo terminar de me olhar.

— Já sei — diz ele. — Nariz.

Eu quase digo sim. Parece natural, deixá-lo olhar para o meu rosto e dizer como devo mudá-lo.

Até que é horrível. Começo a andar em direção ao metrô e o deixo para trás, perguntando se vou fazer. Tiro Karissa e o meu pai da cabeça.

— Sobrancelha — digo.

— Legal. Também vou fazer.

— Sério? — Coloco a mão para trás para pegar a mão dele e puxá-lo de forma que fiquemos um do lado do outro. É irritante para as outras pessoas na calçada cheia, mas não estou nem aí.

Putz, estou mesmo apaixonada.

— Você definitivamente não precisa fazer isso — digo. Ele ficaria lindo com um piercing naquela sobrancelha séria.

— Estamos juntos nessa — diz ele.

— Eu te amo — declaro.

Nada nunca pareceu tão verdadeiro nem grandioso. Tudo está derretendo. Estou derretendo nele. Ou talvez esteja tão quente e úmido nas ruas de Nova York que é assim que me sinto, e isso chega bem perto de descrever. Talvez estejamos simplesmente derretendo. Ponto.

— Vamos mandar o mundo se foder e furar nossos rostinhos — diz ele, o que é basicamente o mesmo que *eu também te amo*.

Pegamos o metrô até o East Village e encontramos um lugar que é a combinação perfeita de sujo e limpo.

— Que tal aqui? — pergunto.

O lado de fora é pichado, mas de uma forma bonita. Artística. Lá dentro há cadeiras que bem poderiam ser do Dirty Versailles, douradas e com assentos de veludo vermelho, e um letreiro de neon.

— Aqui — concorda Bernardo, cheio de certeza. — Já ouvi falar deste lugar. Eles não pedem identidade. — Gostaria de ter um pouco disso que Bernardo tem, então me jogo em seus braços e me esfrego nele, sugando de leve seu pescoço, como se certeza e estabilidade fossem coisas que eu poderia extrair dali.

Nunca pensei em mim como uma garota que fosse fazer um piercing no rosto, mas acho que é meio isso.

— Você acha que Victória e Verônica vão ficar com raiva de mim? — pergunto. Não sei nem por que estou pensando nelas agora, diante da porta deste lugar. Mas elas são tão pequenas e não quero assustá-las. — Tipo assim, será que elas vão achar que eu sou um monstro ou algo assim?

— Quem? — pergunta ele. E me magoa por ele ter esquecido. Ele é a única pessoa na minha vida que sabe sobre elas, que as conhece, que sabe o que elas significam para mim. Preciso que ele saiba sem precisar de explicação.

— As meninas. As filhas de Natasha. Nossa, você sabe, as minhas não-irmãs — esclareço. Eu deveria ter dito irmãs. Ou irmãs postiças. Ou quase-irmãs.

— Ah, é claro — diz Bernardo. Ele beija o lugar que estou prestes a furar e me aperta de novo. — Elas vão se acostumar — diz ele, mas não tenho certeza se é verdade. — Mas isso é uma coisa sua e minha. Não tem nada a ver com elas.

Sinto saudade delas. Um sopro. Então passa e quero novamente ficar com Bernardo.

Dou um tapinha no supercílio quando o cara me pergunta o que eu quero. Bernardo imita o gesto. O cara revira os olhos, mas não estou nem aí. Ele não entende. Ele não sabe.

Ele faz primeiro em mim, depois em Bernardo. Dói, e eu não tinha me dado conta de que seria necessário o uso de uma agulha de verdade. Não é como quando se fura as orelhas, quando usam uma pistola. Isso aqui é mais intenso.

Eu me sinto intensa. Ele passa uma argola prateada com uma bolinha vermelha. E, em um estalar de dedos, sou uma nova pessoa. Sou algo a mais. Ele deixa que eu fique me olhando no espelho, e movo a minha cabeça para um lado, depois para outro, observando minha imagem por todos os ângulos.

Bernardo precisa que eu segure a sua mão enquanto ele faz o dele, mas não grita nem nada na hora do furo. A argola que ele coloca é dourada e mais grossa do que a minha. Eu quero tocar nela. Quero passar os dedos pelo seu cabelo e tocar o seu rosto. Quero ter a sensação de que ele é meu.

Caminhamos pela rua e, embora provavelmente não estejam olhando pra nós mais do que o usual, parece que todo mundo pode ver como a gente combina.

Capítulo Trinta e Três

Quando chego em casa, Karissa está no sofá, totalmente chapada, segurando o celular com uma das mãos e um cigarro que nem está fumando na outra. Não conto para ela que a vi com o meu pai no Upper East Side. Não falo que vi como ele analisou o seu rosto em busca dos defeitos.

Ela não nota o meu supercílio, mas se aconchega a mim no sofá.

— Fui dispensada — diz ela, mostrando o e-mail do agente que assinou contrato com ela no outono. Alguém extravagante e vulgar.

— Fala sério — digo. Karissa não é um pouco boa. Ela é boa demais. Ela é impressionante.

— Ele disse que a minha imagem não vende — conta ela. — Disse que depois das audições, a avaliação é que sou boa de verdade, mas não tenho a aparência que precisam que eu tenha. — Ela chora, as lágrimas correm e seu peito chega a tremer.

— Mas você é linda. Ele é louco. Isso é literalmente loucura.

— Eu sou toda errada — chora Karissa. Ela não se move no sofá e não me deixa sair. — Graças a Deus eu tenho vocês — declara ela depois de um tempo. Acho que está se referindo a mim e ao meu pai, e a declaração me deixa tensa. Ela não me tem. E provavelmente também não o tem de verdade.

Minha camiseta já está molhada com as lágrimas dela. Ela está ficando mais agitada e estranha e faz cada vez mais parte da minha vida.

Toco no meu piercing, como se fosse um portal para um lugar melhor. Para Bernardo. Para um lugar ao qual realmente pertenço.

Papai chega em casa uma hora depois. Meu braço está ficando dormente por abraçar Karissa, e quero estar em qualquer outro lugar que não seja aqui.

— Ela precisa de você! — exclamo.

— Sean! — diz Karissa e papai vem direto para o sofá antes mesmo de largar a pasta ou se servir de um pouco de água como sempre faz.

— O que está acontecendo? — pergunta ele, tirando-a do meu ombro e colocando-a no dele.

— Um lance com o agente dela — explico.

Levanto para ir para o meu quarto e deixar que ele resolva isso sozinho, porque não estou a fim de ver o amor e a bondade e o afeto entre eles. Mesmo que isso seja o que sempre quis para o meu pai e o que desejo para Karissa, odeio ver isso entre eles.

Então, eles estão se beijando e é ainda pior ver assim tão de perto e não através de uma janela. Dou mais alguns passos para me afastar.

— Eu não consigo lidar com tudo isso — diz Karissa, em tom suave e amedrontado. A voz treme.

— Claro que consegue. Estamos ao seu lado — declara papai. — Não é, Montana?

Não respondo. Não consigo. Noto um novo abajur na mesinha ao lado do sofá. Emite uma luz alaranjada através da grossa cúpula de vidro. É estranho e certamente veio do apartamento de Karissa. É o primeiro acréscimo à nossa casa.

Logo teremos poltronas florais vintage e cortinas levíssimas e douradas e almofadas bordadas com miçangas e canecas de café com mensagens irônicas e pôsteres emoldurados em vez de pintura.

— Eu já queria estar casada com você. Você é maravilhoso — diz Karissa.

— Mesmo? — começa ele. Eu vou vomitar. Preciso sair de perto, mas sou compelida a ficar. É uma coisa horrível e não consigo parar de olhar.

— Sim — responde ela com uma risada. — Tipo *sim* eu aceito ser sua esposa, sabe?

Ela está rindo e meu pai está rindo e o som provoca a reação aproximada de unha arranhando em um quadro negro.

— Sim — diz papai em um tom brincalhão e sério como se estivesse no próprio casamento e sim, é exatamente assim que ele faz quando se casa. Eu sei bem.

— Parece ótimo — diz Karissa.

Sei que devo sair. Preciso sair. Já testemunhei momentos nauseantes como esse antes, mas sempre com Arizona e sempre quando não sabíamos tudo a respeito da mulher, e sempre quando era engraçado em vez de horrível.

É bizarro pensar que meu pai tenha essa capacidade de fazer vozes fofinhas. O fato de isso estar dormente dentro dele até surgir de repente me deixa surpresa toda vez.

— Bem, então, é isso que vamos fazer — diz papai.

Cada parte de mim congela — meu cérebro, meu coração, meu estômago agitado, o mundo à minha volta.

— Como assim? — pergunta Karissa, mas sua voz está tão cheia de alegria que tenho certeza de ela entendeu exatamente o que ele quis dizer.

— Vamos nos casar logo. Agora. Não precisamos esperar. Não precisamos planejar toda a cerimônia. Se você já quer estar casada, vamos nos casar.

— Sério? — pergunta Karissa. Suas lágrimas acabaram, mas as marcas que deixaram no seu rosto não. Tenho certeza de que ela está com cheiro de cigarro e talvez vinho e talvez um pouco de mim por termos ficado juntas por tanto tempo.

— Sério — confirma papai.

Ele parece orgulhoso, que é como ele fica quando sente que está consertando alguma coisa. Toda vez que se casa. Sempre que compra algo caro e inútil quando estamos tristes. Quando nos dá notícias da nossa mãe, como se fosse um feito para mim e Arizona saber que ela existe.

Esse é um desses momentos em que ele pensa estar resolvendo um problema, mas só está piorando as coisas.

— Vocês ficaram noivos há cinco minutos — grito de onde estou aos pés da escada. — Acho que seria um pouco... difícil... para nós... nos adaptarmos a isso. — É impossível explicar em uma frase algo que deveria ser óbvio.

Eu estava errada, o abajur não é o único acréscimo ao apartamento. Noto pela primeira vez algumas amostras de tinta na parede. Coral, violeta e amarelo mostarda.

Não gosto de nenhuma delas. Gosto do verde-quase-cinza que meu pai usa desde sempre. Ele nunca deixou ninguém mudar a cor.

— Ninguém fica noivo se não está pronto para se casar — argumenta papai.

— Karissa — digo. Acho que não preciso dizer mais que o nome dela para que me entenda.

— Montana — responde ela. Acho que eu estava errada.

— É demais. Tudo de uma vez.

É o modo mais gentil que consigo dizer que não está tudo bem, que isso é inaceitável, é ridículo. Eu até digo com um sorrisinho, algo caloroso e fácil. Um sorriso que eu teria dado depois de uma cena difícil na aula de teatro ou quando paramos em uma esquina e ela acende o meu cigarro. É um sorriso que ela conhece.

Ela explode em lágrimas.

Papai meneia a cabeça para mim. Para a minha insensibilidade.

Karissa chora ainda mais, gemendo um pouco.

— Nem a minha melhor amiga me entende — diz ela, e tento calcular o quanto eu talvez estivesse errada em relação a ela e como tudo isso é assustador.

— Eu sei — diz papai, e eu gostaria de não poder ouvir.
— Eu sei, eu sei. — Ele me dispensa com a mão sem nem ao menos olhar para mim.

Tiro as amostras da parede e subo. A cola era grudenta demais, e uma parte da cor saiu da parede quando puxei com muita força, deixando para trás quadradinhos brancos.

Está um pouco arruinado, o nosso lar.

4 de julho

Diário de Gratidão

1. A casquinha do meu piercing. Um sinal de que fiz algo real e perigoso e improvável.

2. A casquinha do piercing do Bernardo. Um sinal de que estamos nessa juntos.

3. Fogos de artifício bem distantes, vistos do telhado de Roxanne. Nós quatro assistindo juntos algo sobre o qual conseguimos concordar. A maravilha das luzes coloridas piscando e trovejando no céu enquanto suamos e mergulhamos no verão.

Capítulo Trinta e Quatro

Bernardo vai para casa no Brooklyn depois do final do quatro de julho — dezenas e dezenas de fogos de artifício sobrepondo-se uns aos outros no céu até que tudo esteja tão iluminado e cheio que só conseguimos ver explosões de luzes, fumaça e nada mais.

Arizona, Roxanne e eu vamos para a nossa casa. As duas vão passar a noite, nós três reunidas no porão, como antigamente. Karissa está lá em cima com o meu pai e não desce durante a noite; Arizona, Roxanne e eu ficamos acordadas a noite toda com um pack de cerveja e cigarros, então é um fim de noite alegre, e Arizona nem me obriga a defender o meu *piercing*.

— Quando é se casar logo? — pergunta Roxanne quando conto para elas sobre a conversa que meu pai e Karissa tiveram na minha frente no sábado. Eu me sinto tão bem de compartilhar isso com elas que nem imagino o tipo de problema que isso pode causar. Eu não poderia guardar isso só para mim.

— Tipo, algumas semanas, eu acho — respondo. — Ela já tem o vestido. — Não revelo como sei disso.

Roxanne estremece e esfrega os braços arrepiados. Ela costumava fazer exatamente a mesma coisa quando contávamos histórias de terror com lanternas sob nossos queixos. É fácil deixá-la com medo. Nós a deixamos com medo.

— Vou conversar com ela amanhã — diz Arizona antes de dormirmos.

— Sobre o quê? — pergunto. Eu não bebi cerveja o suficiente para ficar bêbada, mas estou quase dormindo. Quase começando a sonhar com uma floresta e um urso e um lustre.

— Que se ela fosse embora as coisas ficariam bem — diz Arizona. — Com papai. Com a gente. Comigo. Que todos certamente ficariam bem. — Ou talvez tenha sido o urso que disse isso.

— Tenha cuidado — digo, porque vislumbrei algo perturbador em Karissa que é difícil demais de explicar quando estou meio adormecida.

Arizona debocha.

— Tudo ficaria bem pra ele sem essas mulheres — diz ela. Eu acho. Talvez tenha sido dito pelo urso no meu sonho e não por Arizona, porque soa como algo que seria dito em um sonho. Algo que queremos que seja verdade, mas provavelmente não é.

* * *

Quando acordo de manhã, não tenho tempo de separar o sonho da realidade. Ouço muito barulho e sinto muitos cheiros e ouço música pop do top 40 tocando na cozinha, então sigo para lá sem passar pela transição adequada do acordar para caminhar. Saímos do porão com as nossas roupas de ontem à noite e exalando levemente o cheiro das coisas que fizemos. Karissa praticamente nos ataca com sua amabilidade.

— Finalmente vocês acordaram! Estou esperando para que possamos ter uma tarde só das garotas! — exclama ela.

Arizona se encolhe ao ouvir o som, e dou um passo para trás ao sentir o bafo de Karissa — margarita. Já passa do meio-dia, mas não muito, e ela está com aquele brilho no olhar que tinha quando me sequestrou do meu quarto naquele dia. — Meu pai e minha mãe sempre faziam margaritas um dia depois do quatro de julho! É uma tradição familiar — explica ela.

É claro. Sempre existe uma lembrança familiar correspondente sempre que as coisas ficam estranhas para ela. Fico imaginando se as coisas são assim para Arizona quando está na faculdade. Se tudo faz com que se lembre de mim. Espero que esse seja o caso.

Esfrego os olhos e tento me adaptar pela centésima vez à presença de Karissa na nossa cozinha. Fico imaginando se isso um dia vai parecer normal. Vê-la agora faz com que eu queira enfiá-la de volta na sua própria cozinha, no seu próprio espaço.

— Você está ficando toda radical! — exclama ela, tocando o meu *piercing*. — Eu sempre quis fazer isso. Maldito teatro.

— Maldito de teatro — repito como um robô.

— Eu amo você — declara ela, de um jeito leve, com uma risada, o tipo de *amo você* que escrevo no fim de mensagens ou digo ao dar um abraço de despedida, mesmo que não seja verdade.

Ainda assim não quero ouvir isso.

Arizona parece estar sendo estrangulada, e acho que meio que está.

— É melhor eu voltar para casa — diz Roxanne.

Elas também notam o olhar esquisito de Karissa — algo entre entusiasmo e depressão — um brilho que poderia ser de lágrimas ou de alegria. É desconfortável não saber onde alguém se encontra nesse espectro.

— Eu realmente não estou a fim de beber — diz Arizona.

— Posso preparar uma margarita sem álcool — oferece Karissa.

Ela está bêbada. Os vestidos de noiva que compramos estão pendurados em um gancho de cortina ao lado da geladeira. Ela abriu as capas protetoras, então estão completamente à mostra e eu me pergunto se o objetivo dela é irritar Arizona ou se, na verdade, ela é ingênua a esse ponto.

Estou um pouco aterrorizada com a possibilidade de Karissa contar para elas sobre a nossa saída às compras e que o vestido extra é meu.

— Olha só — começa Arizona. — Se a gente conversar, você vai se lembrar de tudo quando ficar sóbria? — Ela está olhando para os vestidos, mas falando com Karissa. — Ou será que você está completamente bêbada? Tipo totalmente inconsciente, ou será que podemos conversar?

Estou vibrando por dentro, como se o meu estômago, o meu coração e minha coluna estivessem apoiados em uma máquina de lavar no ciclo de lavagem pesada.

— Você não vai querer começar o dia com uma conversa séria, não é? — pergunta Karissa, arregalando os olhos e lambendo o sal dos dedos. — Eu não estou a fim de bater um papo sério agora, amigona. — Ela se serve de outra margarita e escorrega uma taça para mim pela bancada. Com ambas olhando para mim, é impossível decidir se tomar um gole é uma boa ideia. Fico girando a taça nas minhas mãos em vez de beber. Parece um comprometimento. — Meu pai tinha um ditado: margaritas e mau humor são coisas que não se misturam — diz Karissa e eu faço uma careta.

— Por favor, não me chame de amigona — rebate Arizona. Quando eu e ela dividíamos um quarto alguns anos antes, ela desenhou uma linha com caneta preta de ponta grossa no nosso tapete verde claro. Um lado era meu, o outro era dela, e não tínhamos permissão de cruzar a linha. Sinto que hoje Arizona está com sua caneta de novo, traçando outra linha grossa e intransponível

— Pode ser uma ótima ideia conversar sobre essas coisas — diz Roxanne. Acho que ela e Arizona ensaiaram versões deste cenário. Elas não parecem surpresas com as reviravoltas e acontecimentos.

Roxanne dá mais um passo em direção à porta, e eu me pergunto qual é a deixa para ela ir embora.

E por que eu não sei o roteiro.

— Bem, tudo bem, então — concorda Karissa. Ela dá um show ao esvaziar a margarita na pia. — Podemos conversar, mas não vou contra o meu finado pai, como tenho certeza de que você compreende. — Ela faz um beicinho. Não gosto disso. Não consigo parar de me encolher. Estou com soluço no estômago, uma sensação nova que parece muito com o nervosismo e ansiedade que batem quando algo horrível está para acontecer.

— Precisamos fechar as capas dos vestidos primeiro. E você realmente precisava de dois? — pergunta Arizona fazendo um gesto para os vestidos. — Você já está planejando um segundo casamento? Com o marido número dois? — Ela coloca a mão no peito como se quisesse se impedir de dizer mais alguma coisa. — Merda. Sinto muito. Eu quero conversar de maneira educada. Sinto muito. Vamos lá. Vamos recomeçar, mas será que poderíamos fechar as capas, porque os vestidos estão me distraindo.

Karissa pisca e fica com uma expressão "zen" meio engraçada no rosto.

— Claro. Vamos recomeçar. Arizona, posso preparar uma bebida para você? — oferece ela, com um princípio de sorriso nos lábios, mas o qual ela não abre totalmente. É uma jogada, como se ela estivesse disposta a desculpar Arizona se Arizona estivesse disposta a beber.

Arizona quer desesperadamente dizer não, mas o sim é mais fácil.

— Obrigada. Seria ótimo — agradece Arizona, e Karissa lhe serve uma margarita. Serve uma para si também, mesmo depois de todo o show de jogar a anterior fora. Ela cruza os braços e observa enquanto Arizona toma um gole. Roxanne pigarreia, e eu olho para o meu celular, tentando pensar em um modo sucinto de avisar ao Bernardo sobre a grande batalha por poder que está acontecendo calmamente na minha cozinha. Arizona meio que cospe por causa do sal ou do álcool ou do amargor da lima e do limão. Karissa fecha as capas dos vestidos, e Arizona relaxa um pouco também. Algo ruim está acontecendo.

— Você queria conversar sobre alguma coisa? — pergunta Karissa, como se tudo estivesse bem com o mundo. Tenho um vislumbre da pessoa que ela era antes. Legal. Tranquila. Aberta e machucada e bonita e livre. Ela puxa um dos bancos do bar e oferece o outro para Arizona. Ela se inclina demais, de um jeito que chega a ser agressivo, para ouvir o que Arizona tem a dizer. Seus rostos estão a centímetros de distância. Ela coloca a mão no braço magro da minha irmã. — Então, vamos conversar. Está gostando do drinque?

Arizona se obriga a tomar outro gole. Faz que sim e dá um sorriso forçado. Provavelmente odiando a si mesma.

— Não se case com o meu pai — pede Arizona.

Roxanne solta a respiração que estava prendendo havia tempo e eu tomo um grande gole do meu Martini, sugando a borda da taça. Karissa faz que sim e se inclina ainda mais como se estivesse superinteressada. Ela sabia que isso estava para acontecer.

— Entendo. Fale mais — pede ela. Eu já vi Karissa bêbada muitas vezes antes. Mas nunca a vi desse jeito.

— Não se case — repete Arizona. — Isso vai destruir o meu relacionamento com ele, e o casamento vai durar, tipo, dois anos no máximo, e você vai se odiar, e ele é um péssimo marido, e eu vou tornar a sua vida um inferno se você se casar. Então, eu estou pedindo. De garota para garota. Tipo, sinceramente. Para o seu próprio bem. Porque ele só teve casamentos horríveis. Não faça isso.

Continuo tomando a minha margarita e me sirvo de mais assim que acabo a primeira. Karissa não diz nada, mas fica encarando Arizona até que ela beba mais. O silêncio é excruciante.

— Talvez a gente devesse sair? — sugere Roxanne quebrando o silêncio. — A gente podia, sei lá, só andar? Por aí?

— Continue bebendo, Arizona — diz Karissa.

Eu não sei por que minha irmã está obedecendo. Talvez por achar que se obedecer tudo que Karissa disser, ela talvez ceda e deixe meu pai. A lógica é péssima, mas Arizona está com essa expressão desesperada e louca no rosto, quase tão desesperada e louca quando a de Karissa, o que motiva a pergunta: será que é esse o sentimento que o meu pai desperta nas mulheres?

Eu também me sinto um pouco desesperada e louca.

— Você não precisa dele — continua Arizona. — Você é... Olhe para você. Você é algum tipo de deusa. Que deveria estar com, tipo, um artista. Ou um poeta. Você não precisa ficar com o meu pai. Ele vai acabar com você. Você já perdeu tanta coisa na vida. E você também vai perdê-lo. Eu não quero que isso aconteça com você.

— Não finja que você dá a mínima pra mim — diz Karissa.

— Não diga coisas horríveis e finja que é porque você é uma pessoa super do bem.

Arizona fica cutucando os nós dos dedos.

— Não finja que sabe como é a minha relação com Sean só porque você não gosta dela. Eu não sei nada sobre essas outras mulheres. Mas comigo ele é gentil. E ele me aceita. E a minha vida tem sido desastrosa. Eu perdi a minha família. E não consigo uma porcaria de um papel para salvar a minha vida. E eu odeio quem sou quando me olho no espelho, mesmo que as pessoas me desejem quando olham pra mim ou coisa do tipo. Eu passava os dias no meu antigo apartamento sem aquecimento, tomando vinho de dois dólares com amigos drogados que não têm nenhuma direção na vida. Até que eu conheci o Sean. E nos encontramos no meio do caminho. E olha só pra ele! Vocês olham para o pai de vocês? Ele está feliz. Você não pode dizer que ele não está feliz.

— Ele está feliz agora — concorda Arizona. Ela está ficando um pouco bêbada. Beber rápido demais e de barriga vazia não é uma boa ideia. — Estar feliz agora não é o mesmo que ser feliz para sempre.

— Uma novidade para você. Ninguém é feliz para sempre — diz Karissa. É algo verdadeiro e terrível, que me tira o fôlego e me faz tomar mais um longo gole de margarita. Estou no meio do fogo-cruzado entre Arizona e Karissa, não há certo e errado, e isso tudo é simplesmente péssimo. — Nós todos só tentamos não ficar sozinhos. E você, Arizona, é uma porcaria de uma garota solitária. — Ela se serve de mais margarita e dá um sorriso, o sorriso de alguém que está ganhando.

— Ei, vamos com calma — diz Roxanne, em vão.

— Arizona tem a mim — digo, finalmente percebendo que tenho que escolher um lado nesta manhã. Não é uma competição. Eu escolho a minha irmã.

Karissa alterna o olhar entre mim e Arizona como se estivesse tentando ver o que há entre nós. Eu me odeio por ter contado para ela sobre como sentia saudade da minha irmã, por não me sentir mais tão próxima a ela, sobre como venho me perguntando se eu e Arizona voltaríamos a ser como antes. Eu odeio as muitas coisas que eu disse quando eu não sabia que Karissa estava namorando o meu pai. Foi tudo tão injusto. Ela estava em um relacionamento, e eu estava em outro totalmente diferente, uma outra realidade. E acho que é isso que chamam de traição.

— Eu não sou como você — diz Arizona. Ela coloca a taça na bancada e volta a olhar para Karissa. — Eu não posso competir com alguém como você. Entendo isso agora. Achei que talvez eu pudesse, mas obviamente não há mais cartas para eu jogar. Eu não tenho o meu pai, eu acho, e eu não tenho algum Bernardo amando cada detalhezinho sobre mim. — Ela está ficando engasgada, e é tão estranho que ela o mencione, porque mesmo que pareça que ele sempre tenha existido para mim, ele quase nunca está por aqui. — Nem todos nós conseguem ser estranhos e adoráveis e exóticos e livres, tá legal? — Ela para de falar, percebendo que revelou coisas demais. Ela deu poder a Karissa no exato instante que deveria estar assumindo o controle da situação.

As palavras de Karissa — *você é uma porcaria de uma garota solitária* — ecoam na cozinha. Elas provocaram algo na minha irmã.

— Você é maravilhosa, Arizona — digo. Soa tão baixo e pequeno e sem sentido. É algo ainda menor do que as coisas que eu deveria dizer para ela. Fico imaginando se ela tem alguma amiga em Colby que pudesse dizer algo mais poderoso. Alguém que a conhece melhor hoje em dia. Alguém que não esteja um pouco zangada com ela.

— Você é triste — diz Karissa. É cruel e cortante. E piora ainda mais. — O seu pai me ama de um jeito que te deixa com ciúme. Eu entendo. Eu entendo muito bem. Você queria que ele a amasse mais. Que a amasse o suficiente para fazer tudo que você pedir. Ele não ama.

Eu, Arizona e Roxanne inspiramos juntas. Uma respiração sofrida. Karissa tem uma expressão maldosa no rosto, como se tivesse ganhado algo que nenhuma de nós sabia que estava disponível.

— O meu pai teria feito qualquer coisa por mim — diz Karissa. Ela percebe a expressão nos nossos rostos e, em vez de parar, isso parece ser um estímulo a continuar. — Ele disse para eu ficar em casa no dia que eles morreram. Disse que era perigoso demais sair de carro. Ele me protegeu. Isso é amor. Meu pai dizia que eu era a garota mais bonita do mundo — continua ela. Não consigo acreditar que ela não esteja parando. O ar está pesado com calor e o choque.

Karissa está apunhalando Arizona, e é algo horrível de ver.

— Eu não confio em você — diz Arizona quando consegue se recuperar do sofrimento profundo provocado pelas palavras de Karissa. Ela toma o resto da bebida sem ter recebido instruções para tanto. Bate com a taça na bancada quando termina. — Eu não confio em você nem gosto de você, e você não vai gostar nada de como as coisas serão a partir de agora.

— Nem você, docinho — diz Karissa. Ela se serve de outro drinque. Está se afogando em margaritas, e eu me pergunto se ela vai se lembrar disso tudo amanhã.

Eu vou. Eu não vou esquecer.

Capítulo Trinta e Cinco

Passo o resto do dia e da noite no apartamento de Arizona, mas, na noite seguinte, Karissa está explodindo o meu celular com mensagens desesperadas, e não consigo evitar ir até ela.

Ela traz uma orquídea.

— É especial — diz ela. — É sensível.

— Acho que não sou muito boa para cuidar de plantas — digo.

— Eu vou te ajudar — responde ela. É uma linda oferta de paz. Janie era a esposa que sabia cuidar de plantas, e é engraçado que ela me venha à cabeça agora, mas não consigo parar a onda de pensamentos. Sinto falta dos filhinhos dela e de como passávamos as manhãs de sábado na horta comunitária.

Fico imaginando o que ela acharia de Karissa. O que acharia de mim agora.

Eu não me importaria de vê-la. Mesmo depois do fiasco com Tess. Eu não me importaria se ela soubesse quem eu sou agora. Talvez isso completasse alguma coisa — ver todas as madrastas.

Karissa pede um martíni. Francês.

Eu não peço nada.

O Dirty Versailles está vazio e sujo esta noite. Foi tão divertido algumas semanas antes, mas, hoje à noite, meu sutiã está me apertando e Karissa está com uma porcaria de diamante no dedo. Alguém sugou toda a diversão.

— Eu já superei a sua irmã — declara Karissa. — A gente precisa ficar com ela?

— Ei — reclamo. Não é exatamente uma resposta forte, mas já é alguma coisa. Tento novamente. — Você ultrapassou um limite. E minha irmã e eu somos um time, tá legal?

— Eu sei. Eu sei. Ela é maravilhosa. Você a ama. Mas você não está feliz por ter Bernardo? É como eu me sinto em relação ao seu pai.

— Eu gostaria de ter todo mundo — digo, mas soa mal. Somos Arizona e eu contra as madrastas. É assim que deve ser.

Mas se eu realmente for honesta comigo mesma, nunca foi assim. Não desde que carimbei o meu corpo no sofá de Natasha. Não desde que abracei suas filhas e tomei conta delas, fingindo estar em outro lugar. Eu tenho traído Arizona já faz muito tempo.

Eu não tenho a menor ideia do que estou fazendo e ver Karissa cara a cara nesse momento parece errado. Como se eu não fosse mais a Montana. Olho para a porta. Seria muito fácil dar o fora e voltar para o apartamento de Arizona. Levar pizza ou um pote de sorvete.

— Mais uma! — pede Karissa para o bartender.

Observo enquanto ela enche a cara e tomo um gole de água e, depois, suco de laranja para deixar as coisas interessantes.

— Você está procurando outro agente? — pergunto, querendo falar sobre um assunto que não seja sobre nós.

— Em breve. Em breve — responde ela, e sorri. — Eu vou ser a garota que eles querem que eu seja. — Acho que é isso que ela diz, mas as palavras estão grogues e arrastadas. Seus olhos estão fora de foco.

— Aposto que você vai ser famosa um dia — digo. E, pelo menos, estou sendo sincera. Todas as coisas que comecei a achar erradas em relação a ela não significam que ela não seja talentosa e é impossível parar de observá-la.

— Talvez eu seja a garota que Arizona quer que eu seja também — diz ela, de forma completamente ilógica. Não existe nenhuma versão de Karissa que Arizona aceitaria. Tomo um golinho do martíni francês dela, e sou surpreendida pela doçura e efervescência. Não tem nada a ver com a bebida que ela preparou para mim e Bernardo naquele dia no porão. É melhor, mais adorável, mais elegante, mais forte. Eu poderia me acostumar.

— Olha só — digo por fim, parte de mim ainda observando a saída, ordenando as minhas pernas para me levarem até lá. — Será que você pode pelo menos esperar um pouco? Para o casamento? Eu sei que ficamos dizendo que você quebrou todos os recordes e tudo mais, mas ajudaria muito se você e papai fizessem as coisas mais devagar e respirassem um pouco, permitindo que a gente se adapte e para se certificar de que realmente se amam.

— Não finja que você não compreende o amor — diz Karissa. — Eu sei que você entende. Eu vi. Nós somos iguais.

Nós faríamos qualquer coisa por amor. — Ela estica a mão e toca o meu *piercing*. Ainda está dolorido, e seu toque machuca, enviando uma onda de dor atrás do meu olho.

Sinto falta de Bernardo, como se ele fosse uma parte de mim, mas também tenho certeza de que o nosso amor não tem nada a ver com seja lá o que ela e o meu pai têm.

Eu deveria ter ficado bêbada também.

Deveria ter desconfiado também. Eu deveria ter desconfiado, mas quando Karissa e eu vamos embora, pego o caminho que Natasha e eu fazemos com as meninas quando estamos tentando fazê-las dormir no carrinho.

E talvez fosse aquilo que eu queria ou talvez fosse a última coisa que eu esperava que fosse acontecer, mas encontramos com elas. Eu não as vejo até que estão perto demais. Natasha de pijama e talvez eu esteja indiretamente bêbada por causa de Karissa ou talvez potencialmente com tanta raiva e tão confusa que sinto que estou de porre.

Mas Natasha finda me vendo. E também Karissa bêbada e cambaleante.

— Montana? — pergunta Natasha.

— Montana! — chama Victória. Verônica dá gritinhos e estende os braços. Não consigo respirar. Não estendo os braços para ela.

— Oi — digo. Não, *Oi, Natasha*. Acho que alguma parte desesperada de mim acredita que pode sair dessa situação sã e salva.

— Oi — diz Verônica. Ela tem um vocabulário pequeno, mas ela ama as palavras que conhece.

— Oi — diz Karissa. Ela limpa a boca com a mão, como se tivesse cuspido ao cumprimentá-las. — Quem são vocês?

Natasha semicerra os olhos.

— Quem é você? — rebate ela. — Amiga da Montana? — Eu quase não consigo acreditar que Karissa e eu parecemos pertencer uma a outra, como se combinássemos. Eu me sinto tão distante daquela época.

— Eu sou a Karissa! — exclama. Karissa tropeça nos próprios pés para apertar a mão de Natasha, e eu estou entrando em colapso por dentro. Estou roxa de vergonha e gostaria de ter tomado um porre de vodca no Dirty Versailles. Agarro o meu celular dentro do bolso como se fosse a mão de Bernardo e penso que, às vezes, não consigo lidar com o mundo sem ele. Não quando ele se mostra assim — tenso e pronto para ruir.

— Então, esta é a Karissa — diz Natasha.

Meneio a cabeça devagar, implorando silenciosamente para que ela não revele para Karissa quem ela é. Contraindo o meu maxilar com tanta força que não consigo falar. Se eu apertar os meus dentes com força suficiente, talvez consiga deixar este lugar como em um passe de mágica, como Dorothy batendo com os saltinhos em O *Mágico de Oz*. Preciso acreditar que há uma fuga milagrosa.

— Esta é a Karissa — repete Karissa. Seu porre atingindo todos os sentidos. Dá para ver, sentir o cheiro, ouvir, tocar. Tenho certeza de que meu pai vai sentir o gosto mais tarde quando aproximar a boca dos lábios dela.

— Tudo bem, então, foi bom ver vocês! — digo.

— Montana!!! — chama Victória, com voz alta, insistente e inegável.

— Eu sou Natasha. Tenho certeza de que você já ouviu falar de mim.

Karissa é o pior tipo de bêbada. Embriagada demais para estar apresentável, mas não o suficiente para não notar o que está acontecendo. Ela olha para as meninas e depois para mim e de volta para as meninas.

— Elas sabem o seu nome — diz ela.
— Montana! — repete Victória.

Karissa olha para Natasha como se tivesse todo o tempo do mundo. Como se pudesse fazer anotações se estivesse a fim. Abrir um caderno e fazer isso exatamente ali, naquele instante.

— E como vai Sean? — pergunta Natasha, sem fazer careta ou se intimidar diante do olhar de Karissa. Ela ainda estufou um pouco o peito. Mesmo desarrumada e tarde da noite desempenhando o papel de mãe, ela é linda do jeito que as esposas de Sean Varren são.

— Mais feliz do que nunca — reponde Karissa bêbada.

A Karissa bêbada quer ser forte e poderosa e tirar onda com Natasha. A Karissa bêbada está me fulminando com o olhar de tempos em tempos. A Karissa bêbada não consegue ficar em pé. Cambaleia como um pêndulo de um lado para o outro e para frente e para trás.

— Montana? Vejo você em breve, espero? As meninas adorariam passar outro dia no parque com você — diz Natasha.
— Montana e eu adoramos ir ao parque! — diz Karissa.

Eu sou um território. Eu sou uma coisa na qual as pessoas colocam bandeiras. Querem declarar que pertenço a elas. Isso é uma coisa totalmente nova. Eu estou acostumada a ser a coisa abandonada. Uma meia esquecida ou um brinquedo que já não se quer mais, uma lembrança vaga e simbólica de uma época da sua vida. Eu sou Montana que assistiu à mudança de Tess ou a Montana que recebe um cartão por ano da mãe ou a Montana cuja irmã se diverte mais sem ela.

— Uma das últimas vezes que Montana viu a mãe foi no parque — conta Natasha, porque mesmo que Karissa conheça o meu lado selvagem, Natasha conhece o meu lado profundo. Ela lê as minhas listas, ela sabe tudo que já me fez feliz ou grata ou nostálgica. Ela sabe que eu me sento e vejo cupcakes flutuarem no chafariz e que me sinto grata por me lembrar daquele momento de forma tão clara.

Eu nunca vi Natasha tão bonita assim até eu perceber que já tinha visto sim. Quando Natasha estava com o meu pai, ela fazia questão que soubéssemos que ela o conhecia melhor. "Aquela não é a gravata favorita dele", disse ela um dia quando eu trouxe para ele a gravata que eu achava ser sua favorita — uma roxa que eu lhe dera de presente de Natal. "Seu pai prefere vermelho".

Não é como se eu tivesse me esquecido das coisas que eu odiava em Natasha ou do jeito que me sentia quando ela morava com a gente e tentava nos mudar. Mas deixei aquelas lembranças desbotarem um pouco, e agora há o contorno da pessoa que ela era, e ela nunca tirou o silicone, e ela está se agarrando a mim e a uma vida que tivemos juntas, e acho que talvez as pessoas mudem, mas também não mudam.

— Montana e eu não vivemos no passado — diz Karissa. Ela coloca o braço no meu ombro. Ela tem um cheiro adocicado e de álcool. — Nós temos aventuras pra viver aqui e agora.

Eu me afasto dela. Não quero ser algo que as duas possuam. Eu nem quero ser uma coisa que Bernardo possua, um pedaço de um todo. Mesmo sentindo uma saudade desesperadora, no fim das contas sequer tenho certeza se quero ser parte de um grupo de irmãs. Eu quero ser inteira e fazer isso sozinha.

Natasha estreita o olhar. Cheira o ar, talvez para verificar se também estou bêbada. Avaliando o que tais aventuras poderiam ser. Ela fica na frente do carrinho em vez de atrás dele, bloqueando as meninas da visão de Karissa, ou talvez de mim.

Outra lembrança: Natasha cheirando o colarinho do meu pai, imaginando se poderia haver outra mulher. O tipo de nojo que aquilo despertava em mim.

— Você não passa de uma gota no oceano — sussurra ela para Karissa. — Não se esqueça disso — diz ela para mim.

Eu sou a corda em uma competição de cabo de guerra. As duas me querem, mas nenhuma das duas realmente me quer. Elas só querem ganhar.

— Você também — responde Karissa.

Estamos quase chegando em casa e Karissa está fumando o que presumo ser o último cigarro do mundo pelo modo com que o segura.

— Ei, eu também quero — digo, estendendo a mão para pegar.

— Achei que você estivesse bem agora — diz ela. Karissa não me dá uma tragada. Fuma o resto dando tragadas e baforadas rápidas e desagradáveis, joga o restante na calçada e pisa com o salto. — Que merda você vem fazendo? O que foi aquilo?

— Você está bêbada — respondo. Estamos a um quarteirão do apartamento e não consigo alcançá-lo rápido o suficiente.

— Elas conhecem você — insiste Karissa. — Conhecem bem. Você disse que odiava todas as ex-mulheres do seu pai. Ele também me disse isso. Que vocês não mantêm contato. Que estamos começando uma vida nova. Que eu não sou como as outras. Tipo, eu não estou inventando essa merda toda. Foram coisas que saíram da sua boca. E da boca do seu pai. São coisas que foram ditas.

— Eu posso fazer o que eu quiser — respondo, mas a minha voz está baixa, e as minhas palavras não significam nada ao lado das dela.

— Você me quer na sua família? — pergunta Karissa.

Não é seguro responder. Eu nunca disse que queria que ela fosse minha madrasta. Tudo que eu queria era que ela fosse minha amiga, minha líder destemida, a garota com cabelo legal e roupas legais e sorriso perfeitamente imperfeito com quem eu poderia viver aventuras.

— Porra, você nunca está satisfeita com nada — reclama ela. — Algumas pessoas adorariam ter um momento com as mães, um instante para olhar para a irmã ou o pai novamente. E você fica correndo por aí querendo mais e mais e mais, *mentindo* para mim. Você é uma grande MENTIROSA!

Seus braços estão fazendo movimentos loucos e amplos e eu me esquivo um pouco para desviar deles.

Ninguém nota.

— Eu me encontro com ela às vezes — digo. Estendo a mão para abaixar um dos braços dela, mas ela está muito fora de controle e eu me afasto. — E as meninas. Tanto faz. Não significa nada. É um lance que eu faço quando preciso de uma mãe ou algo assim. Isso não tem absolutamente nada a ver com você. Nada mesmo.

— Tem tudo a ver comigo! Você está maluca? VOCÊ ESTÁ MALUCA? — Sinceramente, aquela é uma pergunta que deveria ser feita para ela, mas eu não sei como dizer isso. Um entregador passa por nós de bicicleta, e Karissa o xinga alto.

— Você é igual à porra da sua irmã! Vocês são tão egoístas! Tão injustas! — As palavras saem rápidas e cheias de raiva e muito mais altas do que jamais a ouvi falar antes, e é meio desorientador ser xingada de tantos nomes em um espaço tão curto de tempo. É horrível que exista um tipo de consenso entre ela e Tess de que Arizona e eu somos péssimas.

— Arizona não sabe — sussurro. — É uma coisa minha. Só minha.

Karissa suaviza um pouco o tom.

— Arizona não sabe? — pergunta a ela.

— Por favor, não conte para ela.

— Isso fica entre nós? — diz ela. Seu rosto quase fica normal de novo, quase reconhecível e familiar, uma expressão em que todos os traços estão onde os vi antes.

Eu me sinto usada. Como os casacos velhos empilhados no brechó ao qual fui com Bernardo. Algo para se experimentar e deixar para trás. Algo que já foi usado por um milhão de variações do mesmo tipo de pessoa, que acha que tudo não passa de uma brincadeira.

Minha mente fica tomada por metáforas quando estou sobrecarregada. E eu estou tão, tão sobrecarregada.

— Sim — confirmo.

Karissa faz que sim e pensa. Começa a cair uma chuvinha. Aquele tipo de garoa leve a vaporosa que faz o meu cabelo parecer grosso e frisado. A cidade está ficando feia à medida que o verão se transforma e o frescor e o calor do sol viram algo indistinto e desconfortável cujo cheiro lembra que imensos sacos de lixo ainda não foram recolhidos.

— Tudo bem. Então. Sou eu ou ela — diz Karissa. Eu preciso saber o nível de embriaguez em que ela se encontra.

— Você vai terminar com o meu pai se eu não parar de me encontrar com Natasha? O que isso quer dizer? — pergunto.

Tento subir para a varanda de entrada do nosso apartamento para que pelo menos possamos ter uma briga sob o toldo, mas Karissa me impede de continuar.

— Não. A gente vai fazer isso aqui — decide ela. Ela pega um cigarro e tenta acendê-lo, mas de duas uma: ou o fluido do isqueiro está acabando ou está chovendo demais para fazê-lo funcionar. O cigarro já está molhado em sua boca. — O seu pai mal se lembra de ter estado com ela — declara Karissa. — Ele se esqueceu de tudo isso. Tudo foi um grande erro. Você deveria seguir adiante também. — É impossível que Karissa possa saber mais sobre isso do que eu, mas ela certamente está proclamando que sabe.

A primeira parte certamente parece verdade. Papai não tem lembranças.

— Ele já contou para você sobre o certificado que ela nos deu de presente? Que *eles* nos deram de presente? — pergunto. Eu mal consigo dizer as palavras. Elas ficam presas na minha garganta e queimam como um resfriado de verão preso ali.

— Não sei do que você está falando. Mas você precisa se afastar dela. Você faz ideia do que isso causaria ao seu pai? Você não pode simplesmente decidir trazê-la de volta. É injusto.

Existem um milhão de coisas para dizer sobre o meu pai fazer exatamente isso comigo, e não o contrário, mas não consigo verbalizar. Que ele tem permissão de mudar tudo, mas eu não posso mudar nada. Que o meu trabalho é aceitar qualquer nova construção de família que ele criar, não importando o quanto isso me machuque. E que esperam que eu esqueça tudo quando ele disser que acabou.

— Olha, eu sei que as coisas têm sido difíceis ultimamente — diz Karissa. Ela respira fundo e seu cigarro finalmente acende e ela sopra um monte de fumaça para cima. Isso só torna a calçada ainda mais quente e mais insuportável. — Eu sei que a gente ainda não sabe como vamos encaixar tudo isso. E que eu estou um pouco por fora. Mas você me conhece. Lembra?

Eu me lembro.

— Você se lembra daquela cena que fizemos juntas na aula? As noites que passamos no estúdio ensaiando até morrer? De como foi divertido?

Sim, eu me lembro.

— Você se lembra de convencer Donna a deixar que a gente pedisse comida etíope quando todos estavam realmente de mau humor? Ensinar todo mundo a comer com pedacinhos de pão?

Eu me lembro.

— Você se lembra de como passamos o dia dos namorados juntas e eu contei para você sobre todos os caras que já amei?

Eu me lembro.

— Tudo isso foi real — diz Karissa.

Nego com a cabeça. Foram coisas reais, mas não são mais. São reais, mas não significam mais a mesma coisa.

Por fim, subimos a escada e ficamos embaixo do toldo.

— Eu não posso entrar até estarmos bem — diz Karissa. — Até você lembrar que me ama.

Minha cabeça dói.

— Não podemos entrar até você me escolher.

Ficamos em pé na varanda por um longo, longo tempo. O rosto de Karissa se ilumina a cada segundo pelos faróis dos carros que passam, e ela está fumando um cigarro atrás do outro — sou uma fumante passiva — e mil conversas passam diante de nós, mas não falamos nada.

— Tudo bem — digo, por fim porque não consigo mais suportar o clima horrível na rua, e Karissa me fez lembrar de mais um dia: daquele em que cheguei chorando porque Tess estava indo embora. Nesse dia Karissa comprou chocolate quente e me ouviu explicar como era sentir que algo que você não estava bem certa se queria ter, mas tentava querer, de repente é tirado de você.

— Me deixa entrar — pede ela.

— Tudo bem — respondo.

Ao entrar, o ar-condicionado e a máquina de ruído branco do meu pai estão ligados, a segunda máquina está emitindo aquele perfeito não barulho. Ele deixou maçãs e sanduíches de cheddar para nós duas.

9 de julho
Diário de Gratidão

1. Macarrão no café da manhã.
2. Rabanada no jantar.
3. O pôr do sol visto de Battery Park com Bernardo.

Capítulo Trinta e Seis

Alguns dias depois, passada a onda de calor, Bernardo e eu estamos sentados no meu porão, tomando vinho branco e fumando ridículos cigarros de cravo, e ele pergunta o que o meu pai fez com todos os anéis antigos.

— As mulheres ficam com eles? — pergunta ele. — Elas ficam com tudo que ele dá para elas?

— Tipo, o silicone, com certeza. E novos rostos repuxados.

Quando Bernardo acha engraçada alguma coisa que eu digo, ele me beija em vez de rir. É uma entre um milhão das coisas que amo nele. Encontro todos os dias algo novo. A textura do cabelo em uma tarde particularmente úmida. O jeito que seus lábios se movem um pouco quando lê a contracapa de um livro. Amo me deitar em um cobertor no parque nos seus braços enquanto seus dedos passeiam pelas minhas costas. Amo até o toque do meu celular quando ele manda mensagem. O som é diferente de alguma forma, aquele assovio quando sei que é ele.

São coisas que não posso exatamente contar para Arizona nem para Roxanne. Coisinhas que são pequenas demais ou bregas ou aleatórias demais para dizer quando elas me perguntam como estão as coisas com ele.

— O que vai acontecer com Karissa? — pergunta ele.

— Talvez ela me surpreenda — respondo. — Talvez fique tudo bem.

— Natasha acabou sendo legal — disse ele.

Bernardo acaricia as minhas costas e, em qualquer outro dia, seria a coisa perfeita para se dizer, mas estou tentando deixar Natasha, primeiro na minha cabeça, e depois de verdade. Estou tentando dar a Karissa o que ela quer.

Porque ontem tomamos café no telhado e nos bronzeamos, e no dia anterior, tomamos vinho branco em garrafas térmicas no meu cinema favorito, o Angelika, e rimos de um documentário sobre supermodelos, e isso são coisas que fazem parecer que as coisas poderiam ficar bem, mesmo que eu sinta uma sensação traiçoeira no fundo do estômago, dizendo que está tudo errado e mesmo que a cada poucas horas algo sombrio e estranho apareça em seu rosto. E porque a verdade verdadeira é que tenho medo do que ela fará com o meu segredo. Tenho medo de Karissa.

O piercing de Bernardo arranha um pouco a minha testa quando nos beijamos.

— Seu beijo é o melhor — digo.

— O seu também — diz ele antes de me beijar de novo.

— Melhor do que o de Casey? — pergunto. Pergunto por que estou bêbada e perdida no beijo e porque ele ficou com os olhos um pouco marejados quando estávamos em Battery Park no outro dia. Perguntei o motivo e ele disse que ele e Casey costumavam ir até lá.

— Você sente saudade dela? — perguntei

— Às vezes — respondeu ele, e eu achei que aquilo fosse me fazer sofrer, só que foi tão sincero e verdadeiro que não liguei. Foi melhor do que fingir que ela nunca existiu ou que nunca foi importante.

— Decidi uma coisa — diz Bernardo agora, e fico preocupada com a possibilidade de ele ter decidido que ainda não está realmente preparado para voltar a amar alguém. — Eu realmente já esqueci a Casey. De verdade. Esqueci mesmo! Eu nem sinto mais saudade dela.

— Mas aquele dia no parque... — digo. Eu não quero ouvir uma mentira que é simplesmente mais fácil do que a verdade.

— Aquele foi o último resquício de sentimentos por ela — explica ele. — Isso é tudo. Eu não estou mais triste por ela.

Confio nele de forma tão profunda que quando ele diz que acabou, sei que ela se foi e somos apenas nós dois.

— Tchau, Casey — digo, acenando para algum fantasma de uma lembrança dela.

— Tchau, Casey — repete ele, acenando para coisas que ele amava nela e que deixaram de importar.

— Eu te amo — digo, me declarando para ele da forma mais simples e com a voz mais clara que tenho.

— Mas sério, Mon, o cara tem uma coleção de anéis, tipo, na gaveta de meias? — pergunta Bernardo. As palavras estão arrastadas, mas gosto do jeito que sua mão se move do meu joelho até o quadril. Faz com que me sinta meio como uma gata, o que não é a pior coisa para se sentir quando você se sente um rato em todos os outros momentos.

Ajeito os óculos dele e estremeço porque esse gesto faz com que me sinta muito próxima dele.

— Tenho certeza de que ele os devolve. Ou vende para algum joalheiro. Ou, tipo, coloca em um cofre no banco — respondo. Na verdade, não tenho certeza sobre nada disso, então acrescendo isso à lista de coisas que não sei ou que não entendo sobre o meu pai.

— Seu pai não venderia os anéis. Ele é elegante pra cacete e tudo mais — argumenta Bernardo. Já notei que ele nunca fala palavrão, então ele falar *cacete* é uma pequena revelação, mais uma coisa pela qual me apaixonar. É impressionante quantas coisas você pode amar em uma pessoa.

Quase compreendo meu pai neste instante. Quase. Entendo como os sentimentos podem chegar de forma repentina e drástica quando você conhece alguém de quem gosta e o impulso de querer prender tudo isso e garantir que nunca se acabe. Nunca senti mais coisas do que neste exato segundo. Gostaria de prender Bernardo aqui. Nós dois. Gostaria de nos prender a este momento, ancorar-nos um no outro e na sensação de como é estar apaixonado num verão em Nova York quando você tem 17 anos e cabelo cor-de-rosa e é mais corajosa do que antes.

Estamos consertando as partes quebradas um do outro, mas não do jeito obsessivo e efêmero com que meu pai e suas esposas e namoradas fazem. Finalmente consigo parar de ouvir a voz de Arizona na minha cabeça dizendo *rápido demais e parecida demais com papai e louca e você não sabe o que é o amor.*

— O anel da Karissa é o mais exótico? Porque todo esse lance é meio exótico — diz Bernardo. — Isso é o que você deveria ter. Algo exótico.

Ele continua bebendo, embora já tenhamos passado do ponto sem retorno. Então, continuo bebendo também. Não me importo de estar tonta quando estou com ele. Mesmo sóbria eu já me sinto assim perto dele, então isso quase que deixa as coisas equilibradas. Tipo uma dupla negação ou qualquer coisa assim.

Tenho os melhores pensamentos quando estou bêbada.

Sorrio e tomo mais vinho e pego o cigarro dos dedos dele e coloco entre os meus porque quero que as nossas bocas tenham o mesmo gosto. Quero estar naquela nuvem de fumaça com ele.

Além disso, sou legal demais quando fumo. Sou a garota de um filme.

— Talvez ele deixe que elas fiquem com o anel. — Nunca sei como me referir às ex-mulheres do meu pai, então estou sempre tentando *n*ovas expressões. As "ex". As mulheres. O clube Sean Varren. Fakes. — Isso seria elegante, não é?

— Vamos procurar — sugere Bernardo.

— Na gaveta de meias dele? — pergunto. Inclino a cabeça e trago mais uma vez e coloco o cigarro na boca de Bernardo como uma distração.

— Vale a tentativa, né?

Não consigo parar de rir. Amor e vinho me fazem rir. Bernardo, é claro, não ri, mas parece feliz de observar enquanto rio.

— É melhor que você não esteja planejando um roubo das meias e dos diamantes do meu pai — digo. Eu me recosto no sofá, que é duro demais para ser confortável. O couro range sob as minhas pernas nuas e não consigo parar de rir.

Bernardo se aproxima mais de mim. Ele apaga o cigarro no cinzeiro de cristal na mesinha de centro e olha para mim como se eu fosse linda, como se mesmo as partes de mim que não são tão bonitas fossem incríveis. Ele olha para cada pedacinho do meu rosto, para cada traço, e solta pequenos suspiros toda vez que muda o foco do olhar.

Ele leva a mão que estava na minha coxa até o meu rosto e a outra até a nuca.

— Eu quero que você tenha um — diz ele. — Acho que a gente deve fazer isso.

— Fazer o quê? — pergunto tentando não semicerrar os olhos por estar confusa ou bêbada.

— A gente deve comprar um anel para você.

— Tipo um *anel* de verdade? — pergunto.

Eu rio porque garotas de 17 anos não ganham anéis de verdade. Olho atentamente para o rosto dele para determinar exatamente o nível de embriaguez de Bernardo. Não consigo parar de rir. Ele está sério, e meus sentimentos estão confusos, além disso, minha cabeça está tão, tão pesada.

— Você está bêbado — digo. É um fato, e é a única explicação para estarmos falando sobre isso.

— Nós estamos — corrige ele.

É legal fazer parte de um "nós".

— Quando seu pai estava fazendo o pedido de casamento, pensei nisso. Tipo assim, ele já fez isso um milhão de vezes, mas ainda acredita. Isso é legal. E, tipo, casar não faz sentido para ninguém, o que significa que faz sentido para todo mundo — argumenta Bernardo.

Ele é inteligente; é uma das coisas que amo nele. Inteligente e profundo e romântico. E tenho tanta sorte, como se eu tivesse um trevo de quatro folhas, um pé de coelho e tivesse visto um arco-íris duplo. Bebo mais vinho, tonta diante da loucura do que acho ser um pedido de casamento.

Eu tenho 17 anos, fico repetindo diversas vezes na minha cabeça, mas não digo em voz alta. Não me sinto uma garota de 17 anos. O jeito que eu o amo não é o amor de uma garota de 17 anos.

Penso no meu pai ajoelhado, fazendo o pedido para Natasha. Ou na fotografia do meu pai e da minha mãe no dia do casamento, de mãos dadas na praia como se o mundo fizesse sentido.

Fico imaginando se mostrar para Bernardo aquela foto provocaria nele a mistura estranha de sentimentos — esperança e desesperança, medo e excitação. Crença e descrença. Admiração e terror.

— Você é doido. E lindo. E, você sabe que, um dia, com certeza — respondo. — Ah, que tal um anel de compromisso? Uma vez, Roxanne ganhou um de um cara com quem namorou. O que tinha cabelo moicano e era viciado em cocaína. Mas eles tinham um anel de compromisso. Do tipo irlandês, um anel de Claddagh, aquele com duas mãos segurando um coração coroado? Maneiro pra caramba.

— E eles terminaram — conclui Bernardo. — E foi como uma piada, certo? Tipo, os pais deles acharam tudo aquilo fofo?

— Claro — respondi.

A mãe de Roxanne deu uma daquelas risadas doces e suaves e disse que ela mesma tinha namorado um cara que lhe dera um quando era jovem. Contou isso como se todos nós, depois de crescer, fôssemos compreender como éramos tolos. Roxanne a odiou por isso, mas ela estava certa. Um anel de compromisso não significava absolutamente nada. Não tem o menor impacto. Não é uma coisa de verdade.

— É. Você está certo. Para o resto do mundo pareceu uma piada.

— A gente não é uma piada — diz Bernardo. — Não somos namoradinhos do colégio. Não somos Roxanne e seu namorado drogado. — Ele leva as mãos ao meu rosto. Cada uma de um lado. Sua respiração está ofegante, e logo eu também estou. — Eu acho que eu te amo mais do que a maioria das pessoas se amam. Eu quero que a gente se case. Você vai fazer dezoito daqui a alguns meses. E por que deveríamos invejar pessoas que fazem loucuras e coisas românticas por amor quando nós podemos muito bem fazer também? Por que não sermos as pessoas que imaginamos ser, ou as dos livros e dos filmes?

Não sei se compreendo ou concordo nem mesmo se Bernardo consegue ouvir o zunido na minha cabeça e no meu coração.

Fico imaginando que livros ele tem lido e de que personagens sente inveja. Qual história de amor ele acha que poderíamos viver.

— Eu vi a sua lista, o diário de gratidão — continua Bernardo. — Eu sei que não deveria ter lido, mas vou mostrar o meu para você. Eu tenho feito, exatamente como Natasha me disse para fazer.

Estou sem palavras. Tento me lembrar de tudo que escrevi naquelas páginas para saber o quanto de mim ele viu.

— As coisas que escrevi não são para você — digo. Imagino se beber mais vinho vai melhorar ou piorar as coisas. Tomo alguns goles para descobrir. — Eu leio para você os itens que quero que você saiba, mas o resto não é para você.

Não sei bem se gosto de ser vista. Não de forma tão completa.

— Mas você disse que mostra para Natasha. — Ele parece realmente confuso, como se não tivesse entendido alguma coisa. Bernardo não solta o meu rosto, mesmo que eu tenha certeza de que está ficando quente sob suas mãos. Estou vermelha e confusa. — Você mostrou para mim. Nós sabemos tudo um do outro. Foi por isso que fui tão sincero em relação à Casey.

— Isso é diferente — respondo, tentando encontrar uma voz sob o efeito do amor e do vinho e a sensação de estar perdida no meu mundo em mutação. É difícil.

— Você não pode ser mais próxima a Natasha do que a mim — diz ele. É estranho, porque essa é a segunda vez que alguém disse praticamente a mesma coisa. Sinto um frio por dentro; não quero que Karissa e Bernardo tenham nada em comum nesse momento.

— Eu não sou. Claro que não sou — digo. Finjo que isso não me faz sentir mal. Tento compreender que isso vem do amor e do desejo dele de me conhecer. — O diário é um lance meu e dela. E eu meio que queria que você tivesse pedido para ver. Eu teria mostrado para você.

— Ela me deu o meu próprio diário para que fosse um lance do Bernardo também — argumenta ele. Ele ainda está falando de modo gentil. Não há um pingo de briga no tom da sua voz. E talvez ele esteja certo. Talvez Natasha tenha dado a ele um diário para que ele pudesse entrar para o clube, para que eu não tivesse nada sem ele.

Bernardo não é a Karissa, digo para mim mesma. Então, repito isso mais algumas vezes para que isso seja verdade.

Mas eu me sinto um pouco territorial de novo.

— Tudo bem — digo, e minha mente confusa tenta compreender isso tudo. É confuso descobrir o que é o amor. Tem uma parte que é como achei que fosse, mas tem outras coisas também, e acabo saindo dos trilhos. Não consigo deixar de sentir coisas erradas nos momentos certos.

— Eu quero conhecer você de forma completa — declara Bernardo. Ele toca o meu rosto, o meu cabelo, a minha sobrancelha. — Eu quis ver as partes secretas, eu vi, e eu as amo também e eu acho que a gente deve fazer isso. — Bernardo pega o meu anelar, o da mão esquerda, e eu amo que ele não saiba que essa não é a mão certa. É um erro que meu pai jamais cometeria. E eu amo a ideia de ser a primeira, a única, a escolhida.

Sim, sim, sim, meu cérebro diz, mesmo que ainda esteja confuso com absolutamente todo o resto no mundo. Bernardo parece ter tanta certeza, e eu me perco nessa felicidade e nessa certeza.

Não somos como Roxanne e seu namorado viciado. Não somos casaizinhos de colégio que transam na cama dos pais e chamam isso de amor. Não somos o que os adultos consideram um casal fofo. Não somos o meu pai nem nos apaixonamos do jeito que ele se apaixona, sem realmente conhecer a pessoa ou se preocupar em conhecê-la. Bernardo me conhece e quer me conhecer mais. Somos uma coisa nova.

Somos mais. Temos que ser. Tudo que eu sempre quis foi esse mais.

— Sim — respondo. — Vamos fazer isso.

Capítulo Trinta e Sete

Descobrimos que meu pai guarda todos os anéis no seu escritório, em uma das gavetas da escrivaninha, como se fossem contratos de negócios, o que acho que é meio o que são. Eu quase não entro, mesmo que tenhamos procurado em todos os outros lugares. Não quero nunca mais estar em nenhum lugar próximo àquela foto minha e de Arizona, mas não consigo parar de procurar.

Olho na pasta de novo e ela sumiu.

Arizona deve tê-la pegado e a destruído. Sinto uma onda de amor por ela, e uma tristeza porque o que estou prestes a fazer com Bernardo vai me afastar ainda mais dela.

— Uma gaveta de diamantes — declara Bernardo, todo poético em sua descrença.

— Uma gaveta de promessas vazias — digo. O vinho diz, não eu.

Há oito anéis na gaveta, mas apenas quatro ex-mulheres. Sou obrigada a presumir que, ou ele teve a intenção de fazer o pedido para algumas ex-namoradas, mas nunca teve a chance ou ele tem planos para ter mais três esposas depois de Karissa. Há uma pequena fortuna guardada ali no escritório do meu pai. Fantasio que ele está guardando aquilo para minha faculdade ou algo assim, mas a triste realidade é que ele provavelmente ficou com metade deles depois dos divórcios e imediatamente se esqueceu de que eles existiam.

Juro que se eu disser o nome Natasha para ele, ele nem saberia sobre quem eu estava falando.

Os anéis estão perfeitamente alinhados na gaveta, uma fileira de caixinhas guardadas no lugar onde lápis e grampeadores reserva e contas a pagar deveriam estar. Sinto o estômago revirar.

— Vamos tentar de novo — diz Bernardo. Ele pega um dos anéis e o aproxima do rosto, depois outro, e escolhe um simples que eu nunca tinha visto antes. — Ele não vai sentir falta dele por algumas semanas, até eu poder comprar um para você, vai? — Dou uma risada e beijo o seu ombro, mas ele está com uma expressão séria no rosto e está começando a se ajoelhar e estamos prestes a fazer isso de verdade.

— Eu não consigo... A gente não pode... Essas coisas provavelmente vão dar azar... E eu odeio diamantes... E de jeito nenhum você... — Não estou conseguindo terminar nenhuma frase. Bernardo está ajoelhado no chão do escritório do meu pai, segurando uma caixinha azul da Tiffany's.

— Você aceita se casar comigo? — pergunta ele.

Abro um sorriso. É difícil dizer sim de forma normal porque o momento é muito ridículo, o anel brilha tanto e meu corpo ainda está um pouco cambaleante por causa do vinho. Cubro o rosto e dou uma risada.

— Não vamos ser como todo mundo. Você aceita não ser igual a todo mundo comigo? — Gosto muito mais desse pedido e do fato de os ombros de Bernardo estarem retos e seu joelho não estar cedendo nem nada. O anel na caixinha nas mãos de Bernardo faz o meu coração disparar inesperadamente, uma sensação para a qual eu não estava preparada, e são os meus joelhos que parecem ceder.

Eu não quero ser como todo mundo.

Não quero ser como o meu pai, nem a minha mãe triste, nem a criatura que Karissa está se tornando, nem as outras mulheres que fizeram parte da minha família, mas que agora estão espalhadas por toda a cidade vivendo novas vidas. Quero ser como Karissa era na aula de teatro, e como Natasha disse para eu ser nos meus diários. Quero escrever sobre isso amanhã. Quero ser grata por um anel de diamante roubado e uma sessão de uma hora de beijos no chão.

— Sim — respondo, aproximando-me dele para o beijo, que é longo e intenso e adulto.

Ele coloca o anel no meu dedo. Apenas durante aquela tarde.

— Eu não vou ficar com ele — digo.

— Mas a gente ficou noivo de verdade? Posso comprar um anel para você?

— Estamos noivos de verdade — respondo.

Não consigo parar de rir. Ou de beijá-lo. Então, estamos entrelaçados no chão, a gaveta cheia de anéis ainda aberta e seu conteúdo provavelmente nos observando.

Ficamos nus e algo além disso. Vamos transar. Ou tentar. É rápido e divertido e a coisa toda não foi tão complicada quanto achei que seria, mas talvez nada seja complicado demais quando você está usando um anel com um diamante imenso no dedo.

— É isso que pessoas que ficam noivas fazem? — pergunto quando estamos abraçados e nos olhamos nos olhos e fizemos todas as coisas que parecem certas depois de tudo. A minha intenção era fazer uma piada, mas Bernardo fica tenso com a implicação.

— Não foi por isso que eu fiz o pedido — diz ele.

Não é que eu tenha me esquecido da seriedade dele, mas, às vezes, acho que é um estado transitório e não uma condição verdadeira de longo prazo. Suponho que, se ele me ama, ele tem que ter uma risada profunda e um espírito mais leve em algum lugar lá dentro.

— Claro! Ai, meu Deus, é claro. Estou brincando, baby — digo. *Baby*, como palavra, não sai naturalmente. Mas ele gosta disso. Fica mais relaxado.

— Eu sou péssimo em interpretar suas piadas — diz ele, brincando com o anel no meu dedo. E acho que ele quer que eu continue usando, quer que eu mostre para a minha família, que eu torne isso tudo ainda mais real de alguma forma. Mas gosto dele como uma fantasia.

— É mesmo — respondo. Dou um sorriso enorme para que ele saiba que estou provocando, mas ele está ocupado demais beijando a minha testa, bem na linha do couro cabeludo, para notar.

— Para quem vamos contar primeiro? — pergunta ele.

— Ai, meu Deus, ninguém por enquanto — respondo. Começo a me vestir. Ainda estou me acostumando com todo esse lance de nudez.

— Como assim, ninguém? — pergunta ele.

— Bem, não é como se fôssemos nos casar amanhã nem nada e a gente pode esperar até as pessoas não acharem que estamos loucos. — Vestida e com o cabelo preso e não mais colando nas minhas costas suadas, me sinto um pouco mais no controle.

— Desde quando isso tem a ver com outras pessoas? — questiona Bernardo, vestindo-se também, mas não parecendo muito satisfeito com isso.

— Exatamente — respondo.

Ficamos em silêncio por um tempo.

— Eu quero que isso seja algo real — declara ele.

— Eu também. Isso é real.

A expressão dele revela um tipo de tristeza, e eu sei que mesmo que ele tenha esquecido Casey, os ecos do sofrimento ainda estão lá. Prontos para se acender e assumir o controle a qualquer momento. Eu disse alguma coisa que o fez se lembrar daquele sofrimento.

Ele não precisa me contar. A mudança de energia é tão clara que ele poderia muito bem estar mudando de cor, como um anel do humor.

Bernardo é uma pessoa que tem medo de não ser real o suficiente.

Bernardo é uma pessoa que quer que eu o ajude a ser real.

— Eu quero contar para a minha família. E para a sua. Nós não escondemos as coisas. Nós não somos assim — diz ele.

Isso é estranho, o fato de já haver um forte senso de *nós*. Mas há. E nós fazemos coisas grandes e estranhas e juntos. Não nos escondemos. Não tentamos nos encaixar na ideia que alguém possa ter do que é certo.

E amo isso a nosso respeito.

Músculos que eu nem sabia que eu tinha estão doloridos. Um tipo bonito de dor em partes misteriosas do meu corpo. É possível que eu goste ainda mais do que acontece depois do sexo do que do ato em si.

— Eu não quero ficar noiva do jeito que o meu pai fica. Eu não quero que isso me faça lembrar de como as coisas são com ele.

Acho que Bernardo me entende do mesmo jeito que eu o entendo. As pequenas sensibilidades, as pequenas zonas responsáveis pelos sentimentos, podem até ser diferentes, mas são igualmente fortes.

Ele faz que sim.

— Eu me esqueço às vezes — explica ele. — Eu não conheço ninguém que tenha se casado mais de uma vez. Eu nunca fui a um casamento.

— Eu era tão pequena no casamento de Janie. Ela estava tão... envolvida naquilo. Eu fui dama de honra. Ela parecia uma princesa. Os filhinhos dela estavam de fraque. Fizeram todo aquele ritual. Com areia. Quando o casal coloca junto a areia em uma tigela? Eu achei que aquilo significava que ia funcionar.

Giro o anel no dedo mais algumas vezes. Não consigo ficar com ele. Mas gosto de como fica na minha mão. Do fato de que nós dois podemos olhar para ele como um símbolo de algo grandioso.

— Eu não sei de quem é este anel — sussurro.

— Talvez seja um dos sobressalentes?

Eu o tiro e entrego para ele. Não posso descer com ele no dedo.

— É legal — diz Bernardo. — A gente pode fazer coisas inesperadas e grandiosas. — Seu rosto está ruborizado e as covinhas aparecem, seus óculos estão presos em uma das orelhas, mas não na outra.

Tenho certeza de que temos a mesma aparência: desarrumados e felizes e excêntricos. Penso em quando papai pediu Tess em casamento em alemão rudimentar na nossa sala cheia de flores. Tess estava usando um terninho azul-marinho e tinha feito escova mais cedo naquele dia, e sua maquiagem era discreta e bonita.

Ela ficava tocando o novo nariz o tempo todo.

É por isso que sei que isso é bom e real. Nós somos o contrário de algo perfeito e planejado. Somos espontâneos e românticos e nós dois temos mágoas. Tenho certeza de que é assim que as coisas devem ser.

Tiro o anel e procuro pistas que revelem de quem poderia ter sido.

E lá, na parte interna, gravado e um pouco embaçado: *Sempre minha Janie.*

13 de julho

Diário de gratidão

1. Conversar com Roxanne sobre sexo, agora que sei o que realmente é. A velocidade com que as palavras saíram.

2. A lista de *coisas terríveis que fazem você perceber o quanto você ama alguém* na sua última lista do diário de gratidão.

3. O desenho que a irmãzinha de Bernardo fez para mim. Eu e Bernardo. Estou usando um vestido de noiva no desenho, como se ela soubesse, mesmo que não saiba. Ela simplesmente acha que ficaríamos bonitos de noivos.

Capítulo Trinta e Oito

— Eu descobri onde nós vamos conseguir o seu anel — declara Bernardo alguns dias depois. Estamos no Reggio, que eu o ensinei a amar para que eu possa vir aqui com ele quando todo mundo na minha família não está se falando. Preciso ensinar para ele tudo que Arizona e o meu pai fazem para que mesmo que tudo esteja desmoronando, eu ainda consiga manter as melhores partes.

— Eu descobri onde Janie está — conto para Bernardo enquanto coloco açúcar demais no meu café com leite. — Eu quero vê-la. Eu sei que as coisas foram horríveis com Tess. Mas eu preciso fazer isso assim mesmo.

Coloquei o anel de volta na gaveta assim que vi que era dela. Aquilo provocou uma dormência no meu dedo. Era um pouco pequeno demais. E um pouco bonito demais. E um pouco a lembrança das coisas que eu costumava achar que eu teria.

Ela agora trabalha em um restaurante que fica em um terraço em Williamsburg.

Encontrar pessoas é tão fácil que dá até um pouco de medo. Elas estão perto, mesmo que você não as veja há muito tempo.

— Perfeito — diz Bernardo. — Williamsburg funciona para o anel também.

— Janie primeiro — digo.

Preciso tirá-la da minha cabeça antes de fazer qualquer coisa. A minha primeira madrasta, cujas mudanças foram as mais extremas. Sua mãe nos visitou uma vez, um pouco depois de um ano do casamento, e ela não reconheceu a própria filha esperando por ela na Penn Station.

Foi horrível. Janie acenando loucamente enquanto sua mãe procurava em volta pela filha magra, morena e nariguda. Um lindo sinal de nascença perto do seu olho direito também tinha desaparecido. Seus olhos semicerrados e felizes estavam arregalados e intensos. Ela parecia um alienígena.

Já faz anos desde a última vez que a vi, então eu meio que espero que ela esteja totalmente plastificada. Mais boneca do que pessoa.

— Acho que preciso fazer isso sozinha — digo.

Perdi o sono na noite anterior treinando para dizer essa frase. É difícil dizer para o Bernardo que preciso de uma coisa diferente do que ele quer me dar.

— Eu estraguei tudo da outra vez — diz ele.

— Não, não. Você foi ótimo. Eu precisava de você. E eu preciso do seu apoio para isso também. Mas eu quero que Janie me veja. Apenas a mim. Eu quero que seja sobre ela e eu e as coisas que éramos e quem somos agora e... Sei lá. Talvez algo sobre a primeira mulher que você já viu de vestido de noiva. Talvez seja simples assim.

— Eu quero ver você vestida de noiva — diz Bernardo, o que significa que está tudo bem, e eu posso parar de me desculpar.

Vamos para o Brooklyn juntos, e Bernardo encontra uma livraria para passar o tempo enquanto eu me encontro com Janie. Ele segue direto para a seção de livros de mistério, e acho que existem tantas coisas que não sei sobre ele. Enquanto me afasto, ele acompanha uma música dos Beatles que está tocando. Não faz isso em voz baixa.

Acrescento isso ao meu Diário de Gratidão.

* * *

Peço para a recepcionista me acomodar na seção do restaurante que Janie atende.

O cardápio é enorme, e eu ainda poderia optar por me esconder atrás dele e nem chegar a conversar com ela.

Escolho um rolinho de lagosta com bacon porque é impossível pensar em qualquer combinação melhor. E nos momentos mais difíceis da vida, é sempre uma boa ideia ter bacon.

Arizona concordaria. E sei — com tanta certeza quanto sei que lagosta com bacon é uma combinação perfeita — que eu deveria ter pedido para Arizona vir comigo.

Mal reconheço Janie quando ela se aproxima. Tudo nela está maior, menos o nariz e a cintura, que estão assustadoramente menores. Sua testa está lisa, imóvel e sem expressão. O cabelo está três vezes maior. O nariz está estranho e esmagado. Os lábios estão pintados de vermelho e tão inchados que tenho certeza de que explodiriam com uma agulha, como balões de festa.

Ela não me reconhece. Peço o rolinho de lagosta e observo a expressão no seu rosto, que não muda a não ser pelo brilho em seus olhos, que fica cada vez mais fraco a cada instante que passa.

— Janie — digo, quando ela está se virando para fazer o meu pedido.

— Oi?

— Sou Montana — digo.

— Eu sou Janie — responde ela. Mas antes de acabar de dizer o próprio nome, ela se sobressalta ao se lembrar de quem sou. — Montana! Montana? Tipo a pequena Montana?

— Enteada Montana — confirmo, como se me dar aquele título fosse, de alguma forma, torná-la especial para mim. Estou cada vez mais envergonhada de mim mesma e de como estou ficando patética.

— Você veio aqui de propósito? — pergunta ela, olhando à sua volta como se talvez o meu pai estivesse ali ou talvez uma câmera escondida para capturar sua expressão surpresa.

— Eu não deveria estar aqui, não é? — Estou tendo algum tipo de episódio de pânico por causa do que aconteceu com Tess. Estou repleta do tipo mais humilhante de arrependimento e começo a me levantar.

— O que você quer? — pergunta Janie. — Seu pai mandou você aqui? Você está no AA ou algo assim? Tipo, você está tentando colocar algum tipo de ponto final?

Ela está profundamente nervosa, mas não com raiva, como a Tess. Estou tentando me lembrar de tudo sobre ela e seus filhos. Os meninos, Frank e Andy. Eles brigavam por causa de caminhões de brinquedo e cresceram um pouco durante o tempo em que nossos pais ficaram casados. Sinto uma profunda necessidade de saber o que aconteceu com eles.

— Como está o Frank? — pergunto. Estou segurando o assento da cadeira com força, tentando calcular quantos anos ele tem agora. Dois anos mais novo que eu, então, eu acho que ele tem 15. É adolescente.

— Você veio saber as novidades? — pergunta Janie. Ela parece confusa, mas não cruel. Então, eu continuo.

— E o Andy? O Andy está bem? — Andy deve ter 13 ou 14 anos agora. Talvez sua voz esteja mudando. Talvez já tenha fumado. Talvez já tenha beijado uma menina. Meu coração está acelerado, mas não martelando no peito, é um tipo mais doce de animação.

— Os dois estão... bem. Andy está em um colégio interno em New Hampshire. Frank joga beisebol.

Ela pigarreia e eu acho que isso é tudo que vou saber sobre os meninos que costumavam ser meus irmãos. Raramente penso neles, mas mesmo esses dois pequenos detalhes despertam uma onda de sentimentos por eles. Uma dor. Talvez eu vá a New Hampshire ou comece a ir a jogos de beisebol do ensino fundamental.

— Sinto saudades deles — digo, uma coisa que não é realmente verdade até eu dizer, e isso me faz ficar com os olhos marejados.

— Não sei se eles se lembram de você — diz Janie. É uma coisa cruel e não sei se ela fez de propósito. — Então, como eu posso ajudá-la? Eu não vou dar a você o e-mail deles nem nada. Não me sinto confortável...

— Eu só queria dizer oi? — digo.

Arizona teria algo melhor a dizer. Ela teria analisado a situação e a tornado melhor, compensadora. Não consigo imaginar no que eu estava pensando para fazer isso de novo. Janie está no meio do horário movimentado de almoço. *Hipsters* de camisa xadrez e barbas cerradas estão fazendo sinal para pedir mais cerveja, e ela está com cheiro de alho e frutos do mar. Tem luzinhas de Natal fora de época em todo o restaurante; Não pisca-piscas brancos, sabe? São aqueles do tipo colorido e cabeças de renas. Não é um lugar para uma conversa séria.

Janie pisca. Parece doloroso, o movimento de suas pálpebras esticadas e olhos sem rugas. Ela fez tantas plásticas que seu rosto nem parece mais um rosto.

— Fiquei noiva. Estou noiva. Isso me fez pensar em você. Foi o melhor casamento. Todo mundo estava tão feliz — digo a ela.

Janie começa a contar nos dedos. Nega com a cabeça como se não pudesse estar certa.

— Então, você tem, tipo, vinte e poucos anos agora? Quantos anos você tinha quando nos separamos? Eu perdi a noção. Meu Deus. Eu não penso em vocês há anos. Tipo, literalmente. Anos e anos.

— Ah — digo.

Preciso daquela lagosta com bacon imediatamente. Preciso de algo para engolir a dureza humilhante dessa realidade em particular. Nesse ponto da conversa eu preferia ser empurrada pela Tess do que ser lembrada por Janie de dezenas de formas que eu não signifiquei nada para ela nem para seus filhos.

Talvez o sentimento mais triste venha com a consciência de que você pensa em alguém todos os dias, e essa pessoa nunca pense em você. É um tipo de solidão. Durante todo o tempo fomos eu e minhas lembranças e nada mais, mesmo que eu tenha presumido que havia uma força equivalente e oposta emitida pelas madrastas até mim.

— Tipo, eu não quero ofender nem nada — diz Janie, vendo, com certeza, algo no meu rosto que a fez ficar momentaneamente gentil.

— Eu tenho 17 anos — digo. — Você foi embora quando eu tinha oito.

Ela ri.

Ela talvez não se lembre de mim, mas eu me lembro de tantas coisinhas sobre ela, como a risada ofegante. Fico imaginando se Frank e Andy enrubescem assim ou riem assim. É impossível que se pareçam com ela, porque ela não se parece mais com ela mesma. Mas talvez tenham outras coisas da mãe. Talvez eles tenham alguma coisa de mim. Fico imaginando se ainda falam na língua do "P" que nós ensinamos para eles ou se já contaram para alguém as histórias assustadoras que contávamos para eles tarde da noite.

— Ah, Montana. Uau. Uau. A sua família, hein? Um mini Sean bem aqui. — Janie arruma o cabelo. Toda sua postura muda de confusa para arrogante, como se ela tivesse acabado de descobrir que estava certa em relação a algo muito importante e científico. — A sua família realmente se apaixona rápido e se apressa para casar, né?

— Isso é completamente diferente — digo, o que é exatamente o que as pessoas dizem quando não é tão diferente assim. — Eu não sou o meu pai. Eu sou o oposto dele.

— Meu bem — diz ela.

Tento me lembrar se ela alguma vez nos chamou assim quando éramos pequenas. Acho que ela vai dizer mais alguma coisa — dar algum conselho ou um aviso, uma punição ou os parabéns, mas ela não tem nada disso para mim, eu acho. Fico imaginando o que ela diria para Andy ou para Frank se eles a procurassem querendo se casar tão jovens. Imagino como seria se eu fosse sua filha de verdade, mas não sei como seria também.

Me sinto mais só do que jamais me senti.

— O que você quis dizer quando disse que não pensa em mim há anos? — pergunto. Algo que magoa tanto assim precisa valer a pena, então não vou sair daqui sem a minha lagosta com bacon e respostas. — A gente era uma família.

— Não, meu bem — responde ela. — Aquilo não era uma família. A gente nem se conhecia.

Déjà vu deve ser algo bom e misterioso, mas isso é um espelho bastante literal da última conversa que tive com Tess. Meio que como aquelas pinturas. As do infinito — uma pintura de uma pessoa segurando uma pintura de uma pessoa segurando uma pintura infinitas vezes. Inescapável, repetitivo e estranho.

— Eu sei um monte de coisas sobre você — digo, e realmente acredito nisso. — Eu sei quanto tempo você demora para arrumar o cabelo e como é sua voz quando você briga com os seus filhos e o que você gosta no café da manhã e a que horas você vai dormir. E eu já vi você chorando. Se você já viu alguém chorando, você realmente conhece essa pessoa.

— Isso não é conhecer alguém — argumenta Janie. — Você não faz a menor ideia do que está fazendo. E não é culpa sua. Mas se você acha que essas coisas importam, se você acha que qualquer coisa que você sabe ao meu respeito me tornam alguém da sua família, você está profundamente confusa. E você tem 17 anos. E o seu pai é um frouxo que não apoia ninguém e fica só no papo. Ele provavelmente vai dizer para você que está tudo bem, que aceita você ficar noiva ou qualquer coisa assim, ou ele vai te dar um gelo ou aplicar ou outra horrível decisão educacional que os pais tomam. Mas ele não vai dizer para você o que você realmente precisa ouvir. Então eu vou dizer. Você não pode ficar noiva. Você não pode se casar. E isso? Eu estar dizendo isso? Isso é família. É assim que é ter uma família. — Ela espera, como se eu talvez fosse responder alguma coisa, mas nem consigo respirar direito.

Procuro pela Janie que eu acreditava que conhecia sob todas as cirurgias plásticas que ela fez. Suas sobrancelhas estão quase no couro cabeludo. Não consigo ler os sentimentos que deve estar sentido — estão todos misturados e errados naquela pele esticada.

— Talvez você não devesse estar me contando isso, meu bem — continua ela. — Talvez você devesse estar contando isso para a sua mãe. Mas se eu sou o melhor que você tem nesse momento, esse é o maior favor que eu posso fazer.

— Eu gostaria do rolinho de lagosta com bacon, por favor — digo por fim, já que ela está aguardando uma resposta, e eu não sei de nada, a não ser que esse prato deve ser delicioso.

Todo o resto é complicado demais para compreender.

Janie traz o rolinho e diz que é por conta dela.

— Você deveria contar para sua família de verdade — diz ela antes de me deixar com aquela perfeição de comida.

— Eu não faço ideia de quem é a minha família — respondo.

O rolinho de lagosta com bacon é gostoso pra caramba. A coisa mais gostosa que já comi na vida. Cheio de maionese e com muita lagosta fresca.

Capítulo Trinta e Nove

— A gente não precisa comprar os anéis hoje — diz Bernardo quando percebe a expressão no meu rosto.

Ele comprou uma revista em quadrinhos para mim, sobre amor e religião, chamada *Blankets*, e ficamos folheando no chão da loja até eu começar a chorar. — Achei que você queria que eu gostasse de quadrinhos.

O amor é realmente triste, quando você começa a conhecê-lo.

— Preciso andar — digo.

— Você quer me contar como foi? — pergunta ele.

— Eu quero contar para Arizona como foi — digo. Mas sei que não vou.

Bernardo concorda com a cabeça e consigo ver novamente aquilo em seu rosto — o sofrimento e a dor —, mas ele não insiste.

Vagamos por Williamsburg, e nunca é tão bonito quanto acho que será. É cinzento e meio acabado, meio industrial, e não cumpre a promessa de ser o lugar maneiro que acreditamos quando entramos no metrô nessa direção.

— Vamos comprar os anéis — digo.

* * *

Bernardo me leva até um estúdio de tatuagem.

— Não posso fazer isso — digo. É um estúdio legal e limpo. Mas mesmo assim.

— Meu primo trabalha aqui. Está tudo bem, você já tem quase 18 anos. Ele não vai dizer nada — diz Bernardo. Essa foi a vez que ele realmente não entendeu o que eu queria dizer.

— Eu não tenho tatuagem — tento de novo.

— Bem, eu também não — responde ele. — Mas parece algo que a gente faria juntos, não é?

— Não! — exclamo porque meus reflexos dizem para eu fazer isso. Mas penso nas semanas que estamos juntos. Semanas que poderiam ser anos pela enormidade, pela mudança de vida e como tudo foi verdadeiro entre nós. Isso parece algo que faríamos juntos. Eu meio que sou assim agora. É quem somos juntos.

— A gente não precisa fazer. Achei que seria legal. Talvez colocar as iniciais um do outro nos nossos anelares? Ou algo assim? Sei lá. Você teve a ideia do cabelo e do *piercing*, então achei que fosse gostar disso. — Bernardo está acariciando o meu dedo com o polegar.

— É — respondo.

A Arizona em minha mente diz que essa ideia é horrível. Mas gosto da ideia da permanência. É algo que Sean Varren jamais faria. Por todas as mulheres que ele mudou e fez plásticas e se casou, ele nunca fez algo permanente em si mesmo. Apenas Botox, uma coisa que não dura. Ele faz pequenas mudanças, torna-se variações de uma pessoa diferente, mas não dá o salto verdadeiro. Ele se casa com elas, sabendo que pode pular fora a qualquer momento. Que pode tirar o anel. Que pode deixá-las para trás.

Não vou conseguir deixar Bernardo para trás se eu fizer isso. Será verdadeiro e meio que para sempre. É esse tipo de para sempre que estou procurando.

— Então, acho que vamos contar para as pessoas hoje à noite — digo. — Não vamos conseguir esconder nada.

— Estou pronto — diz Bernardo.

A gente declara o nosso amor com um *eu te amo* enquanto estou na cadeira. A gente se beija. É como uma cerimônia, só que não. É bem parecido com o *piercing* — fazer algo que não temos idade suficiente para fazer, mas fingimos que sim.

O cara com a agulha se inclina no meu dedo e começa a desenhar uma letra *B* cursiva no lugar onde o diamante deveria estar.

Sinto uma dor irritante no dedo e no cérebro. Estou em pânico e desejando estar em qualquer outro lugar, então mantenho o olhar fixo em Bernardo.

Meio que funciona. Tento respirar apesar da dor e do pré--arrependimento.

NÃO SE SINTA ASSIM, digo para mim mesma.

Era uma vez uma época em que Roxanne, Arizona e eu planejamos fazer tatuagens juntas.

Não faz tanto temo assim. Talvez um ano e meio. Antes de elas irem para a faculdade e antes da plástica de Arizona e antes da primeira vez que Roxanne transou e antes de Karissa. Quando papai ainda estava com Tess. Planejávamos fazer tatuagens iguais sobre amizade. Roxanne sugeriu um desenho do nosso banco. Arizona disse que deveríamos fazer três corações embaixo do umbigo. Eu queria fazer as nossas iniciais alinhadas no nosso braço: ARM, o que é muito legal porque "arm" é braço em inglês.

A gente riu e procurou estúdios de tatuagem na Internet e ficamos nos gabando sobre os nossos planos na escola.

Então, Arizona disse que ficaria feio, e Roxanne não queria fazer sem ela, e papai se divorciou de novo, e a ideia caiu no esquecimento, do jeito que às vezes acontece com ótimas ideias.

Dói, mas não muito, tatuar a inicial do Bernardo no meu dedo.

Dói mais pensar nas coisas que desapareceram neste ano e nos anteriores e perceber que, talvez, tudo que pensei que fosse real na verdade não era.

Isso aqui é real.

Nada que dói assim e permanece pode ser falso.

Não olho para a minha tatuagem até a que de Bernardo fique pronta. Estou superconsciente em relação ao meu dedo e nada mais, e espero que a sensação dure por um tempo porque é exatamente como deveria ser. Bernardo está ofegante enquanto desenham o *M* no seu dedo. O procedimento é rápido, mas antes que termine, não consigo evitar ficar um pouco assustada.

— Isso realmente está acontecendo? Será que estamos loucos? — pergunto.

— Somos o tipo bom de loucos — responde ele.

O tatuador continua o trabalho, e faço o papel de uma garota rindo daquilo. Tudo está pulsando. Meu dedo, meus ouvidos, meu coração, minha língua, minha sobrancelha. Não sei se quero ser louca, mesmo que do tipo bom.

— Olhe. Está lindo — diz ele, e me mostra o seu dedo. Está vermelho, mas o M é elegante e doce e ocupa perfeitamente o espaço.

Finalmente olho para o meu próprio dedo.

O B é uma força bizarra, um ser estranho na minha pele.

— É grande — comento.

— Prontinho — diz o tatuador.

— Está?

Estou tendo dificuldade para pensar. Tudo à minha volta está girando, e os meus olhos estão cansados e pesados e a inicial de Bernardo está tatuada para sempre no meu anelar e estou dentro de uma nova vida desastrosa com a qual eu nem consigo mais lidar.

O mundo se apaga por um instante surpreendente. E desmaio. Eu nunca desmaiei antes, mas desmaiar é como ter um mini-intervalo do mundo. Um momento breve e longo ao mesmo tempo. Quando volto a mim, o rosto de Bernardo está sobre o meu e o tatuador está em pé com um copo de água e me abanando com um panfleto de divulgação do estúdio.

— Acontece — diz ele.

Bernardo beija os meus olhos quando eles se abrem e diz que ficou assustado, e respondo que também fiquei assustada, mas estou falando sobre uma coisa diferente do que ele está falando.

— Vamos contar primeiro para a minha família ou para a sua? — pergunta ele.

Começamos com a dele.

Eles odeiam as tatuagens e o noivado. Sorriem assim mesmo.

As crianças na verdade curtem tudo. Suas irmãs e seus irmãos ficam à minha volta, como se eu estivesse distribuindo balas. Fazem perguntas sobre vestidos, e decido não dizer que já tenho um vestido.

— Vocês acham que é isso que querem? — pergunta o pai de Bernardo. — Vocês não sabem o que é isso.

— Estamos apaixonados — responde Bernardo, e seria fofo se ele não tivesse dito isso como vemos nos filmes sobre adolescentes idiotas.

Tudo que ele disse sobre anéis de compromisso serem sem sentido e como os adultos não os levam a sério volta à minha mente. Somos completamente desconsiderados quando ele fala sobre o nosso amor firme e profundo como se ninguém nunca tivesse vivido isso.

A mãe dele acaricia a mão do pai enquanto ele bufa, e sei que eles sabem o que é o amor. Parecemos pequenos e idiotas em comparação. Tem frango cozinhando no fogão e várias cervejas na geladeira e café na cafeteira o tempo todo. Eles trocam olhares que contam histórias inteiras entre eles dois.

Bernardo não consegue nem me entender quando uso meias palavras.

— Isso é um grande erro — declara o pai de Bernardo. — Você está sempre apaixonado. Você precisa se controlar, *mi hijo*. Nem tudo é único e para sempre e o maior e o melhor. Você é uma criança. Você não pode tomar esse tipo de decisão. Olhe para você! Olhe o que você faz! — Ele fala algumas palavras em espanhol e não consigo compreender, e a mãe dele tenta acalmar as coisas.

— Não que a gente não ame a Montana! — intervém ela. — Você é um doce, querida. Você parece ser muito legal, e eu sei que Bernardo está muito feliz por ter conhecido você. — Ela me serve uma xícara de café sem me perguntar se eu quero ou como eu prefiro. Ela coloca um monte de açúcar e leite como se isso fosse ajudar a engolir a conversa mais facilmente.

— Sim. Você é uma boa menina — concorda o pai. — Não é disso que estou falando. É sobre serem adultos de verdade. E sobre a responsabilidade. E a faculdade. E serem maduros. E saber a diferença entre paixão e *amor*. E no que vocês estavam pensando quando fizeram isso? E se vocês mudarem de ideia no mês que vem?

— É exatamente disso que estou falando! — exclama Bernardo, indignado. — Isso é sobre não mudarmos de ideia. Tipo, agora dá para perceber como isso é permanente. Como estamos levando isso a sério. Eu não sou uma criança. Não estou sendo ridículo. Estou falando muito, muito sério.

Eu me encolho.

Quando Bernardo e eu estamos sozinhos, as coisas que ele diz parecem verdadeiras e sábias. Mas com o meu dedo dolorido e o meu cérebro se recuperando do desmaio, ouço o que ele diz com os ouvidos dos pais dele, e ele parece impetuoso e impulsivo e intenso.

— Não — discorda a mãe — isso é sobre você estar se rebelando ou tentando provar alguma coisa. Eu nem uso anel. Eu não preciso. Está vendo?

Eu vejo.

Seus irmãos e suas irmãs desenham Bs e Ms nos dedos para combinar com nossas tatuagens.

— Olhe o que você está fazendo — continua o pai de Bernardo. — Olhe o exemplo que você está dando. Nós nunca deveríamos ter deixado você se trancar no quarto sozinho e ficar lendo poesia o dia todo. Isso fez alguma coisa com sua cabeça.

— Raul! — exclama a mãe de Bernardo, dando um tapa no ombro do marido. — Poesia tudo bem. Amar Montana tudo bem. Mas o resto? Não podemos apoiar. Não podemos deixar você ir adiante com isso. Podemos dar um jeito de apagar isso. Não é tarde demais, ok? — Nunca ouvi alguém soar tão desesperado. Enquanto o pai de Bernardo está cheio de raiva controlada, a mãe está ansiosa e se esforçando para continuar sendo doce. — Você não sabia no que estava se metendo — diz ela para mim, como se tivesse um mundo de conhecimento sobre o filho que eu não tenho. — Sinto muito.

— Isso não pode ser apagado — diz Bernardo. Ele coloca a mão no ombro da mãe e olha diretamente nos olhos dela para que ela não possa fingir que não está acontecendo ou que é outra coisa.

Enterro o meu nariz na caneca e desejo que tudo fosse tão simples e perfeito quanto o cheiro de café.

Capítulo Quarenta

Não conversamos muito a caminho da minha casa.

Não quero entrar em casa e anunciar o nosso noivado para as pessoas zangadas. Não quero ter outra conversa terrível hoje. Estou exausta por causa da conversa com Janie, do desmaio e dos pais de Bernardo. E o meu pai já desaprova a maioria das coisas básicas em mim — meu maldito rosto, por exemplo — então, ele não vai gostar nada dessa mais nova complicação.

— Eles não entendem a gente — diz Bernardo.

Estou desesperada para pedir para ele parar de dizer coisas assim. Não quero que ele fique parecendo um disco quebrado da juventude incompreendida. Isso faz com que eu me sinta burra. Tento pensar em uma maneira de dizer isso para ele.

Em vez disso, dou de ombros. Estou perdendo as palavras.

— Eles sempre são assim — continua Bernardo.

— Sempre?

— Eles nem queriam que eu namorasse a Casey, então acho que isso já é uma melhora.

Ele pronuncia o nome *Casey* com um pequeno assovio no s, como se estivesse acostumado a falar o nome sussurrando no ouvido dela. Nós ainda somos tão, tão recentes.

— Achei que eles ficariam felizes — diz ele, apertando ainda mais o cachecol, como se estivesse se enforcando em sinal de protesto.

— Sério? — pergunto.

Passamos pelo parque e compro outro café de um vendedor perto da saída. É do tipo horroroso, mas ainda assim tem o cheiro que o café sempre deve ter. O que eu realmente quero é encher a cara, mas ficar elétrica com café vai ter que ser o bastante agora.

— Vamos contar primeiro para Karissa — diz ele.

— Que aleatório — respondo.

Estou suada, vermelha e desejando não estar com esse short cortado para anunciar o nosso noivado. Eu deveria ter me vestido melhor para ir visitar a família dele também. Devia ter usado algo com bainha ou um laço ou um pouco de renda ou talvez uma estampa de bolinhas.

— Acho que ela vai aprovar — argumenta ele. — Acho que preciso ouvir que alguém aprova. Preciso ouvir alguém nos dando os parabéns. Ninguém disse isso para a gente, sabe?

Olho radiante para ele. O meu noivo. Ele parece uma pessoa apaixonada de novo. E o que ele disse é absolutamente verdade. Ele está certo. Então, é exatamente o que precisamos. Piso em todas aquelas dúvidas e foco em como ele geralmente diz a coisa perfeita.

* * *

Karissa está na varanda de entrada. Está tomando suco verde e fumando um cigarro.

Está com uma cara nova.

Não uma cara nova, mas sim um queixo novo.

— Puta merda — digo, porque é isso que você diz quando alguém parece ser quem era e, ao mesmo tempo, outra pessoa. É o que você diz quando a coisa que espera que ia ficar se foi.

O novo queixo está inchado e machucado, mas sei como vai ficar mais tarde. Definido e forte.

— Eu sei que é um pouco chocante — diz ela. — Ainda estou me recuperando, por isso ainda está um pouco assustador. Mas vai ficar absolutamente maravilhoso. Isso vai mudar tudo.

— Meu Deus — diz Bernardo.

Acho que ela também aplicou Botox. A testa dela está lisa e congelada, com uma aparência plástica e inumana que me entristece. Ela tinha aquela linha no meio da testa que aposto que estava ali desde quando era mais nova do que eu. Não era uma ruga, mas sim uma parte dela. Agora essa marca se foi.

— Eu sei, eu sei, parece que levei um soco na cara — diz Karissa. Tenho todas essas palavras combativas para dizer, mas não tenho a energia para dizê-las.

Tento deixar mais um pedacinho da Karissa que eu acreditava que ela era ir embora. Tento mergulhar um pouco mais no que Bernardo poderia ser para mim.

Ele parece confuso e sobrecarregado, e a minha expressão deve estar igual à dele. Somos duas pessoas que estavam despreparadas para as coisas que estão acontecendo à nossa volta.

— Nós queremos sair — diz Bernardo. — Queremos sair para comemorar esta noite. Você pode?

— Demais! — exclama Karissa, sempre pronta para tudo e sem fazer perguntas.

Sinto falta do rosto dela.

— Aonde nós vamos? — Quer saber ela. — Ao Dirty Versailles?

— Algo mais elegante — responde Bernardo.

— Então, o que vamos comemorar? — pergunta ela. Karissa agarra o meu cotovelo. — Você não comemorou seja lá o que for antes com a Natasha, não é?

— Não. Você é a primeira — digo.

Estou trêmula por causa da pressão. Ela está segurando essa informação sobre mim como uma pedra que vai deixar cair sobre a minha cabeça a qualquer momento. Ela pode acabar comigo.

— Bem, vamos nos certificar de que você não vá precisar de nenhuma outra celebração. Vamos nos certificar de tornar essa comemoração épica. — Karissa dá um trago no cigarro e o entrega para mim, não devolvo. Escondo a mão com a tatuagem. Temos que contar na hora certa. Com champanhe e música e roupas brilhantes que nem em um milhão de anos eu usaria.

Karissa nos oferece uma senhora comemoração. Consegue uma mesa em uma boate elegante que costumava frequentar antes de conhecer o meu pai. Ela tem amigos lá, do mesmo jeito que tinha no Dirty Versailles, mas um tipo diferente deles. Mais tristes. Mais bem vestidos. Mais velhos. Mais bêbados.

— Você. Está. Perfeita — diz uma mulher quando Karissa lhe dá um beijo no rosto a caminho da nossa mesa. O inchaço do queixo cedeu um pouco depois de aplicarmos um pouco mais de gelo, e ela cobriu as manchas com maquiagem. As luzes ou falta dela escondem dos outros as coisas das quais não gostamos em nós.

Já a bebida esconde de nós mesmos as coisas das quais não gostamos em nós.

Então, nós bebemos. Enchemos a cara. Primeiro eu, depois Bernardo, depois Karissa.

Karissa também tem mais alguma coisa. Remédio para dor por causa da operação. Ela toma um, depois outro.

Enxugamos duas garrafas e, depois, a terceira. Conversamos com caras de terno e garotas de tops curtos e sapatos de mil dólares. Não consigo parar de vibrar com o vestido franjado que Karissa me emprestou. Eu amo a forma como as franjas batem nos meus braços e nas minhas pernas quando eu rodo.

Eu nunca tinha saído para dançar, e uma boate de adultos é diferente dos bailes da escola. Não consigo definir bem o que é, mas tem a ver com o jeito que jogam as mãos no ar e o movimento dos seus dedos e para quem estão olhando e para quem estão dançando.

— Estou me sentindo estranho — diz Bernardo. Ele mal está dançando, apenas movendo a cabeça e os braços, e eu digo a ele para tomar mais uma bebida.

— É a nossa festa de noivado! — exclamo porque tudo isso é adorável e uma grande piada.

— Não estou me sentindo do jeito que achei que me sentiria — diz ele. — Odeio essa música. As pessoas estão esbarrando em mim. Esse lugar é nojento. Deprimente. Era realmente isso que a gente queria?

Ele ia odiar o Dirty Versailles se está achando que este lugar é nojento. O que é triste, porque imaginei a gente junto lá quando tivermos a idade de Karissa, beijando o *bartender* no rosto e tomando qualquer bebida que seja azul, verde ou cor-

-de-rosa que ele preparasse para nós. Achei que entrelaçaríamos as pernas sob os bancos do bar e nos beijaríamos sob os lustres.

— Você não queria estar apaixonado, despreocupado e livre e sermos nós mesmos? — pergunto, o que não é exatamente o ponto que eu queria tocar, mas é bem próximo.

— Nós estamos e nós somos. — Ele aponta para o dedo. A minha inicial marcando a pele dele.

— Você se lembra quando era apenas caneta permanente? — pergunto. Naquele dia no porão, quando escrevemos um no corpo do outro, pareceu algo permanente e assustador, mas isso é ainda mais. Bernardo meneia a cabeça e aponta para o seu ouvido. Ele não escutou o que eu disse.

Melhor assim. Talvez ele interpretasse errado.

— Vamos ouvir alguém nos parabenizar — digo. — Ela está chapada, podemos contar para ela. Ela vai ficar feliz. Vai gritar e pular e contar para todo mundo. Vai ser legal, não é? — Quero que o humor dele seja como o meu.

— Tudo bem. Vamos fazer isso. E eu tenho outra ideia também — diz ele.

— Contar para Arizona e Roxanne também? — pergunto, sem saber se estou brincando.

— Melhor que isso — responde ele.

Karissa vem dançando na nossa direção, suas pulseiras tilintando, mas não conseguimos ouvir no salão barulhento. Ela não perguntou o que estamos comemorando. Acho que quando soube que a escolhi, nada mais importava para ela.

— Tenho que contar para você o que estamos comemorando — berro diretamente no ouvido dela para que me escute.

— Ah, é! — diz ela, como se fosse um simples detalhe no resto de sua noite. — Imaginei que você e o carinha finalmente transaram?

— Transamos — digo.

— Você transou? Foi a sua primeira vez, não é? Foi bom? Ele foi bom? Isso é lindo pra caramba — diz ela.

Ela me abraça e estou surpresa, mesmo não devendo estar, como fato de Karissa ter pensado que eu correria para ela para comemorar a perda da minha virgindade. Em uma *boate*. Acho que em algum universo paralelo onde ainda fôssemos a antiga Karissa e a antiga Montana, eu talvez tivesse contado. E ela teria comprado uma taça de vinho ou conversado comigo sobre como foi e rido comigo das partes estranhas. Mas esse universo paralelo está longe demais.

Estico a mão para Karissa, a palma voltada para baixo, como se tivesse um anel para mostrar. Como se eu estivesse esperando que ela a beijasse em um tipo de lance da realeza.

— O. Que. É. Isso? — pergunta ela, puxando meu anelar para mais perto do seu rosto para que ela possa dar uma boa olhada no que fiz.

— Bernardo me pediu em casamento — conto.

— E eu sou a primeira a saber? — pergunta ela. A excitação toma conta do seu rosto, mas pelos motivos errados. Confirmo com a cabeça. É quase verdade. — MONTANA! AI, MEU DEUS! — exclama ela, me puxando para um grande abraço, e os frequentadores à nossa volta ficam olhando para tentar descobrir o que está acontecendo. Karissa me abraça e puxa Bernardo com o outro braço. — Estou tão feliz por você! — Ela diz exatamente o que queríamos ouvir.

Bernardo finalmente sorri.

Estou bêbada demais para me lembrar como é sorrir.

* * *

Bebemos mais e dançamos mais, e Karissa começa a desmoronar um pouco. Seus braços e suas pernas começam a ficar bambos e desastrados. O rosto dela fica meio caído. Ela move o queixo de forma estranha, como se não estivesse acostumada com o novo formato.

— Você está bem? — pergunto, e a levo para o banheiro comigo. Bernardo vai para o bar pegar água para nós.

— Você me contou uma coisa muito importante — diz ela, sem olhar diretamente para mim. Ela olha para as luzes acima da minha cabeça e para a placa na porta do banheiro e para os sapatos novos que está usando e para a minha tatuagem. — Você fez mesmo isso. Fez mesmo.

— Eu fiz mesmo — repito.

— Eu também preciso contar uma coisa para você — diz ela. — Agora que somos da mesma família.

— Não precisa — digo.

— Tipo assim a gente precisa ser muito próxima. De verdade — diz ela. — É o que eu quero. Você não quer também?

Dou de ombros. Eu não quero nada nesse exato momento, só que ela fique mais sóbria.

— Eu sinto saudade da minha mãe — diz ela. — A gente tinha o mesmo rosto. Agora não temos mais. Agora eu tenho um novo rosto. E eu não tenho mais nada dela. Talvez eu devesse ter mantido o meu próprio rosto.

— Eu sei. Eu sei — digo.

Seria impossível para mim competir com o jeito que ela sente falta da família, então, não digo que sinto falta da minha também, ou que estou meio que de saco cheio de ouvi-la falar sobre a família dela. Em vez disso, faço que sim e acaricio as costas dela, lutando contra a vontade de vomitar.

— Mas, tipo, eu sinto saudade dela — repete ela.

— Eu sei, você sente saudade de todos eles — digo. Meus joelhos estão cedendo um pouco, então eu me apoio na parede.

— Não. Só dela. Eles estão por aí. Eu odeio todos eles. Mas eu amava a minha mãe.

É uma daquelas frases que é difícil de ouvir ou de entender o significado. Eu quase a ignoro, parece papo de bêbado, impossível e indecifrável.

— Como assim? — digo, apoiando-me ainda mais na parede e inclinando a cabeça para o lado. — Acho que estou completamente bêbada.

— Eles não morreram — diz Karissa

Tento levantar a cabeça e me afastar da parede.

— Eu não estou entendendo. O quê? Tipo assim... O quê? — digo. Estou berrando, mas apenas porque a música está alta demais. Ela tem uma expressão no rosto que é um pouco fofa demais e não envergonhada o suficiente.

— Minha família é toda... legal — diz ela. — Legal de um jeito que é horrível. E eu os abandonei. É difícil de explicar isso para as pessoas. Principalmente para pessoas como você.

Todas as vogais dela estão arrastadas e cantadas. Seus olhos estão enevoados, e tenho a sensação de que será outra noite que será apagada de sua mente, mas não da minha.

Jamais vou me esquecer desse exato momento.

É o pior momento. De todas as coisas que já me disseram que eu não queria ouvir, essa é a que mais odeio porque não esperava por isso. Nem um pouquinho.

Saio do banheiro e me encosto na parede ao lado da pista de dança. Todos os lugares estão cheios e fechados. Quero sair dali. Karissa me segue e para ao meu lado. Não consigo me livrar dela.

— Eu queria que fôssemos próximas — diz ela. — E eu *sinto* como se eles estivessem mortos, sabe? Tipo que eles morreram quando eu fui embora? Isso poderia ter acontecido, e é uma coisa que você entenderia melhor do que eu tê-los abandonado. Eu sei que você não gosta de pessoas que vão embora.

Ela meio que está adormecendo no final da frase. Há alguma coisa que está escapando dela. Parece que a boca está tentando acompanhar as palavras.

— Mas você contou tantas histórias sobre eles, sempre chorando e tudo mais. Tipo, de que porra você está falando? — A música troca de um ritmo para outro, e as pessoas comemoram. Olho para Bernardo. Ele está com três copos de água na sua frente no bar. Ele acena e eu aceno, mas acho que mesmo lá no bar ele consegue ver o que está acontecendo com o meu rosto. Estou desmoronando. Rachando em mil pedacinhos. Estou me descontrolando, e gostaria que isso tivesse me deixado mais sóbria, mas parece que estou mais bêbada.

— Tipo assim, eu realmente, vivi como se eles tivessem morrido — explica Karissa. Ela toma outro remédio para dor, e consigo enxergar quem ela será no futuro, toda drogada e de cara esticada. — Tipo, no meu coração, foi isso que aconteceu. É como na aula de teatro, sabe? Quando a gente realmente entra no personagem?

Bernardo finalmente chega com dois copos de água. Ele entrega um para Karissa e um para mim e segura o meu rosto com as mãos.

— Ei, ei, Montana. Você está bem? — Ele está um pouco bêbado também ou pelo menos está com cheiro de uísque, cerveja e suor. — O que está acontecendo? Você quer ir embora? O que vocês estão fazendo?

Eu dou um sorriso preguiçoso para ele.

— Era tudo mentira — digo.

— Não é nada disso — diz Karissa. Ela agarra o meu braço e eu deixo que faça isso, mas só porque não tenho energia nos meus braços para afastá-la.

Tenho mil coisas para dizer a ela.

Não tenho nada para dizer a ela.

Capítulo Quarenta e Um

— Podemos nos despedir de todo mundo — diz Bernardo.

A corrida de táxi até a minha casa tem cheiro de batata frita e desodorante corporal Axe. Quem quer que tenha usado o carro antes de nós era péssimo. Estou enjoada com o movimento e faço força para tentar ficar sóbria.

Karissa está encolhida em uma das portas. Teremos que carregá-la para cima.

Contei para Bernardo o que aconteceu, e não conseguimos pensar em nada para dizer sobre o assunto, porque a mentira é grande e estranha e impossível demais.

— Poderíamos deixar tudo isso para trás. Deixar essas pessoas. Talvez procurarmos a sua mãe? Na costa oeste? E, então, arrumar empregos. Em livrarias ou floriculturas ou qualquer lugar — continua Bernardo. — Estamos noivos. Você já tem quase dezoito. Podemos fazer o que quisermos. — Quando estou bêbada, sou um desastre e fico confusa. Quando ele está bêbado, fica claro e louco.

— Do que você está falando? — pergunto. Eu me aconchego a ele para que as palavras saiam doces e afetuosas, em vez de assustada, que é como me sinto no momento em relação a literalmente todas as conversas que aconteceram nesta noite.

— Tudo que está acontecendo aqui é loucura, Mon. Um completo absurdo. Precisamos sair daqui. Precisamos nos afastar dela. De todo mundo. Mas dela especificamente. Ela é tóxica pra cacete. Ela é uma maluca maldita e tóxica que está manipulando todo mundo, e nós temos um ao outro e não precisamos dessa merda.

Ele está falando tanto palavrão que me deixa triste. Não gosto quando ele fica todo nervoso e resmungão.

— Não me deixem — diz Karissa, acordando o suficiente para ter ouvido sobre fugirmos. Tempo suficiente para me manter perto dela. Ela agarra a minha coxa.

O táxi está jogando de um lado para o outro e correndo muito.

Karissa desmaia de novo, mas sua mão continua na minha coxa. Suas unhas fincadas na minha pele.

Ela está sempre se agarrando a mim. Bernardo me abraça. É quente demais para ser bom nesse carro abafado. Preciso sair.

— Eu adoraria tirar um fim de semana para procurar a minha mãe — digo. — Você é o melhor namorado do mundo. Noivo. Você é o melhor noivo entre todos os noivos que já foram noivos. — Sei que as palavras estão saindo arrastadas e tortas e erradas assim que elas saem da minha boca, mas não me importo.

— Eu não estou falando de uma viagem de fim de semana — diz ele. — Precisamos nos afastar disso tudo. A coisa tá feia. O que está acontecendo com a sua família é ruim demais. E você viu a minha família. Eles não estão aceitando bem o nosso noivado. Eu não quero ficar parado aqui enquanto eles nos julgam. Você quer viver na terra da censura durante o próximo ano?

— Eu sempre vivi na terra da censura — digo. São palavras tristes, mas elas soam engraçadas agora. Caio na risada. O motorista olha pelo espelho retrovisor.

— Eu não costumo pegar adolescentes bêbados — diz ele. — E a irmã de vocês aí parece estar passando mal. Vocês vão dar uma boa gorjeta?

— Não somos adolescentes — repete Bernardo como um mantra.

— Ela não é minha irmã — digo. Esse é o *meu* mantra.

— Estou perguntando se vocês vão dar uma boa gorjeta — repete o motorista. Ele está mais zangado do que eu tinha notado e fico imaginando se talvez o cheiro de Axe e de batatas fritas sejam dele e não das pessoas que pegaram o táxi antes de nós. É estranho quando paramos pra pensar, que nós permitimos que estranhos nos levem de carro pela cidade quando estamos de porre. Quero contar minha epifania para Bernardo, mas ele está entregando uma nota de vinte dólares e suspirando.

Karissa geme e Bernardo cobre sua boca com a mão como se ela fosse fazer com que fôssemos expulsos apesar da gorjeta ridícula.

É legal, no entanto, ter alguém tomando conta de mim.

O motorista pisa no freio com força em um sinal vermelho, lançando nós três para frente. Karissa bate a cabeça no vidro. Machuca.

— Você realmente precisa ficar aqui e passar por isso? — pergunta Bernardo, como se o interior do táxi resumisse a minha vida e tudo que a minha cidade tem a me oferecer.

— Nós iríamos para a Califórnia? — pergunto. Tudo que sei sobre a Califórnia é que tem palmeiras e um oceano com águas mais quentes do que as que temos aqui.

— Ou para Portland. Ou Seattle. Ou para o Havaí. Para qualquer lugar que você queira — continua ele. — Eu só achei que você talvez quisesse ver sua mãe primeiro.

— Talvez eu queira...? — digo, mas soa mais como uma grande interrogação.

Eu já vi todas as outras. As quase mães. Será que quero encontrar a minha mãe de verdade? Essas são questões que não quero responder em um táxi que dá solavancos ao lado da maior mentirosa que já conheci na vida.

— A gente não precisa de nada disso — diz Bernardo. O táxi está parando em frente ao meu prédio. É lindo sob a luz da rua. Os vasos de plantas de Tess ainda estão na varanda de entrada. Todas estão murchando em um tipo trágico de beleza.

Não consigo parar de pensar nas empanadas da mãe do Bernardo e no modo como a sua irmãzinha se pendura nas pernas dele quando ele está andando. O aconchego do pequeno apartamento em que moram e o modo como se sentam lendo livros nos dois sofás todas as noites de domingo.

— Não mesmo? — pergunto. Estou tentando encaixar as coisas que ele está dizendo nos meus sentimentos. Achei que amor tinha algo a ver com sentir as mesmas coisas ao mesmo tempo, e quero isso de volta.

— Tudo bem, chegamos — avisa o motorista. — Podem dar o fora. Levem sua amiga direto para dentro e a deitem de lado para não engasgar. Coloquem um copo d'água perto da cama. — Ele está listando o que temos que fazer como se já tivesse feito isso um milhão de vezes para um milhão de bêbados. Bernardo pega Karissa no colo e a levamos para cima e a colocamos na cama. No seu lado da cama. Não sei onde meu pai está.

Voltamos para a varanda de entrada quando terminamos de colocar Karissa na cama e devoramos uma pizza congelada para enxugar a bebedeira e os sentimentos.

O ar está úmido e com cheiro de lixo, mas todas as pessoas do mundo caminham pela rua. Invento histórias para elas na minha cabeça, fico ouvido suas conversas íntimas e pensando em como a calçada é uma colcha de retalhos feita de momentos. Cara, eu sou profunda quando encho a cara.

Pego um cigarro e ofereço um para Bernardo. Ficamos sentados ali como chaminés na varanda, soprando trilhas de fumaça no céu.

— Eu estava falando sério. A gente devia se mandar — diz Bernardo. — Você não está cansada de ser a única que fica aqui e aguenta tudo?

Estou.

Estou mesmo.

— Eu teria que falar com Arizona primeiro — digo.

Não faz sentido uma vez que ela não mora mais aqui, mas não quero não ter ninguém com quem falar sobre isso. Eu não quero ser tão livre assim.

— Justo — concorda ele. — Podemos falar com ela amanhã. Mas não é ela que vai decidir por nós, tudo bem? A decisão é nossa. Enquanto casal.

Faço que sim e os táxis vão passando como um borrão à nossa frente. Ainda estou bêbada demais para mexer a cabeça sem que doa.

— Eu não quero contar para o meu pai sobre Karissa — digo. — Não quero fazer parte disso.

— Tudo bem — concorda ele.

— Ela não me pertence — digo, e isso finalmente é totalmente verdade.

— Concordo — diz ele.

— Nada disso me pertence verdade — continuo, referindo-me à minha família e à minha vida aqui e a todas as coisas que eu achava que eram reais. Mas não digo nada disso. — Acho que poderíamos ir embora depois do casamento.

Acendo outro cigarro. Não consigo parar, não consigo ficar com as mãos paradas. Bernardo coloca uma das mãos na minha bunda, então eu estou sentada em cima dela.

Acho que talvez Bernardo seja a única coisa certa na minha vida.

Sinto uma necessidade enorme de contar para as pessoas que eu amo sobre o meu noivado. Não faço ideia do que passava pela minha cabeça quando contei para Janie e Karissa primeiro. Foi a primeira vez que senti medo das minhas próprias ações. Como se meus impulsos estivessem todos errados, e algum tipo de neurônio terrível estivesse disparando no meu cérebro, me obrigando a fazer as coisas opostas do que eu deveria estar fazendo.

Quero contar para Roxanne, Arizona e Natasha. Não quero abrir mão dessas coisas. Quando Bernardo fica falando que deveríamos deixar Nova York, não tenho certeza se eu conseguiria deixá-las.

— Talvez não seja Nova York que é ruim. Talvez tudo pareça impossível por um tempo, e a gente esteja cansado de tudo e de todos — digo. Tento calcular a porcentagem de mim que ainda está bêbada, que porcentagem está sóbria, que porcentagem está tonta diante das mentiras de Karissa e que porcentagem está apaixonada.

— Bem, eu nunca vou me cansar de você — afirma Bernardo.

— Nem eu de você — respondo.

Acendo outro cigarro. Geralmente não fumo vários cigarros seguidos, e isso é meio difícil. Tudo está girando, e eu me sinto muito mal. Como se estivesse no corpo de outra pessoa. Estou dizendo as palavras que uma parte de mim quer dizer, mas a outra tem medo.

— Tudo bem — digo. Estou mais no clima de transar do que de brigar. — Vamos para bem longe.

— Vamos nos casar em uma montanha — diz ele. — É romântico e tem a ver com a gente.

— Tudo bem — concordo. — É uma ótima ideia.

Começamos a nos beijar. Deveria ser nojento, o suor, o enjoo, as bocas com gosto de cigarro e bebida, mas não é. A vontade de vomitar diminui, e eu me sinto menos morta por dentro, mais como eu mesma.

Isso deve ser amor também.

Depois que subimos para o meu quarto, Bernardo apaga, mas eu não consigo dormir. Está tudo rodando, e Karissa está me assustando. Não gosto que ela esteja dormindo do outro lado do corredor, uma estranha.

Ligo para Roxanne, sentindo saudade da sua voz e do jeito que tínhamos planejado passar o verão inteiro juntas, mas não passamos. E não vamos passar. Preciso contar tudo para ela imediatamente.

Estou sufocando com as minhas novas decisões e as coisas em que não pensei.

Ela atende o telefone, e sua voz está sonolenta e estranha.

— Eu vou me casar — digo, e ela desperta na hora. — Eu vou embora — continuo.

Roxanne não diz muita coisa, mas está lá e ao menos isso parece certo.

Parece certo quando nada mais parece.

Capítulo Quarenta e Dois

Acabo dormindo e acordo algumas horas depois. Bernardo está apagado. Ele é bonito e inquieto durante o sono. Eu poderia acordar ao lado dele todos os dias. Eu poderia fazer isso. Eu vou fazer isso.

Eu o sacudo um pouco, querendo conversar ou ficar com ele ou qualquer coisa assim já que estou acordada e o resto do mundo está dormindo. Mas ele nem geme em resposta. Eu me levanto da cama e assim que estou de pé percebo como estou completamente ferrada. O quarto parece ter inclinado uns bons 45 graus, a minha boca está seca e estou toda úmida e suada. Não consigo manter a minha cabeça reta. Ou talvez sim, mas não quero.

Pego o meu diário de gratidão e tento escolher três coisas do dia que fazem com que eu me sinta sortuda. Champanhe, Bernardo. Plantas nos vasos da varanda. A ideia de palmeiras fazerem parte da minha vida diária. Estar noiva. A minha nova tatuagem. Roxanne. Tenho um monte de coisas pelas quais me sentir grata, mesmo quando estou bêbada sem querer estar e me sentindo sobrecarregada.

Mas escrever essas coisas não me dá nenhum tipo de certeza.

Estou buscando certeza.

Ainda não consigo imaginar contar para Arizona todas as formas épicas com que mudei e arruinei a nossa família ao deixar Karissa entrar e o modo como a larguei de lado para curtir o meu amor. Mas Natasha existe, e esse fato torna o meu dia mais gerenciável. Envio uma mensagem perguntando se posso ir até lá.

Natasha é o tipo de pessoa que responde mensagens tarde da noite e cedo de manhã. Ela é o tipo de pessoa que se importa o tempo todo, mesmo que não seja mais minha. Mesmo que eu a tenha decepcionado.

Pode vir!, responde ela. *Vou preparar o café.*

Deixo um bilhete no peito do Bernardo dizendo que estou indo para a casa da Natasha. Parece ilícito, atravessar a cidade às cinco horas da manhã com bafo de bebida e roupas de festa que não troquei, e amo isso até que percebo o quanto Natasha vai odiar.

Estava certa. Ela odeia.

— Ah, entre, querida — diz ela. — Isso é por causa da sua nova amiga? Ela está emprestando roupas de *stripper* para você? O que aconteceu com suas camisetas e seu lindo rosto sem maquiagem?

— Não começa — peço. — Eu não vim para levar sermão.

Natasha se encolhe um pouco, e eu também, por causa da minha atitude, da minha resposta odiosa, mas, na verdade, eu pareço exatamente como Roxanne fala com a mãe. Como uma adolescente normal. Eu pareço uma garota que tem mãe.

— As meninas têm perguntado de você — diz ela. Estou ficando sóbria bem rápido.

— Estou me afastando da amiga. A noiva do papai. Da situação toda — digo.

E conto tudo para ela.

Tomamos um bule inteiro de café.

Ela não diz nada que qualquer outra mãe não diria, e isso é legal. Quase tão legal quanto o parabéns que queríamos tanto ouvir. Ela me diz que sou nova demais. Que acabei de conhecê-lo. Que amor e paixão são coisas diferentes. Que não sei o que quero. Que tenho que contar para todo mundo sobre Karissa. Que tudo isso é perigoso demais. Que não posso sair da cidade.

— A gente se ama — digo.

— Já passei por isso — reponde ela, e é como se o sol tivesse nascendo, algo ganhando vida diante dos meus olhos. Ela coloca uma mecha do meu cabelo atrás da minha orelha. Parte de mim quer ficar aqui com Natasha, ser um outro tipo de garota de 17 anos, o tipo que tem uma mãe que lhe diz o que fazer.

— O que você acha que a minha mãe diria? — pergunto.

Nunca mencionei minha mãe para Natasha. Em algum momento do caminho aprendi que todas as mães tinham que existir em esferas diferentes, separadas. Que eu também tinha que ser dividida em pedaços — como se cada parte de mim fosse reservada para pessoas diferentes.

Achei que ter alguém me tornaria inteira de novo. Do jeito que Arizona costumava me fazer sentir — como se eu pertencesse a algo sólido, mesmo que aos pedaços. Mas não está funcionando.

Vislumbro minha aparência no espelho de Natasha e tenho um sobressalto diante da imagem nada familiar. Maquiagem borrada sob os olhos e uma cicatriz na minha sobrancelha e o anel de metal espetando a pele e o meu cabelo cor-de-rosa no seu tom mais cansado e triste.

— Gostaria de poder dizer para você o que sua mãe diria — começa Natasha. — Ou gostaria de não precisar.

Victória e Verônica a chamam em seus berços, e ela levanta um dos dedos dizendo que estará de volta em um minuto.

Vou embora enquanto ela está no outro quarto. Alguma parte sombria e oculta de mim não quer estar cara a cara com as coisas que as outras garotas têm e eu não. Não consigo vê-la sendo mãe. Não quero saber como é e continuar vivendo sem uma.

Não quero viver sem ter isso.

A caminhada de volta para casa é longa agora que a verdade finalmente se revelou de forma inexorável.

Capítulo Quarenta e Três

Não conseguimos contar para a minha família.

Quando chego em casa, Karissa preparou um banquete de fritura e o meu pai, Arizona e Roxanne estão na bancada com cafés e caras feias.

Bernardo está miserável apoiado no forno. Não está segurando uma xícara de café, mas parece estar precisando de uma.

— Ela entrou no quarto — explica ele para mim.

— Bernardo dormiu aqui — digo. Vamos contar tudo de qualquer forma, então, não importa, e não entendo o que a expressão torturada do seu rosto significa.

— Eu vi o bilhete que você deixou para ele — conta Karissa. — Então, eu contei tudo para eles.

Ela não está dizendo que contou *tudo* para eles. Está dizendo que contou tudo sobre mim.

— Eu estava na casa da Natasha — digo, mesmo que todos já saibam disso.

— Eu contei isso para vocês. E contei também sobre você e Bernardo — continua Karissa. — Nós somos uma família. Não devemos ter segredos.

Suas palavras são um soco. Ela nem pisca de vergonha em como essa afirmação soa insana saindo da sua boca. Em vez disso, sua voz está fria e forte. Ela deveria estar de ressaca, como nós, mas não está. Ou talvez seu café seja mágico.

— Isso não é verdade, não é? — pergunta Arizona.

— Estou de ressaca — digo. — Sinto muito, pai. Será que posso comer, tipo, sete coisas dessas? E sinto muito se o Bernardo dormiu aqui. Eu sei. Eu sei. Estou me rebelando ou qualquer coisa assim.

— Tipo assim? A porra da Natasha? A pior de todas? — diz Arizona.

— É melhor eu ir para casa — diz Roxanne. Ela não consegue parar de se mexer no banco.

— Fique. Achei que você deveria estar presente para ouvir tudo sobre o noivado de Montana — diz Karissa. É difícil decifrar exatamente qual é a expressão no seu rosto. Ela parece orgulhosa de si mesma, um tipo de sarcasmo. Então, percebo o que é. Ela está convencida.

— Montana não está noiva — diz papai.

Arizona concorda com a cabeça. Ela está com os olhos vermelhos de quem acabou de chorar. Como se tivesse se desgastado com muita emoção.

Mantenho contato visual com Bernardo e tenho esperança de que, de alguma forma, ele me salve de ter que fazer isso aqui e agora e dessa forma. As coisas que eram bonitas sobre o nosso amor estão se quebrando, e isso dói. Quero pegar as partes perfeitas que ainda restam e enterrá-las no quintal onde ninguém vai conseguir pegá-las.

— Me deixa ver sua mão — diz meu pai.

— Não — nego, pensando que moramos em Nova York e não temos um quintal. Eu não tenho onde enterrar todas as coisas boas. Elas serão tiradas de mim.

— Quem é *você*? — pergunta Arizona. Ela parece capaz de me socar. Seus ombros estão para trás e as mãos erguidas.

— Quem é *Karissa*? — pergunto. — Ela já contou para vocês sobre ela? Sobre suas mentiras?

— Deixa disso, Montana — diz papai, e é claro que sou eu quem parece estar louca. Karissa me joga na frente do ônibus primeiro para que tudo que eu diga pareça suspeito. Desesperado.

Karissa me serve com um monte de bolinhos fritos como se fossem rabanadas. Eles parecem estar com ovos demais e ela põe melado demais sobre eles e está usando uma das camisas brancas bem passadas do meu pai, e eu a odeio mais do que já odiei qualquer pessoa na vida porque ela é a mais mentirosa. Ela me fulmina com o olhar.

— Tudo que Karissa contou sobre ela não passa de mentira — digo.

— Estamos falando sobre você agora, Montana — insiste papai com um olhar austero e paternal. Acha que estou louca. Principalmente porque estou com as roupas da noite anterior que estão com o cheiro da noite anterior e a dor de cabeça de hoje.

— Tudo bem, então, não precisamos conversar sobre mim. Eu posso fazer o que eu quiser — digo. Pareço uma criança de dez anos e é horrível. E Bernardo parece zangado também, como se eu devesse dar um salto e defender o nosso amor diante de todo esse julgamento e essas frituras. — Isso não é nem uma questão. A questão aqui é Karissa. É por causa dela que nós vamos embora.

— Não é por causa dela que nós vamos embora — contradiz Bernardo baixinho, magoado.

— Ir embora? — pergunta Arizona, e Roxanne faz um gesto de negação com a cabeça como se fosse melhor eu calar a boca.

— Por que você está fazendo isso? — pergunto para Karissa.

Tento pensar em maneiras de contar para eles sobre as mentiras dela sem soar como se estivesse tentando algum tipo de vingança atrapalhada.

— Nós estamos juntos — reponde ela. — Seu pai e eu. Eu não posso manter segredos assim dele. Eu não sou como você e Natasha e todas aquelas outras mulheres, mantendo segredos, estando apenas metade no relacionamento e deixando a outra metade fora. Ele vai ser aminha família. Isso significa algo verdadeiro para mim. Eu o valorizo. E a nossa família.

Arizona estremece ao ouvir o nome Natasha e se vira de costas para mim, olhando para a parede. Fico imaginando se a perdi.

— Mas você não foi sincera! Ai, meu Deus, isso é loucura. Ela inventou toda a história sobre a família dela. A mentirosa aqui não sou eu. Eu não tenho um grande segredo horrendo!

— Me deixa ver a sua mão — pede meu pai novamente. A voz dele está mais alta.

— Mostra pra ele — desafia Karissa, como se eu fosse obedecê-la em vez de a ele. Ela pousa a mão sobre a dele e inclina a cabeça de lado, assumindo um papel de mãe que é absolutamente ridículo.

— Ela deixa a gente beber — conto. — Isso deve até ser ilegal.

Agora eu estou parecendo desesperada. Se as coisas grandes não são suficientes, talvez eu possa fazer com que acreditem nas menores. Como os contratempos que vem se somando durante todo o verão.

— Montana, eu não estou para brincadeira agora — diz meu pai. Seu rosto está sério. Ele está falando alto e cuspindo. Eu mostro a minha mão. A que está tatuada. É engraçado ele ficar surpreso, considerando que ele claramente sabia o que ia encontrar. — Você não fez isso — diz ele.

— Estamos apaixonados — explico.

Mas, então, começo a chorar. Porque não era assim que deveria ter sido. Isso está parecendo mais quando papai conta para mim e para Arizona sobre a última esposa em um jantar e não como uma celebração romântica que Bernardo e eu queríamos. Isso não está sendo especial nem nosso. Isso é meio que ter um pesadelo sobre ter um pesadelo dentro de outro pesadelo. Uma repetição da repetição da repetição.

— Você achou que eu ia gostar disso? — pergunta papai. A voz dele está mais baixa e ele está falando apenas comigo agora.

Arizona sai da cozinha, e Roxanne a segue com um suspiro de alívio. Olho para Bernardo, mas ele está parado. Estável. Não vai me deixar para lidar com isso sozinha. Ele se serve de café e fica de olho em Karissa, como se ela talvez fosse saltar sobre mim ou sobre nós. Como se ela fosse explosiva.

— Isso não tem nada a ver com você — digo. — Você precisa se preocupar com quem você vai se casar. — Ela não é quem diz ser...

— Eu achei que você não acreditasse em casamento — interrompe-me ele. Parece algo que eu teria dito em um jantar ou na varanda ou bem aqui mesmo, tomando café, desejando poder fumar na frente dele.

— Eu não acredito nos *seus* casamentos — respondo.

— Você é uma criança ainda. Você não sabe do que precisa nem o que quer. Nem no que acredita.

Perdi a capacidade de falar.

— Você vai mudar — diz meu pai. — Um milhão de vezes ainda. — Isso parece mais a esperança que ele tem do que um fato. Isso dói, desde que vi a fotografia detalhando todas as formas que ele gostaria que eu mudasse.

— Montana não quer mudar por você — intervém Bernardo.

— Bem, e que merda você acha que ela está fazendo com você? — pergunta Karissa.

Bernardo finge não ter ouvido. Mas eu ouvi.

— Isso foi tudo ideia minha — explico. Estou me referindo ao cabelo, ao piercing na sobrancelha e a tatuagem e estar apaixonada por Bernardo. Mas também estou me referindo a uma comparação com Karissa, e até mesmo Arizona, já que ambas passaram por mudanças plásticas e artificiais. — Você sempre quis que eu mudasse — digo para o meu pai, sendo mais honesta e mais direta do que já fui com ele na vida. — Você me deu aquele certificado idiota de presente e me disse que eu nunca vou ser boa o suficiente e você fica aí sentado querendo que eu melhore, e sinto muito, mas esta é quem eu vou ser.

— Certificado de presente? — pergunta papai.

Fico imaginando se houve um único dia em que eu não tivesse pensando sobre o certificado de presente com a promessa de uma cirurgia plástica — uma coisa que me assombra e que muda tudo. Uma coisa que eu queria que não fosse verdade.

— Você e Natasha. No nosso aniversário de 13 anos. A promessa de uma plástica — explico, achando que somos uma família e que posso contar uma versão resumida, mas papai parece perdido.

— Isso já faz muito tempo — responde ele. — Uma vida atrás. Eu não me lembro de tudo que aconteceu quando...

Eu gostaria que Arizona estivesse ouvindo isso comigo.

— Você não se lembra — digo. Eu sabia. Mas não tinha certeza de verdade.

— Tenho certeza de que existem várias coisas que nós dois nos lembramos de forma diferente — continua ele.

— Está no meu quarto. E foi isso que você fez comigo. Exatamente *isso* — digo. — Não foi uma vida atrás. Nada disso foi. Tudo isso faz parte da minha vida. Tudo isso. — Olho diretamente nos olhos dele. Digo de forma clara, do jeito que raramente conversamos um com o outro.

Papai não baixa o olhar, nem o desvia, nem olha para qualquer outro lugar.

Ele franze as sobrancelhas e tenta se lembrar. Vê-lo tentar se lembrar é quase tão bom como se ele se lembrasse. Acho que ele está prestes a se desculpar. Ou de dizer que se lembra. Ou dizer que acredita em mim e que isso importava e que tinha mudado tudo.

— Nós vamos superar isso — diz Karissa — como uma família. Podemos procurar terapia de família. Vamos conversar sobre isso, ok? Vamos considerar. Bernardo é um cara muito legal. Então, agora que estamos todos na mesma página, acho que todos concordamos que Montana não deve mais ver essa tal de Natasha, e, então, tudo vai ficar bem e ela pode fazer uma escolha lúcida junto com sua família.

A voz de Karissa está tão diferente. Artificial. Como uma versão de desenho animado de uma mãe. Oscilante, cantada e velha.

Falsa.

Até mesmo meu pai sente isso. Ele pigarreia.

Talvez ele até tenha parado para ouvir as coisas que eu disse nesta cozinha, sobre as mentiras que ela contou. Sobre não saber quem ela realmente é.

Talvez ele veja agora o quanto escolheu não enxergar nestes anos todos.

Ele arrasta os pés e olha de mim para Bernardo e para Karissa e volta a olhar para mim. Ele se serve de café e permite que Bernardo lhe passe o leite. Todos nós ouvimos os sons infinitos da cidade do lado de fora da janela. Os sons que geralmente não notamos porque estamos tão acostumados a eles, mas, às vezes, nos momentos mais importantes, eles nos vêm como chegariam ao ouvido de estranhos. Como turistas em uma terra estranha, finalmente enxergamos onde moramos e quem somos.

É o olho do furacão, mas eu não sei o que está do outro lado. Não sou meteorologista.

— Na verdade, você está equivocada, Karissa — diz ele, pigarreando de novo. Fico imaginando se ele vai conseguir colocar as palavras para fora. Estou em um silêncio chocado.
— Isto é entre mim e minha filha.

— Nossa filha — corrige Karissa. Eu nem mesmo a reconheço. Aperto os olhos para ver se isso vai ajudar, mas ela não é mais a garota que conheço. Ela está ávida.

Ela nunca foi a garota que eu achava que conhecia. É apenas uma pessoa inventada. Ainda fico horrorizada com a facilidade com que mentiu sobre algo tão sério. E sei que ela também está mentindo agora. Ao me chamar de filha. Ao mudar o próprio rosto. Ao fingir ser outra pessoa.

Me pergunto como ela vai nos descrever quando recontar a história dessa parte de sua vida. Porque sei, com uma certeza avassaladora, que ela vai recontar isso para alguém daqui a cinco ou dez anos, e a história vai ser completamente diferente. Lapidada de outro modo para servir a seus próprios propósitos. Mais dramática ou trágica ou bonita do que realmente foi.

De certa forma, ela tem muita coisa em comum com o meu pai. Os dois recriam a realidade, transformando-a em algo diferente. Meu pai recria pessoas, e Karissa recria a própria vida.

— Não — discorda o meu pai, sua voz ficando mais alta. Parece que uma porta se abriu entre nós. — Ela não é nem um pouco sua filha. De forma alguma. Ela é minha. — Ele está falando com Karissa do jeito que falava comigo e Arizona no passado. De forma deliberada e certa. Inquestionável.

Karissa bate com a caneca de café na bancada e sobe intempestivamente para o andar de cima.

— É melhor você ir também — diz papai para Bernardo. Com certeza Bernardo está adaptando o próprio corpo no formato de um âncora para que possa ficar, mas papai fala com uma força repentina que me faz querer obedecê-lo. Eu preciso fazer o mesmo.

— A gente se vê mais tarde — digo.

— Eu não quero deixá-la assim — responde ele, esfregando a própria tatuagem como se fosse uma lâmpada mágica que lhe concederia o desejo de ficar comigo, mas não quero nada além de ficar onde meu pai declarou que sou parte da família em detrimento a Karissa.

— Eu estou bem — digo. — Juro.

Ele se inclina para me dar um beijo, mas estou com tanto medo de destruir o que aconteceu que só permito que beije o meu rosto. Este momento é feito de cristal. Não é algo durável.

E, de repente, somos eu e meu pai tomando café na cozinha. Como pais e filhas fazem.

17 de julho

Diário de gratidão

1. Ir até o nosso banco no parque e encontrar Arizona e Roxanne lá mesmo que não tenhamos combinado de nos encontrar. O jeito que elas se espremem para abrir espaço para mim. Pegam suas bolsas e cruzam as pernas novamente.

2. O fato de Bernardo estar no seu banco, com seus amigos, como se pudéssemos voltar atrás e fazer tudo de novo e seria tão mágico quanto antes, mas talvez diferente também.

3. Ficar nos nossos próprios bancos. Conversando com os nossos amigos. Trocando olhares. O romance de não dizer nada.

Capítulo Quarenta e Quatro

Há dois vestidos de madrinha em cima da minha cama três dias depois — um para mim e um para Arizona. Há um bilhete de Karissa sobre sentir muito, mas também estar orgulhosa e sobre uma jornada em busca de fazer a coisa certa.

Diz que espera que eu não crie um atrito entre ela e meu pai.

Diz para eu ter cuidado.

Diz que espera que eu goste do vestido.

Prometi ao meu pai que eu iria ao casamento quando conversei com ele na cozinha no outro dia.

— Os pais de Karissa não morreram em um acidente de carro — contei e procurei sinais de horror em seu rosto.

Ele fez que sim.

— Se isso for verdade, realmente é chocante — disse ele.

— Tipo, assustador, pai — respondi. Eu queria mais impacto. Eu queria me ver refletida nele, os sentimentos mais loucos que senti na boate subindo à superfície do seu rosto, em suas palavras. — Você não pode ficar com uma pessoa assim.

— Eu disse que dessa vez era diferente — disse ele. — Eu a amo. Eu a amo por inteiro, não importa o que aconteça. Estou trabalhando nisso. É isso que vocês querem, não é? Que eu ame alguém sem querer mudá-la? — Ele parecia inconsolável: a curva da boca para baixo, de alguém que sempre fracassa mesmo quando acha que está tendo sucesso.

— Não incondicionalmente — respondi. Papai suspirou e esfregou a testa. Comeu um pouco das frituras tipo rabanada e se serviu de outra xícara de café, tão cheia que transbordou, sujando seus dedos e respingando na camisa. Normalmente, ele subiria correndo para se arrumar, mas dessa vez ele não o fez. Ficou comigo.

— Estou tentando fazer essa coisa de amor incondicional — disse papai. — Não vai ser perfeito. Mas eu vou me casar com essa garota.

— Você já fez mudanças nela — disse eu.

Eu queria dizer para ele que todas as vezes que ele a mudou, interpretei como um sinal de que ele também queria mudar a mim. Queria dizer que vi a terrível fotografia na escrivaninha dele e que eu talvez nunca consiga me recuperar. Queria dizer a ele como tudo aquilo era deprimente e desnecessário — todos esses problemas que ele mesmo criou.

Mas ele parecia tão triste e pequeno, colocando melado nos doces e evitando o meu olhar, que não consegui.

— Sabe o que sua mãe costumava dizer? — perguntou ele por fim. Ele pegou a minha mão, a que estava tatuada, e a virou para olhar para a marca.

— Não faço a menor ideia, na verdade — respondi. Lancei um olhar forte para ele, como se fosse necessário lembrá-lo de que realmente não tenho mãe, não do jeito que eu deveria.

— Não sei se estou falando certo — disse ele. — Ela tinha jeito com as palavras. A sua mãe.

— Eu também não sabia disso — respondi, parecendo amarga, sem querer, mas talvez simplesmente eu fosse amarga em relação à minha mãe.

— Ela dizia que amor significa ser capaz de ver algo horrível em alguém e não querer mudar isso. Foi por isso que ela me deixou. Porque eu não entendia isso.

Ele ficou girando um doce na calda, formando padrões de melado.

— Eu provavelmente não disse certo — disse ele.

Eu queria ouvi-la dizer do jeito certo. Queria muito.

E queria ser como a minha mãe. Só um pouco. Só um pouquinho.

Arizona está no seu antigo quarto, deitada na cama, olhando para as estrelas que brilham no escuro que ela colou no teto há milênios, quando mamãe enviou uma carta sobre como se consegue enxergar tantas estrelas quando não se está na cidade. Arizona queria que a cidade fosse tão boa quanto qualquer lugar no qual mamãe pudesse estar. Para provar que ela estava errada.

— Nós temos os vestidos — conto. Seguro-os na minha frente para que ela dê uma olhada na cor vermelho vivo, os laços e os decotes profundos.

— Não vamos usá-los — diz ela.

— Estou com você. O que vamos fazer? Jeans com biquíni? Nossas fantasias de Halloween do ano passado quando nos vestimos de ratinhas?

— Ele não quer se casar com ela — diz Arizona. — Foi isso que você disse, não foi? Quando ele falou com ela no outro dia e disse que ela não era da família?

— Mais ou menos — respondo. Pego cigarros e acendo um para cada uma.

— Você sabe que eu não fumo — declara ela.

— Essa é uma conversa para ter enquanto fumamos.

Ela pega um e traga. É estranho amar algo tão idiota quanto fumar sob estrelas artificiais com sua irmã, mas acho que amo mais isso do que qualquer outra coisa que eu tenha feita neste verão.

— Talvez ele não leve isso até o fim — digo.

— Isso nunca acontece — diz Arizona. Ela está muito mais triste do que eu tinha percebido. Deitada de costas, com os seios empinados para o céu, mas o resto dela está abatido.

— As coisas mudam — digo, sem ter muita certeza de que realmente acredito nisso.

Conto para ela as coisas que ele me disse sobre a nossa mãe. Ela fica com uma cara que acho que foi a mesma que eu fiquei — com saudade e cheia de esperança de que exista uma solução para tudo isso. Uma explicação. Uma chave.

— Eu quero olhar o Armário das Coisas Esquecidas — diz Arizona.

— Eu peguei algumas coisas lá recentemente — conto.

Eu não quero que ela entre lá procurando a faixa de cabeça que peguei quando fui procurar Tess, ou o cardigã que usei para sair com Karissa naquela primeira noite no Dirty Versailles. Não que Arizona fosse notar essas coisas, mas cometi tantos erros ultimamente que não quero arriscar.

— Sinto muito — digo. Talvez seja a primeira vez que eu disse isso em voz alta e sem uma explicação. Uma coisa impossível que provavelmente é verdade. Eu não dou a explicação sobre amor e espontaneidade e a necessidade de ser diferente de todo mundo e deixo as palavras descansarem ali, sem serem tocadas.

Arizona faz que sim.

— Você não deveria ter feito todo esse lance com a Natasha sem mim — diz ela.

Ela pede outro cigarro com os dedos. Nós estamos nessa. Nós vamos nessa. Há um desejo desesperado por uma janela aberta, mas não a abrimos ainda. Quase como se gostássemos de estar presas na nuvem de fumaça e de câncer.

— Você a odiava — digo.

— Exatamente.

— Eu não — confesso.

— Mas você odiava. E se não odiasse, deveria ter odiado.

Solto um longo suspiro.

— Você as odeia em nome da mamãe? — pergunto. — Porque, sei lá, você não acha que ela também é um pouco odiável?

Parece impossível, mas este é o momento em que mais falamos da nossa mãe durante toda a vida. Não tem a ver com sentimentos por ela. Não estamos reconhecendo que queremos algo dela. Nós nos perguntávamos onde ela estaria no mundo e deixávamos cartões postais que ela mandava na cômoda da outra para que nós duas pudéssemos vê-los, para que não houvesse segredos entre nós.

Sou uma pessoa horrível, quando paro realmente para pensar em tudo.

— Eu queria que papai se lembrasse exatamente das palavras dela. Sobre amar alguém — diz Arizona. — A gente devia saber coisas assim, você não acha? — As palavras estão saindo devagar, e acho que ela passou o verão inteiro evitando este quarto e suas estrelas artificiais enquanto eu estive me apaixonando por Bernardo. Em termos históricos, a gente nunca fez nada separadamente. Vivemos variações diferentes da mesma vida até agora. — Mamãe estava tão triste antes de partir. Quando começou a fazer as plásticas.

— Para o armário! — digo. Não sei se estou pronta para as revelações de Arizona, e o ar do quarto dela está abafado e úmido demais. A garota precisa desesperadamente de um ambiente com ar-condicionado.

— Eu ando meio triste — conta Arizona. — Ou talvez com raiva. Eu realmente estou com raiva. Ir embora fez tudo parecer maior e menor ao mesmo tempo. As coisas ficaram mais claras. Todas aquelas pessoas estranhas que fazem perguntas sobre a sua vida e a sua família, e quando você conta... Você vê nos seus rostos como tudo isso é bizarro. Odiei isso na faculdade. — Achei que ela tinha amado tudo em relação a estar longe de mim e as pessoas que a conhecem melhor.

— E você mudou. E Roxanne tem uma vida completamente nova. E como eu posso ser a mais velha e a menos controlada? E por que papai acha normal se casar com uma pessoa que claramente me odeia? E ela realmente mentiu sobre a família dela? Será que não deveríamos estar com medo em vez de nos arrumarmos para celebrar isso? E por que você está tão ansiosa para fazer as coisas que o papai faz?

— Eu não sei a resposta para nenhuma dessas perguntas — digo.

— Nem mesmo sobre se casar com Bernardo?

Acho que não tenho tanta certeza sobre me casar com Bernardo.

Acho que não tenho mais essa resposta.

Acho que tenho que dizer para ele que preciso de um pouco de espaço entre estarmos muito, muito juntos e estarmos separados. Que quero uma terceira opção. O lance do amor mais lento. O lance de conhecer alguém. O lance de amar alguém sem se importar com as coisas, mas que isso seja construído com o tempo.

Mas ele talvez não queria essas coisas. Ele talvez fique com aquele olhar que faz quando pensa em Casey.

— Sabe o que foi legal? — pergunto. Nenhuma de nós responde à pergunta e aos comentários da outra. É um jeito engraçado de se conversar.

— Hã?

— Estar no parque. Quando eu e ele não conversávamos. Ele era o carinha misterioso com o cachecol esquisito e óculos de lentes grossas, e eu era Montana e nada estava decidido.

* * *

Vamos para o Armário das Coisas Esquecidas e começamos a tirar item por item. Jogamos uma versão triste do nosso jogo porque nós duas estamos deprimidas demais com toda a situação. Virando um globo de neve de Cleveland de cabeça para baixo, começo:

— Início do relacionamento. Cleveland só pode ser considerado romântico bem no início mesmo.

— Parece algo que ele teria feito por Tess — diz Arizona.

— Não — respondo, surpresa por me lembrar de algo de que Arizona não se lembra. — Foi para mamãe. Ela os colecionava. Globos de neve. Você não se lembra? No final ele comprou para ela um da Torre Eiffel e um de patinação e um de criancinhas brincando na neve com a mãe. No início, ele deve ter comprado globos de neve para ela até mesmo nas viagens mais bobas, em aeroportos. Tipo, o quanto você deve amar alguém para comprar um globo de neve em Cleveland?

— E o quanto você deve amar para ficar com essa pessoa? — pergunta Arizona.

— Mas ela não ficou com ele — respondo. — Ela esqueceu.

Sacudo o globo de neve de novo. E a minicidade de Cleveland se vê presa sob um furacão de neve tipo confete.

— A gente devia levá-lo para ela — sugere Arizona. A neve de mentira é mais hipnotizante do que eu imaginava, e eu acho que não ouvi direito.

— Hã?

— Mamãe. Acho que deveríamos levar para ela as coisas que achamos que são dela. — Ao lado de Arizona há uma pilha de outras coisas que ela devia estar juntando enquanto eu fingia estar em uma tempestade de neve em Cleveland. Algumas pulseiras com pingentes. Um boné dos Knicks. Uma mala com cristais. — E a gente deve descobrir o que ela disse para o nosso pai sobre amor e mudança e coisas assim. E eu não sei, do que mais a gente precisa? A gente poderia fazer isso.

— Tudo bem — aceito, porque às vezes mudar tudo é realmente simples. — Vamos para a Califórnia.

Arizona sorri, mas não estou brincando. Tenho a mala e o dinheiro guardado e uma pontada de interesse estimulado por

Bernardo quando ele começou a falar sobre fugirmos juntos. Sem parar para pensar, Arizona está com a gente. Posso ver em seus olhos e no movimento para trás e para a frente quando corrige a postura curvada e triste. Nós vamos. Simples assim.

E é isso que é o amor, eu acho. O sim automático. A concordância impensada.

O jeito que as pessoas podem estar em dois lugares em um minuto e em um lugar no seguinte. Como se o teletransporte fosse possível.

Amar é se teletransportar.

Estou começando a entender muito bem tudo isso.

Capítulo Quarenta e Cinco

Arizona e eu ficamos para a recepção. Bernardo está ao meu lado de terno preto. Não está de cachecol.
— Não combina com a gravata — explica ele.
A gravata é amarela e estampada e é do pai dele, tenho certeza. É a primeira vez que o vejo usando algo que não seja totalmente dele.
Dançamos antigas músicas de Frank Sinatra que meu pai ama, e Bernardo diz que as ama também.
— Ah — digo. — Eu não.
Ele parece espantado, como se não soubesse que eu poderia ter as minhas próprias opiniões sobre músicas românticas. Ou sobre o amor em geral.
— Eu amo você neste vestido — elogia ele em vez de discutir os relativos méritos das músicas românticas dos

velhos tempos. Arizona e eu estamos usando vestidos leves de verão em cores pastéis em vez dos vestidos de madrinha. É melhor assim.

Meu pai parece tão inseguro e fico imaginando se ele cruzou os dedos atrás das costas na hora de fazer os votos de casamento. Fico imaginando se já entrou em contato com o advogado de divórcio, provavelmente o mais ocupado da cidade, considerando seu histórico, para discutir como sair disso tudo o mais rápido possível.

Talvez ele não tenha sido feito para amor incondicional. Talvez nenhum de nós tenha sido feito para isso.

— Quer bolo? — pergunta Bernardo.

Ainda não falei com ele que não posso fugir com ele. Não sei como dizer sobre o meio-termo que quero. O tipo diferente de amor que quero ter.

Se eu fosse de uma família diferente, eu perguntaria para o meu pai sobre suas incertezas e qual porcentagem do amor deve ser sobre dúvidas e qual sobre certeza. Mas não somos essa família, e meu pai não pode dar nem mais um passo na direção do que eu preciso que ele dê, mas em seu smoking com gravata vermelha e a flor vermelha na lapela e a aliança dourada de casamento, ele ainda é predominantemente o meu velho pai.

E ele me deu todas as respostas de que eu preciso.

— Eu odeio bolo de casamento — digo.

Se ele me ama do jeito que quero ser amada, posso cometer um erro e ser uma garota diferente do que ele imaginou, diferente da garota ideal que ele criou em sua mente. Se ele me ama do jeito que preciso que ele me ame, vai ficar tudo bem se eu não fugir com ele, mas sim viajar com Arizona.

E se ele não me amar assim, tudo bem também.

Capítulo Quarenta e Seis

— Bernardo e eu também íamos de trem — digo.
— Romântico — comenta Arizona.

Ela está com uma bolsa de lona e eu a malinha de mão com rodinha que Tess deixou para trás. Nós as trouxemos para o casamento e as guardamos em um quarto especial no Ritz no qual Karissa se arrumou.

Ela nem as notou. Nem nos notou.

Brindamos com taças de champanhe, e Karissa disse que esperava que todos nós formássemos uma família. Fiz um tipo de experimento físico com a taça. Qual a maior quantidade de força eu deveria aplicar enquanto seguro a taça sem que ela se quebre?

Karissa estava bonita, mas não bem.

— Você é a próxima! — exclamou ela, enchendo nossas taças e nos obrigando a beber mais. Acho que uma pequena parte de cada uma de nós, Karissa, Arizona e eu, achava que isso não ia acontecer depois dos últimos dias. Então, a coisa toda mais parecia um sonho do que um casamento, e nós não estávamos totalmente presentes, de várias formas. Já estávamos no trem, cruzando o país, tentando consertar as partes quebradas de nós mesmas.

— A gente vai voltar, não vai? — pergunto, observando a cidade atrás de nós no trem. Porque é impossível que a cidade de Nova York continue existindo sem nós. Somos nós que a mantemos viva, eu acho. Com os nossos cigarros e cabelos pintados, falando palavrões e nos sentando na varanda de entrada e sentindo o cheiro do café, não somos nós a verdadeira essência da cidade?

Não existe nenhum motivo para dizer nada disso para Arizona, que não fuma cigarros o suficiente nem tem um cabelo maneiro o suficiente. Mas ela também é Nova York, com seus saltinhos e roupas perfeitas e seios empinados e olhos tristes.

— Não pense no que vem depois — diz Arizona — se ainda estamos fazendo o agora.

É possível que ela seja uma profeta ou uma Buda ou algo realmente especial e importante. Mas também é possível que esteja um pouco bêbada por causa da festa de e os brindes com champanhe que fizemos com Karissa, que eu realmente acho que não conheço nem um pouco, e também por causa do modo como a aventura que estamos vivendo corre em nossas veias.

Escrevo mais uma lista no meu Diário de Gratidão para enviar para Bernardo.

* * *

— Você acha que a mamãe vai se parecer mais comigo ou com você? — pergunta Arizona, como se só houvesse essas duas opções. Estamos no trem, uma sentada ao lado da outra em um vagão dormitório, e eu meio que não aguento esperar a noite cair para que possamos dormir nesse balanço murmurante.

Dou de ombros. Talvez eu não me importe com quem se parece com ela. Qual é a aparência dela.

Não quero ser a minha mãe, mas quero ser um pouco como ela. Não quero ser o meu pai. Mas também quero ser um pouco como ele também. E um pouco como Arizona. E um pouco de uma outra coisa.

Não sei exatamente o que quero.

Quero Bernardo, mas não do jeito que tem sido.

Tiro o piercing de sobrancelha, mas mantenho o cabelo cor-de-rosa. Espero que ele continue com as partes do que fizemos juntos das quais mais gosta.

Espero que isso inclua continuar comigo.

A inicial de Bernardo está no meu dedo, e fico imaginando o que mais poderia significar. Quero que fiquemos juntos, mas não noivos. Quero que sejamos algo, mas não tudo.

Bela

Blasé

Batalha

Borrar

Brigar

Bastar

Ou talvez seja um símbolo do verão no qual eu me apaixonei de forma tão intensa que todo o meu mundo mudou. Talvez isso seja o suficiente, mesmo que não termine no para sempre.

Buscar

Não significa o que achei que significasse.

17 de julho

Diário de Gratidão: edição para Bernardo

1. A aparência da cidade quando você está de mãos dadas com alguém em comparação quando você não está. Que seja linda de qualquer forma. Que mude, mas não mude realmente.

2. O quanto a gente pode ficar diferente ao trocar o louro sujo para o cor-de-rosa sujo. O espaço entre ser bonita e ser amada, e não precisar saber qual das duas coisas você realmente é.

3. As coisas que não aconteceram. As palavras que eu não disse. As promessas que não cumpri. O inacabado. As coisas às quais não me apeguei. As coisas que nunca vou saber. A pessoa que não me tornei por você.

Agradecimentos

Como sempre, muito obrigada à minha agente, Victória Marini, e à minha editora, Anica Rissi, por fazerem com que eu me sinta compreendida, ouvida, capaz e forte. E por localizarem brilhantemente o coração dos meus livros mesmo antes sejam livros. Tenho tanta sorte por tê-las na minha vida.

Agradeço, é claro, à minha família — principalmente Ellie e Amy por darem uma pausa à minha escrita com adoráveis conversas por vídeo.

Meus agradecimentos para Caela Carter, Alyson Gerber, Amy Ewing e Alison Cherry pelas ideias incríveis, o cuidado com os meus personagens e por todas as pequenas e grandes coisas que fazem para possibilitar que eu escreva livros (e seja uma pessoa).

Obrigada Brandy Colbert pelo jeito que você compreende as minhas palavras, ouve os meus medos, compartilha minhas alegrias e me estimula a ser sempre melhor. E também por ser um excelente Gêmeo da Vida.

Agradecimentos especiais para a amiga adorável, inteligente e superstar Alexandra Arnold, para Katherine Tegen Rosanne Romanello, Valerie Shea, Bethany Rei, Amy Ryan, Erin Fitzsimmons e toda a equipe da Katherine Tegen Books, por todo o apoio aos meus livros e a mim. Sinto um orgulho incrível de chamar a Katherine Tegen Books de minha casa.

Agradeço também aos livreiros e bibliotecários, que têm sido maravilhosos nesses últimos anos.

Obrigada a Julia Furlan por me ajudar com este livro, mas, o mais importante, por me ajudar com todos os outros aspectos da minha vida. E para Anna Bridgforth, Honora Javier e Pallavi Yetur por estarem presentes.

Obrigada a Frank Scallon por ouvir os papos de escritora, de livros e por ser o melhor.

Fui abençoada com tantos incríveis colegas escritores que agora se tornaram amigos de verdade. Obrigada por tornarem essa jornada uma verdadeira diversão, mesmo quando também é aterrorizante. Agradeço especialmente a Jess Verdi, Mary Thompson, Kristen Kttscher, Lindsay Ribar, Mindy Raf, Dahlia Adler e Caroline Carlson.

Este livro foi composto na tipologia Transit521
BT Roman, em corpo 11/16, e impresso em
papel off-white no Sistema Cameron da
Divisão Gráfica da Distribuidora Record.